애덤 킹!!
희망을
던져라

애덤 킹!! 희망을 던져라

Adam King's Family Story

글쓴이 김홍덕

북하우스

독자들께

우리들은 이 책으로 하여 더욱 낮아지기를 바랍니다.

우리 가족은 아이들만 11명입니다. 요즘 찾아보기 힘든 대가족이지요. 이 글을 쓰는 순간에도 우리는 12번째 아이를 손꼽아 기다리고 있습니다.

아이가 새로 오면 할 일이 많습니다. 우선 여러 병원을 방문해야 합니다. 특수학교나 유치원에 들여보내야 하는 등, 반가운 만큼 더욱 바빠집니다. 하지만 우리 가족은 새로운 아이가 가져다 줄 기쁨과 행복을 기다리고 있습니다.

사람들은 종종 묻곤 합니다. 한 사람 월급만으로 어떻게 그 많은 아이들을 키워나갈 수 있느냐, 게다가 장애가 심한 아이들까지 있지 않느냐, 라구요. 그때마다 저는 짧게 대답합니다.

"모두 다 하나님의 은혜입니다. 우리는 다만 기도하고 기다릴 따름이지요."

모든 일이 하나님께 달려 있다고 해서 우리가 아무것도 하지 않고 그저 앉아 있는 것은 아닙니다. 아이들이 스스로 일어설 수 있도록 의학과 교육에 관련된 정보들을 수집하고 연구하며 아울러 하나님께 인도해 달라고 간구하는 것입니다. 믿음을 잃지 않고 우리가 최선을 다할 때 하나님께서도 축복을 해주신다는 말씀입니다.

우리들의 친구이신 김홍덕 목사님께서 우리 가족 이야기를 책으로 엮어주셨습니다. 김 목사님은 7년째 원인을 알 수 없는 무력증이라는 희귀병과 싸우고 있으며, 세 살 난 딸 조은이는 다운 증후군에 걸린 장애아입니다. 김 목사님은 고통이 무엇인지를 잘 아는 분입니다. 그래서 사랑이 무엇인지를 누구보다 잘 아는 분입니다.

그러나 사랑에 대한 표현보다는 사랑에 대한 침묵에 더 민감한 분입니다. 우리 가족 이야기를 뛰어난 소설가가 썼다 해도 김 목사님이 쓰신 글에는 미치지 못할 것이라고 생각합니다. 고통에 관한 글은 표현이 아니라 침묵에서 우러나오는 것임을 우리는 잘 알고 있습니다.

우리들은 이 책으로 하여 더욱 낮아지기를 바랍니다.

부디 이 책을 읽는 모든 분들이, 우리들이 받고 있는 축복을 함께 받았으면 합니다.

감사합니다.

2001년 7월, 미국 캘리포니아 모레노밸리에서
찰스 로버트 킹

하나님은 천사를 내 곁에 두게 하시려고
세상에서 가장 예쁜 천사의 날개를 부러뜨려
우리 집 위에 떨어뜨리셨습니다.

조은이가 애덤을 만나게 해주었습니다.
조은이가 하늘 쪽으로 난 창문을 열게 했습니다.
애덤이 파란 하늘을 바라보게 했습니다.
조은이와 애덤 옆에서 천사들의 합창이 들려옵니다.

어둡던 세상이 갑자기 밝아졌습니다.
이제 언덕은 내 앞을 가로막는 벽이 아니라
내 믿음만큼 높은 사명입니다.
우리 사랑의 증거입니다.
사랑하는 딸 조은이 머리만한 아침해가
저 언덕 너머 산등성이를 가볍게 밟고 오르고 있습니다.

우리 가까이에 늘 있었지만, 우리가 천사인 줄 몰랐던 아이들.
어른들에게 사랑의 위력을 가르쳐주고 있는 이 천사들에 대한 이야기
는 이렇게 씌어지게 되었습니다.

이제 보일 것입니다.
우리 집 지붕 위에
아니면 우리들이 잘 알고 있는 이웃 집 지붕 위에
세상에서 가장 아름다운 천사의 날개가 하나씩 떨어져 있는 것을.

차례

제1부

내 아이

장애아는 '신이 버린 아이들' 이 아닙니다.
'우리가 버린 천사들' 입니다.

그것은 희망이었다

유난히 봄 햇살이 따스했던 2001년 4월 5일 오후, 서울 잠실 야구장.

마운드에 티타늄 다리를 한 소년이 우뚝 서 있었다. 두산 대 해태, 한국 프로야구 개막전이 시작되기 직전이었다. 타석에 들어선 선동렬 씨는 물론이고, 잠시 후 야구장으로 달려나올 두산과 해태 선수들, 그리고 수만 관중들이 숨을 죽이고 있었다. 관중석 한쪽에는 특별히 '장애인 존'이 마련되어 있었다.

애덤이 아버지 로버트 킹 씨의 손을 잡고 마운드에 오르자 힘찬 박수 소리가 터져나왔다. 잠실벌이 떠나갈 듯했다. 티타늄 다리(철각)로 걷는 소년. 한국 프로야구 개막전 시구를 하기 위해 미국에서 날아온 입양 소년. 한국 이름 오인호. 올해 나이 만 9세.

4백여 장애인들도 자그마한 몸집의 철각 소년을 응시하고 있었다.

"안녕하세요!"

애덤이 한국말로 인사하자, 다시 한 번 박수가 터져나왔다.

애덤은 크게 숨을 한번 몰아쉬었다.

타석에는 한국 최고의 투수였던 선동렬 한국야구위원회(KBO) 홍보위원이 들어서 있었다. 애덤도 생애 처음으로 던지는 특별한 공이었지만, 시타에 나선 선동렬 씨도 생전 처음으로 대하는 공이었다.

드디어 애덤이 공을 던졌다.

포수를 향해 던진 공은 낮게 날아가다가, 땅에 한번 튀고 포수의 미트에 꽂혔다. 선동렬 씨는 애덤이 던진 '세상에서 가장 느린 공'을 향해 헛스윙을 했다. 애덤에 대한 화답이었다. 아주 짧은 순간이 었ㄴ. ! ·이 일제히 일어나 박수를 보냈다. 애덤은 손을 번쩍 들어 답. 十.

이날 애덤이 던진 것은 포수의 미트에 가서 꽂힌 야구공이 아니었다. 숨죽이며 지켜보던 4백여 장애인과 관중들, 그리고 수백만 시청자들의 가슴 한복판에 꽂힌 빛나는 희망이었다. 애덤은 희망을 던진 것이다.

한국 언론은 일제히 애덤의 시구를 기사화하면서 '세상에서 가장 아름다운 투구'라고 표현했다. 왜 아름다운 것이었을까? 애덤이 유별나게 잘생겼기 때문은 아닐 것이다. 그렇다고 장애가 아름다운 것도 아니었을 것이다. 다만 장애를 불행이라고 보아왔던 수많은 사람들의 고정관념을 뒤흔들었기 때문이리라. 그 사람들 눈에 씌어 있었던 비늘 같은 것을 잠시나마 벗겨주었기 때문이리라. 그날, 그 자리에서만큼은 애덤의 티타늄 인조다리에서 반사되어 나오는 햇빛은 분명 희망의 빛으로 보였다.

세상 사람들은 애덤에게 '장애를 극복한 아이'라고 찬사를 퍼붓는다. 하지만 엄밀히 말해 애덤은 장애를 극복한 아이가 아니다. 애덤은 장애와 함께 사는 아이다. 장애를 부인하려 하거나 보통사람처럼 되기 위해 몸부림치지 않을 뿐이다.

흔히 장애를 극복했다고 하면, 시각 장애인이 정상인들도 하기 어려운 에베레스트를 정복했다거나 3중 장애인인 헬렌 켈러처럼 보통사람도 하기 어려운 업적을 이룬 경우를 떠올린다. 그러나 보통사람들과 겨루어 이길 수 있는 장애인이 과연 몇이나 되겠는가? 헬렌 켈러나 에베레스트를 정복한 시각 장애인은 매우 이례적인 사례이다.

사람들은 장애인들이 장애를 극복하기를 원한다. 앉은 사람이 일어서는 것을, 눈 먼 사람이 눈을 뜨기를 원한다. 일어서지 못하거나 눈을 뜨지 못해도 정상인과 같은 성과를 올리기를 기대한다. 뇌성마비 장애인이 서울대학교에 들어가면 장애를 극복한 인간 승리라며 대서 특필한다. 장애인이 보통사람들도 하기 어려운 일을 해내야만 장애를 극복했다고 한다. 그러나 장애는 극복되는 게 아니다. 정작 극복되어야 할 것은 보통사람들이 장애인을 바라보는 시선이다.

장애인은 장애를 가지고 살아가는 사람이다. 장애인의 꿈은 소박하다. 장애를 가지고도 살아갈 수 있기를 바랄 뿐이다.

그날 애덤은 희망을 던졌다.
그러나 과연 얼마나 많은 사람들이 애덤이 던진 공을 받았을까.
가장 절실한 마음으로 애덤의 공을 받고 싶었던 사람들은 장애인들이었을 것이다. 운동장에 나올 수 없었던 수많은 장애인들이 TV를 통해서나마 희망의 공을 받았을까. 아닐지도 모른다. 운동장에 가고 싶어도 갈 수 없는 현실이 그들에게 절망의 화살이 되었을지도 모른다.

애덤은 두 다리가 없는 아이다. 대신 티타늄 의족을 달았다. 그러나 이것을 수치로 생각하지 않는다. 티타늄 다리를 자연스럽게 받아들이기 때문에 긴 바지로 가리지 않는다. 애덤은 반바지를 즐겨 입는다.

특별히 한국인들을 깨우치기 위해, 홍보를 고려한 매스컴의 요청으로 그날만 반바지를 입은 것이 아니다. 애덤은 집에 가면 불편한 의족마저 집어던진다. 그리고 형, 누나들과 레슬링도 하고 밖에 나가 뜀틀놀이도 한다. 나무에도 잘 기어오른다.

애덤의 엄마 다나에게 물은 적이 있다.

"티타늄 다리가 사람들의 구경거리가 되어 혹시 애덤에게 마음의 상처를 주지 않을까요?"

다나의 대답은 묻는 사람을 부끄럽게 했다.

"다른 사람들이 어떻게 쳐다보든 상관없어요. 나는 굳이 티타늄 다리를 가리려고 긴 바지를 입히지 않습니다. 애덤에게 자기의 치부를 가리는 것부터 가르치고 싶지 않습니다. 애덤에게 필요한 것은 다른 사람을 의식하는 눈이 아니라 자신을 있는 그대로 바라보는 자신감의 눈이라고 생각해요."

그런 엄마의 가르침 때문이었을까?

마운드에 선 애덤은 자신감으로 가득 차 있었다.

애덤을 초청한 두산팀 관계자들은 이렇게 말했다.

텀블링하는 애덤

"애덤에게 희망을 주기 위해 초대했는데, 오히려 우리가 희망의 공을 받았어요."

곧 알게 되겠지만, 우리의 애덤은 그런 아이다.

영부인이 보내온 두산 베어스 유니폼

애덤에게 야구는 낯설거나 멀리 있는 스포츠가 아니다. 집 가까운 곳에 언제나 뛸 수 있는 운동장이 있다. 바로 챌린지 리그 운동장이다. 집에서 차를 타고 십 분만 가면 된다.

챌린지 리그란 장애인들만으로 구성된 야구팀들이 벌이는 게임을 말한다. 애덤이 사는 집에서 가까운 팀으로는 모레노밸리에 한 팀, 그리고 이웃 동네에 한 팀이 있다. 금요일에는 원정경기를 하고 토요일에는 홈경기를 한다.

장애인 전용이라고 해서 정상인들이 사용하는 운동장에서 따로 뚝 떨어져 있는 게 아니다. 모레노밸리 야구장에는 네 개의 운동장이 십자형으로 연결되어 있는데, 다른 세 개는 보통 아이들이 리틀 리그를 벌이고, 나머지 한 운동장에서 장애인들이 챌린지 리그를 펼친다. 운동장 사용 시간도 서로 같다.

매주 금요일과 토요일에 게임이 있기 때문에 주말이면 모든 식구들이 운동장에 총집결한다. 장애아가 아닌 보통 아이들도 챌린지 리그가 벌어지는 운동장에 모인다. 단순히 응원을 하러 가는 것이 아니다. 함께 어울리기 위해서다. 휠체어를 탄 아이를 뒤에서 밀며 함께 뛰기도 하고, 달리다가 넘어진 아이를 일으켜 세우며 같이 뛴다.

두산베어스 야구모자 쓴 애덤

챌린지 리그에서는 스트라이크 아웃이 없다. 타자가 공을 칠 때까지 던져준다. 이기기 위해서 게임을 하는 것이 아니다. "나도 할 수 있다"는 것을 깨우치기 위한, 이름 그대로 도전할 수 있는 기회를 주기 위한 게임이다.

"그렇다. 인생에 스트라이크 아웃은 없다."

"맞힐 때까지 배트를 휘둘러라."

"느려도 좋다, 걸어도 좋다, 휠체어를 타도 좋다, 베이스까지 뛰어라."

"진짜 장애인은 장애에 묶여 있는 사람이다."

이것이 챌린지 리그의 메시지이다.

가족들은 마치 메이저리그 챔피언십 결승전이 벌어지는 경기장에 온 것처럼 흥분한다. 소리를 지르고 두 손을 치켜올리며 발을 동동 구른다.

장애인도 즐길 권리가 있다. 장애인에게도 행복 추구권이 있다.

이렇게 챌린지 리그를 즐기던 애덤에게 한국에서 뜻밖의 선물이 날아왔다. 지난해 크리스마스 직전이었다. 애덤이 챌린지 리그팀에서 야구를 즐기고 있다는 사실을 안 김대중 대통령 부인 이희호 여사가 보내온 것이었다.

사랑하는 애덤에게

너의 사랑스러운 편지를 받고 무척 기뻤단다. 난 대통령의 아내라 너처럼 어린 친구로부터 이렇게 귀여운 편지를 받아보기란 아주 드물어. 애덤, 너무 고맙다.

네가 보낸 사진을 보니 이젠 꽤 어엿한 소년이 되었더구나. 가족과 친구들과 함께 있는 네 모습이 꽤 의젓해 보이던걸.

애덤, 학교에 가게 되면 좀더 열심히 공부해야 한단다. 읽기를 배우고 나면, 반드시 많은 책들을 읽어보도록 하렴. 좋은 책은 좋은 친구와 같은 거야.

학교에서 너는 많은 친구들을 사귀고 여러 가지 교내 활동에도 참가하게 될 거야. 물론 그 중 하나로 보이스카우트 활동이 있지. 보이스카우트 활동은 아마 애덤 네가 건강한 청년으로 자라는 데 도움을 줄 거다.

그러나 애덤, 무엇을 하든 기도하는 걸 잊지 말도록 하렴. 나 또한 네가 항상 건강하기를 기도할게.

네가 야구를 하고 싶다는 얘길 듣고, 유니폼과 모자, 글러브, 배트, 야구공을 보낼게. 이 유니폼은 올해 프로야구 한국 시리즈 준우승팀인 두산 베어스 거란다. 나는 애덤이 팀에서 최고의 선수가 될 거라고 굳게 믿고 있어. 유니폼을 입은 너의 모습을 보고 싶구나.

너와 엄마, 아빠 모두에게 행복한 크리스마스가 되길 바라며.

2000년 12월 5일

사랑을 듬뿍 담아서

대한민국 영부인 이희호

애덤과 가족, 그리고 애덤이 소속해 있는 야구팀은 뛸 듯이 기뻐했다. 애덤은 이희호 여사께 유니폼을 입은 사진과 함께 감사의 편지를 보냈다.

그리고 얼마나 지났을까. 이번에는 시구를 하러 오지 않겠느냐는 연락이 왔다. 이희호 여사가 유니폼을 보낸 것이 계기가 되었다는 것이었다. 곧이어 두산 베어스로부터 공식 초청이 왔고 아시아나 항공에서는 비행기표를 부쳐왔다.

초청을 받은 킹 씨 부부는 처음에는 난감해했다.

"애덤이 과연 그렇게 먼 거리를 던질 수 있을까?"

애덤이 티타늄 의족을 하고 걷게 된 것은 오래 된 일이 아니었다. 먼 거리를 목발 없이 걷는 일이 더 큰 무리였다. 걷는 연습을 하면서 얼마나 많이 넘어졌던가. 애덤의 몸에는 숱한 멍이 들었었다.

혹시 애덤에게 허황된 꿈이나 불어넣어주는 것은 아닐까, 자만심을 갖게 하는 것은 아닐까, 애덤의 부모님은 한동안 고심했다. 아무리 천진난만한 아홉 살 어린 아이라고 하지만 자기 의족을 그렇게 많은 사람들 앞에 내보이고 싶지는 않을 것이라는 생각도 들었다. 자칫 잘못하면 애덤에게 평생 못 잊을 상처를 입힐 수도 있었다.

그러나 킹 씨 부부는 애덤을 마운드에 세우기로 했다. 두 가지 바람을 안고.

"그래, 사람들의 따가운 시선을 한꺼번에 받아보아라. 애덤, 너는 앞으로도 많은 사람들로부터 따가운 시선을 받고 살아야 할지 몰라. 이번 기회에 혹독하게 치러보아라. 고개를 똑바로 들고 너는 공만 던져라. 너는 네 인생의 공만 잘 던지면 되는 거야."

애덤에게 자신감을 심어주고 싶었던 것이다.

다른 한 가지 바람은 한국 사람들, 특히 한국의 장애인과 입양아들을 위한 배려였다. 애덤이 준비한 한국 방문 소감도 그랬거니와, 시구 후 기자들과의 인터뷰에서 아버지 로버트 킹 씨는 이렇게 말했다.

"애덤의 시구가 한국의 장애인들과 세계에 흩어져 사는 한인 입양아들이 용기를 갖는 계기가 되었으면 좋겠습니다."

"나 박찬호 몰라요"

애덤은 4월 3일 오전 0시 30분, 아시아나 항공 203편으로 한국으로 떠났다.

이날 로스앤젤레스 브래들리 공항의 주인공은 애덤이었다. 배웅 나온 엄마와 형제들, 그리고 친지들은 물론, 애덤을 격려하기 위해 나온 로스앤젤레스 한국 총영사와 취재 기자들이 애덤과 아빠 로버트를 중심으로 빙 둘러서 있었다. 플래시가 터졌다.

애덤은 비행기에 오르기 직전 손을 흔들며 말했다.

"멋있는 폼으로 시구하는 모습을 보여주고 오겠어요."

"아마 한국에서 제일 잘 치는 타자도 내 공은 치지 못할 거예요."

아홉 살짜리 어린 아이지만 능청 떨기가 애덤의 트레이드마크다.

아무리 구김살 없고, 남을 배려할 줄 아는 아이라고 하지만, 시구하러 간다는 사실에 여간 들떠 있는 것이 아니었다.

비행기 안에서 애덤은 거의 잠을 자지 않았다. 항공사측의 배려로 아빠와 함께 비즈니스석에 앉은 애덤은 몇 번이나 "so cool(정말 멋지다!)"을 연발했다.

인천공항에 도착할 때까지 내내 자리에 설치되어 있는 TV 스크린에서 눈을 뗄 줄 몰랐다. TV도 보고 게임도 하며 시간 가는 줄 모르는 듯했다. 애덤은 즐기기 위해 태어난 아이임에 분명해 보였다. 옆에 앉은 아빠는 무료한 시간을 달래기가 힘들어 간간이 잠을 청해 보았건만.

애덤은 비행기에서 내리고 나서도 '정말 멋지다'를 연발했다. 애덤이 오기를 기다리기나 한 듯, 며칠 전에 개장한 인천국제공항에 도착한 것이다. 사방에서 사진기자들의 플래시가 터졌다. 애덤은 폭죽이 터지는 것 같다고 말했다.

애덤이 비행기에서 내리자마자 한국 기자들이 일제히 질문했다.

"박찬호를 좋아해요?"

애덤은 한마디로 잘라 말했다.

"모르겠는데요."

그러나 이번에는 능청을 떤 것이 아니었다.

박찬호 선수가 들으면 서운하겠지만, 이때까지만 해도 애덤은 박찬호라는 이름을 몰랐다. "노"라는 대답을 듣고 정작 당황한 것은 기자들이었다. 아니 미국에서 프로야구 시구를 하러 온 한국 출신 아이가 박찬호를 모르다니, 질문을 잘 못 알아들었나?

이때 옆에 있던 애덤의 아빠가 귀에 대고 "박찬호 선수는 다저스 투수인데 한국 사람들의 영웅이다"라고 말해주었다. 그랬더니 애덤은 이내 목소리를 가다듬고서는 이렇게 응수했다.

"아아, 찬호 팍, 참 좋아합니다."

그 이후부터는 애덤이 나서서 박찬호를 좋아한다고 거침없이 말하고 다녔음은 물론이다.

그렇다고 애덤을 거짓말 잘하는 아이라고 넘겨짚어서는 안 된다. 눈칫밥 먹고 자라서 세상사는 법을 일찍 터득한 결과라고 지레짐작하면 안 된다. 그것은 한국식 '해석'이다.

애덤은 그런 아이가 아니다. 상대방을 편안하게 해주는 아이다. 그래서 곤란한 일이 생길 때마다 능청을 떨어버리는 것이다.

그런데 애덤은 왜 박찬호 선수를 몰랐을까?

대부분의 미국 아이들은 메이저 리그 선수들의 이름과 소속팀은 물론 성적, 근황, 경력, 취미 등 시시콜콜한 것까지도 줄줄 꿰고 있다. 자기가 특별히 좋아하는 선수만 그런 것이 아니다.

한국에서도 똑같은 현상이 벌어지고 있지만, 미국 아이들도 야구 카드 놀이를 광적으로 좋아한다. 카드에 새겨진 선수마다 서로 다른 상품가치가 매겨져 있기 때문에, 아이들 사이에서는 서로 자기에게 필요한 카드를 구하는 일이 보통 큰 일이 아니다. 카드 놀이를 즐기며 자연스럽게 프로야구 선수들에 대한 각종 기록과 정보를 습득하는 것이다.

그런데 애덤은 야구 카드 놀이를 하지 않는다. 야구 중계방송도 보지 않는다. 다만 주말에 챌린저 리그를 즐길 뿐이다. 애덤은 모든 일을 재미있어한다. 그래서 애덤이 있는 곳에서는 웃음이 그치지 않는다. 애덤의 웃음은 희망의 씨앗이다. 애덤은 희망을 심고 다니는 천사인 것이다.

인천공항에서 인터뷰와 사진 촬영이 끝나자 킹 씨 부자는 아시아나 항공 사무실이 있는 김포공항으로 안내되었다. 애덤은 커다란 선물꾸러미를 받았다.

애덤은 아시아나 항공 명예대사 임명장과 함께, 매직마일 클럽 증서를 받았다. 2년 간 아시아나 항공을 무료로 이용할 수 있는 특전도 받았고 박찬호가 사인한 유니폼과 야구공까지 선물로 받았다.

로버트와 애덤은 숙소인 롯데호텔로 향했다. 애덤이 호텔로 들어

갈 때 전 직원들이 양쪽으로 도열해 손뼉을 치며 영접해주었다. 야구 게임을 이기고 '하이 파이브' 하며 운동장을 걸어나올 때처럼 애덤은 기분이 좋았다.

애덤이 호텔 방에 들어서자마자 기자들이 들이닥쳤다. 도무지 쉴 틈이 없었다. 한 신문사와 인터뷰가 끝나면 또 다른 기자가 찾아오고, 끝나면 또 다른 기자, 문 밖에 기자들이 줄지어 서 있었다. 반복되는 같은 질문에도 애덤은 눈살 한번 찌푸리지 않았다.

아빠 로버트는 쉬고 싶었다. 애덤이 걱정스러웠다. 애덤이 비행기에서 한숨도 안 잤기 때문이다. 점심을 먹는 사이에도 기자들은 애덤을 가만두지 않았다. 계속 인터뷰에 응했다간 무슨 일이 날 것 같았다.

로버트는 양해를 구하고, 애덤에게 한 시간 정도 낮잠을 자게 했다. 상쾌한 기분으로 한국에서 제일 먼저 만나야 할 아이가 있었기 때문이었다. 다름 아닌 애덤의 동생이 될 경빈(조셉)이었다. 경빈이는 이번에 한국에서 다섯번째로 입양하는 아이로, 킹 씨네 12형제 중 막내가 된다. 올해 세 살이다.

경빈이와의 첫 만남

경빈이가 사는 집에 들어서자마자 애덤은 곧바로 경빈이를 알아보고 꼭 안아주었다. 이미 사진을 통해 얼굴을 알고 있었던 것이다. 애덤은 가지고 온 선물을 안겨주고 사진도 같이 찍었다.

방글라데시인 아버지와 한국인 미혼모 사이에 태어난 경빈이는

PVL이라는 희귀병에 뇌성마비까지 겹친 중증장애아이다. PVL이란 뇌실(腦室) 부분의 뇌세포가 죽어가면서 뇌조직이 약해지는 병으로 아직 그 원인이 밝혀지지 않고 있다. 출산할 때, 어떤 이유로 해서 일시적으로 뇌에 피가 공급되지 않아 발병한 것이라는 추측만 있을 뿐이다. 이 병을 앓고 있는 아이들은 대체적으로 경빈이의 경우와 같이 뇌성마비 증세를 동반한다.

애덤의 아버지 로버트가 경빈이를 입양하는 이유는 이번에도 여전했다.

"자선사업하듯 불쌍한 아이를 데려다 키우려는 것이 아닙니다. 사랑이 필요한 아이라면 한 아이라도 더 따뜻한 가정을 꾸며주고 싶은 마음에서입니다."

애덤과 동생이 될 경빈이, 그리고 아빠 로버트는 서로 손을 잡고 정원으로 나가 잠시 정겨운 시간을 가졌다. 또 한 명의 아이를 받아들이는 순간이었다. 이제 애덤네 식구들은 조셉을 가슴으로 낳는 긴 잉태의 과정을 거칠 것이다. 벌써 애덤의 마음은 따뜻해져 있었고, 여덟 명이나 입양한 경험이 있는 로버트의 가슴도 훈훈하게 데워지고 있었다.

애덤의 엄마 다나는 입양하는 순간을 이렇게 말한다.

"입양하는 아이를 맨처음 가슴에 안을 때, 산고의 고통을 겪은 후 처음 안아보는 아이처럼 느껴져요. 그래서 매번 커다란 기쁨을 느끼게 돼요."

로버트는 그 순간을 이렇게 표현한다.

"엄마 배를 통해 나온 아이든, 가슴으로 처음 품게 된 아이든, 아이를 처음 안게 될 때가 인생에서 가장 기쁜 순간입니다."

엄마 다나가 낳은, 그러니까 '배에서 나온' 세 자녀들도 부모와 크게 다르지 않다. 동생이 새로 들어오면 이렇게 말한다.

"비행기에서 나온 동생이 왔구나!"

경빈이는 이제 겨우 세 살. 자기에게 어떤 일이 벌어지고 있는지 알 리가 없는 세 살배기에게도 육감이 있는지, 방금 형이 된 애덤을 무척이나 좋아했다. 만난 지 한 시간도 안 되었는데 애덤에게 푹 빠져 있었다. 경빈이는 먹던 딸기를 집어 애덤의 입에 넣어주었다. 애덤의 얼굴에 환한 미소가 번졌다.

경빈이가 이번에는 딸기를 집어 아빠의 입에 넣어주려고 손을 뻗었다. 순간 로버트는 움찔했다. 로버트는 평소 과일을 입에 대지도 않는다. 그러나 식성을 따질 때가 아니었다. 로버트는 이미 딸기를 먹고 있었다. 경빈이는 또 하나의 딸기를 들고 있었다. 새아빠는 눈을 꾹 감고 또 하나를 받아먹었다. 신이 난 경빈이가 마지막 남은 딸기를 집어들었다. 아빠는 빙긋이 웃으며 딸기를 받아먹었다.

뒷날, 로버트가 미국으로 돌아와서 이렇게 말했다.

"딸기가 다 떨어졌기에 망정이지 더 있었더라면 큰일날 뻔했어요."

로버트는 그때 경빈이에게 받아먹은 딸기가 지금까지 살아오면서 먹은 딸기보다 많았다고 실토했다. 그만큼 로버트는 과일을 싫어했다. 로버트는 너털웃음을 지으며 이렇게 말했다.

"억지로 딸기를 삼킨 것이 아니었습니다. 아들로부터 받아먹은 사랑이었지요. 그래서 그걸 먹고도 아무 탈이 없었던 것입니다."

애덤과 로버트는 경빈이와 만나자마자 헤어져야 했다. 경빈이의 입양 수속이 끝나려면 아직도 몇 달이 더 걸리기 때문이다. 애덤은 환하게 웃으며 제법 어른스럽게 말했다.

"곧 다시 만나자. 우리가 다시 만나면 다시는 이렇게 헤어지는 일은 없을 거야."

호텔로 돌아오니 또 기자들이 줄지어 기다리고 있었다. 좀 쉬고 싶었지만, 애덤과 로버트는 반복되는 같은 질문에 성실하게 답했다.

저녁 식사는 묵고 있는 롯데호텔에서 했는데, 밥을 먹는 순간에도 기자들의 질문이 이어졌다. 하지만 로버트와 애덤은 농담을 던질 정도로 여유를 갖게 되었다.

그날 저녁, 두 부자를 서브하는 웨이터가 그 유명한 서상록 씨였다. 호텔측에서 일부러 그렇게 배정했는지는 알 수 없지만, 애덤에게는 의미 있는 만남으로 보였다.

서상록 씨는 삼미그룹 부회장까지 지낸 인물이다. 로스앤젤레스 근교에 살 때 연방의회의원 선거에 여러 차례 도전했다가 낙선한 경력도 있다. 그후 한국으로 건너와 대기업을 경영하다가 회사가 부도 나는 바람에 하루아침에 실직자가 되고 말았다. 일터를 찾아 수십 군데를 찾아다녔으나 그를 받아주는 곳은 한 곳도 없었다. 나이가 그에게는 장애였던 것이다.

그는 나이라는 장애에 도전했다. 우여곡절 끝에 신라호텔 견습 웨이터로 새로운 삶을 시작할 수 있었다. 그는 호텔에서 최고령자이지만 막내딸 또래의 직원을 선배라고 부른다. 자신은 이곳에서는 말단이며, 선후배 동료들과 화합을 이루어야 오래 일할 수 있다는 생각 때문이다.

"앞으로 평균 연령이 90세가 된다고 합니다. 지금 내 나이 환갑이

막 지났으니 앞으로도 30년은 남았잖아요. 난 3년 안에 세계 최고의 웨이터가 될 겁니다."

나이라는 장애를 이겨내며, 사회적 편견에 맞서 새로운 인생을 가꾸어나가는 그는 결코 초라해 보이지 않았다. 그는 이제 막 사회에 진출한 20대 중반보다 젊어 보였다.

이날 하루는 너무도 길었다. 로스앤젤레스 현지 시간으로 밤 12시 30분에 출발해서 한국에 다음날 새벽에 도착하여 밤 9시가 되었으니 꼬박 이틀 밤을 새운 꼴이었다.

두 부자는 깊은 잠에 떨어졌다.

한국어 메시지 특급작전

꿀맛 같은 잠이었다. 두 부자는 온몸이 다 개운했다. 잠자리에서 일어나 창 밖을 내다보니 서울 하늘이 유난히 맑아 보였다.

애덤은 일어나자마자 글러브를 끼고 거울 앞에 섰다. 시구 연습이었다. 선글라스를 끼고 잔뜩 폼을 잡아보기도 했다.

그런데 문제가 생겼다. 아침을 먹고 방으로 올라왔는데, 시구하기 전에 한국어로 '희망의 메시지'를 전해달라는 연락이 온 것이다. 애덤은 한국말을 하지 못한다. 읽지도 못한다. 달리 무슨 수가 없었다. 급히 몇 분의 도움을 받아 한국어를 영어 발음으로 표기해서 읽게 했다. 하지만 혀가 굳은 애덤에게 쉬운 일이 아니었다. 수백 번 반복해 겨우 읽는 데까지는 이르렀으나 도무지 외울 수가 없었다. 난감했다. 경기 시간은 가까워 오는데 애덤은 여전히 외우지 못하고 있었다.

잠실구장에 도착했을 때 아빠가 아이디어를 냈다. 핸드폰을 사용하기로 한 것이다. 애덤은 귀에 이어폰을 꽂아놓고 있기만 하면 되었다. 멀리서 한국어 메시지를 또박또박 불러주면 애덤은 그대로 따라하면 되었다.

운동장으로 내려가면서 핸드폰 테스트를 해보았다. 그런데 어찌된 일인가? 핸드폰이 터지지 않는 것이었다. 앞이 캄캄했다. 5분 뒤면 마운드로 올라가야 했다. 그때 누군가 "잠깐 기다려보라"며 급히 사라졌다가 경호용 워키토키를 들고 왔다. 방법은 그대로였다. 경기장으로 나가기 직전 테스트를 해 보았다. 성공이었다.

애덤은 여유가 있었다. 애덤은 이어폰으로 전달받은 메시지를 떠듬떠듬 말했다.

"용기만 있으면 장애는 문제가 안 돼요. 희망과 용기를 가지면 모든 것이 이루어집니다."

관중들은 일제히 일어서서 우레와 같은 박수를 보냈다.

애덤이 굳이 말을 할 필요가 없었는지도 모른다. 애덤은 이미 온몸으로 메시지를 전하고 있었기 때문이었다.

시구를 마치고 본부석으로 올라갔다. 본부석에는, 애덤에게 유니폼과 야구용품을 보내준 이희호 여사가 애덤의 시구 장면을 지켜보고 있었다. 애덤은 이희호 여사로부터 "잘 던졌다"는 칭찬을 받았다. 한동안 애덤은 이희호 여사와 함께 경기를 지켜보았다. 애덤의 시구 탓이었을까. 개막전에서 두산 베어스는 해태 타이거즈를 꺾었다.

잠실 야구장에서 곧바로 호텔로 돌아온 애덤은 한국식당으로 향했다. 줄곧 기자들이 따라다녔다. 애덤이 김치를 얼마나 잘 먹던지 이를 촬영하던 기자가 "나도 그만큼은 못 먹는데"라며 놀라워했다. 애덤은 연신 입을 호호 불어대면서 김치를 먹고는 "맛있다"라고 말했다.

애덤이 김치 맛을 알고 먹은 것일까. 아니면 김치가 한국을 대변한다는 사실을 알고 능청을 떤 것일까. 어린 애덤이 그렇게 심각한 생각을 하며 의도적으로 김치를 먹어댔을 리는 없다.

하지만 애덤은 그 매운 김치를 먹음으로써 조국을 맛본 셈이다. 이제 돌아가면 또 언제 올 수 있단 말인가. 한국에 있을 때 조금이라도 더 조국을 맛보자. 매워도 좋다. 애덤은 미국에 돌아가도 얼얼한 김치 맛이 입안에 그대로 남아 있었으면 좋겠다고 생각하는 것 같았다.

애덤이 영원히 잊지 못할, 그대로 머물러 있기를 바랐던 2001년 4월 5일은 매운 김치맛과 함께 저물고 있었다.

자랑스런 애덤, 그러나 부끄러운 우리들

이튿날 오전, 애덤을 4년 동안이나 맡아 키워주셨던 위탁모 할머니가 호텔로 찾아왔다. 애덤은 생모는 기억하지 못하지만 위탁모 할머니는 기억한다. 할머니가 방으로 들어오자 애덤은 와락, 할머니 품으로 달려들었다. 그리고는 목놓아 울었다. 잃어버린 이름 '엄마'를 속으로 얼마나 되뇌었을까. 항상 웃기만 하는 애덤이었지만 한 번 울기 시작하자 꺼억꺼억 통곡했다. 아빠 로버트가 떼어놓지 않았다면, 하루 종일 그렇게 울었을지도 모른다.

아빠가 진정시켜 5분밖에 울지 못했지만, 그 5분 동안 애덤은 9년 동안 참아온 모든 눈물을 쏟아냈다.

할머니는 울음이 채 가시지 않은 애덤의 등을 몇 차례나 쓸어주고는, 갖고 온 보자기를 풀었다. 한복이었다. 70을 넘기신 할머니는 너무나 자상했다. 혹여 크기가 맞지 않을까 싶어 두 벌을 지어 오신 것이었다. 과연 한 벌은 맞지 않았다. 다른 한복은 미리 맞춘 것처럼 딱 맞았다. 한복을 차려입은 애덤은 영락없는 꼬마 도령이었다.

애덤은 한복을 입고 아빠와 함께 청와대에서 베푸는 오찬에 참석했다. 인권과 더불어 입양아와 장애인들의 복지문제에 특별한 관심이 있는 이희호 여사가 이번 기회에 여러 장애인과 특수학교 교사들을 초청, 그들을 격려하고 노고를 치하하는 자리였다. 이희호 여사는 애덤을 위해 위탁모 할머니와 동생 경빈이까지 함께 초청했다.

애덤은 이날 오찬석상에서도 참석자들의 사랑을 독차지했다. 애덤은 리셉션 장에서 이희호 여사 바로 옆에 섰다. 예정에 없던 일이었다. 그리고는 이희호 여사와 인사하는 모든 사람과 악수를 같이 하는 것이었다. 밉지 않은 아이. 어디에서 이런 재치와 해맑음이 나오는 것일까. 양부모의 좋은 교육 덕분일까. 아니면 애덤의 피에 흐르는 한국인의 낙천적 심성 때문일까.

로버트는 오찬석상에서 초청에 대한 감사의 말을 전했다.

"먼저 저희들을 초청해주신 영부인 이희호 여사께 감사를 드립니다. 무엇보다도 한국인의 환영과 친절, 그리고 열린 마음으로 보여주신 관대함에 감사합니다. 여러 나라를 방문해보았지만 한국인만

청와대 방문 후 영부인과 함께

큼 친절한 사람들은 없었습니다. 그러나 무엇보다도 낯설고 물설은 이국 땅에 이렇게 예쁜 아이들을 보내주신 한국인의 희생에 진심으로 감사를 드리는 바입니다. 바라건대 이제는 가정이 필요한 모든 한국 아이들이 모두 한국 가정에 입양되기를 바랍니다. 다만 그런 날이 올 때까지는 우리들이 계속해서 입양할 수 있도록 허락해주시기 바랍니다."

애덤 아빠의 말은 가식이나 과장이 조금도 섞이지 않은 진심이었다.

로버트의 답사를 듣고 있던 한국인들은 어떤 심경이었을까? 많은 언론들이 "우리를 부끄럽게 한 찰스 킹" "자랑스런 애덤, 부끄러운 우리" "우리를 부끄럽게 한 킹 부자"와 같은 제목으로 기사를 썼다. 로버트가 우리를 부끄럽게 하려는 의도가 있었던 것은 분명 아니었다. 그는 진심을 말했고, 우리는 부끄러워했다. 애덤을 자랑스러워하면서도 우리 자신은 부끄러워한 것이다.

로버트는 진심으로 감사하다고 말했다. 애덤과 같은 자랑스런 아이는 자신들이 만든 것이 아니라는 것이다. 자신들은 단지 기회를 제공했을 따름이라는 것이다.

88올림픽을 전후해서 한때 해외 입양이 중단된 일이 있었다. 잠깐이었던 '해외 입양 불가' 정책은 주먹구구식이었다. 대책은 없고 비뚤어진 자존심만 내세운 껍데기 정책이었다. 그때 입양 신청을 해놓고 기다리던 많은 해외 입양 희망가족들은 속수무책으로 애만 태우고 있었다. 당시 한국 아이를 데려오기로 했던 킹 씨 가정도 이것 때문에 고통을 겪었다. 얼마 안 가, 한국 정부는 다시 해외 입양을 허용했다.

킹 씨 부부도 한국에서 일어나고 있는 국내 입양 캠페인을 잘 알고 있다. 가정이 필요한 모든 한국 아이들이 한국 가정에 입양되기를 진심으로 바라고 있다. 다만 그때까지 해외 입양을 계속 허락해 달라는 것이다. 얼마나 지혜로운가. 로버트가 한 말을 고깝거나 부끄럽게 받아들이지 말자. 한 차례 뜨겁게 감동했다가 또 까맣게 잊어버리지 말자. 애덤 킹이 아니고 오인호가 시구하는 날을 하루빨리 만들자.

내년 프로야구 개막식에는 한국 내 가정에 입양된 장애아가 시구를 할 수 없을까. 그렇게 된다면, 애덤 킹이 던진 희망이 열매를 맺기 시작하는 것이리라.

더 이상 한국 신문에서 "애덤 킹이 살 수 없는 나라"라고 하는 슬픈 기사를 쓰지 않아도 되는 날이 오기를 바란다.

청와대에서 오찬을 마치고 오후에는 두산그룹의 초청으로 두산타워를 방문했는데, 두산 회장이 직접 킹 씨 부자를 안내했다. 애덤이 김치를 좋아한다는 말을 어디서 들었는지 진공 포장된 김치를 가방에 넣어주었다. 한 달 동안 먹을 수 있는 양이었다.

미국에 돌아와서 애덤은 이 김치를 가지고 한 차례 해프닝을 벌였다. 학교에 가면서 한국 방문 기념품으로 김치를 가지고 갔던 것이다. 점심시간에 선생님과 친구들에게 먹어보라고 권했다. 애덤이 먼저 김치를 덥석 입에 물고 "엄청 맛있다"라고 감탄하자, 먹어본 적이 없는 선생님은 김치를 입에 넣고는 잠깐 움찔하는 표정을 지었다. 그러고는 "음, 맛있군"이라고 품평해주었다. 선생님은 아마 입 안에 불이 났을 것이다.

두산타워에서 돌아와 모처럼 자유스런 저녁 시간을 가질 수 있었다. 두 부자는 호텔 밖으로 걸어나가 스낵을 사먹기로 했다. 그러나 길을 나서는 순간, 둘만의 오붓한 저녁 산책은 깨지고 말았다. 애덤은 예전의 애덤이 아니었던 것이었다. 거리의 모든 사람들이 애덤을 알아보았다. 악수를 청하기도 하고, 몇몇 아이들은 사인을 해 달라고까지 했다. 상점 사람들은 손뼉을 치며 애덤을 맞아주었다.

좋은 밤거리였다. 미국에서는 상상도 못할 밤거리 산책이었다. 문만 열고 나서면 무엇이든 살 수 있는 동네 상점들. 애덤은 한국이 너무 좋았다. 미국에서는 장애인이든 정상인이든 부모가 데리고 나가지 않으면 아이들은 아무 데도 갈 수가 없다. 아이들이 잠깐 집을 나가 아이스크림이나 떡볶이를 사먹고 돌아온다는 것은 상상조차 할 수 없다.

슈퍼마켓에서 생선초밥과 콜라를 사들고 나왔다. 걸어서 숙소로 돌아가는 길은 오직 둘만의 시간이었다. 아빠는 가볍게 애덤의 어깨에 한 손을 올려놓았다. 오랜만에 행복이 살며시 내려앉는 순간이었다.

게임에 진 후 운동장을 바라볼 자신이 없는 선수는 다시 운동장에 나갈 자격이 없다. 관중이 다 빠져나간 경기장에 홀로 앉아 한 잔의 쓴 커피를 마실 줄 모르는 선수는 내일 승리할 수 없다. 화려했던 마운드에서 내려온 애덤은 어느새 다시 찰스 로버트 킹의 아들 애덤 킹이 되어 있었다. 아빠와 아들은 서울의 밤길을 걸었다. 한국에 와서 스포트라이트를 받았지만, 애덤이 함께 걸어가야 할 사람은 아빠 로버트라는 사실을 애덤은 잘 아는 듯했다.

애덤은 아빠의 손을 굳게 잡았다. 다시는 자신의 의지와 상관없이 자신의 운명이 결정되는 일이 없었으면 하는 바람 때문이리라.

밤 산책을 마치고 호텔 문을 들어설 때 작은 사고가 났다. 회전문 안에서 티타늄 다리가 빨리 움직여주지 않아, 그만 회전문 안에서 넘어진 것이다. 주위에 있던 사람들이 달려와서 "괜찮니?" 하고 묻고 있는데 애덤은 아무런 일이 없었던 것처럼 다시 일어나 회전문을 빠져 나왔다. 그러고는 주위 사람들에게 윙크를 했다.

애덤에게 자신의 장애는 분명 엄청난 부담이다. 장애 때문에 많이 불편해한다. 그러나 장애를 부끄러워하지 않는다. 장애인이라는 이유로 다른 사람에게 의지하려고 하지 않는다. 오히려 장애로 인해 자신이 움츠러드는 것을 아주 싫어한다. 애덤은 한국인들에게 이렇게 말하고 싶어했는지도 모른다.

"한국 사람들이 장애인들을 불편해하지 않았으면 좋겠어요. 정작 불편한 사람들은 장애인들입니다. 장애인 때문에 불편해한다면, 그 사람도 결국은 장애인이 아닐까요."

호텔 방으로 들어가려는데 기다리는 사람이 있었다. 서 선생이었다. 킹 씨 부부가 두번째로 한국 아이를 입양할 때, 서 선생이 미국까지 데려다 준 인연이 있다. 그 이후 서 선생은 킹 씨네 가족과 절친한 사이가 되었다. 서 선생은 로버트를 보자마자 손을 잡아끌면서 자기 집에 가자고 했다.

"로버트, 한국에서는 친한 친구가 멀리서 오면, 친구를 자기 집에 하룻밤 묵게 하는 게 예의입니다. 그러니까 오늘 마지막 밤은 반드시 우리 집에서 자야 해요."

로마로 가면 로마의 법을 따르라고 했다. 마냥 사람 좋기만 한 로버트. 친구의 간절한 청을 거절할 수가 없었다. 미국적인 정서로 말하자면, 갑자기 나타나 그런 청을 하는 것은 무례도 이만저만한 무례가 아니었다.

로버트가 아시아 사람들의 정서를 전혀 모르고 있는 것은 아니다. 한국 사람 특유의 정에 대해서도 웬만큼 겪어봐서 안다. 오래전 해군으로 복무할 때 오키나와에서 근무한 일도 있었고, 입양하면서 한국에 대해 공부했을 뿐 아니라 한국 친구들도 많이 생겼기 때문이다.

서 선생 집에 도착하자 서씨 내외는 킹 씨네 식구들의 안부를 묻느라 정신이 없었다. 애덤은 옆에서 곯아떨어진 지 이미 오래였다. 친구네 집에서 묵는 서울의 마지막 밤은 따뜻했다. 로버트는 한국을 마음이 따뜻한 나라라고 말한다.

만일 생모를 만난다면

서 선생 집에서 눈을 떴는데, 시간이 별로 없었다. 호텔로 돌아가 짐을 챙겨야 했다.

애덤에게는 서울 방문이 너무도 짧았다. 그러나 떠나야만 한다. 나중에 자신의 뿌리를 찾기 위해 다시 서울을 찾더라도, 지금은 떠나야 할 시간인 것이다.

혹시 생모를 만나게 될지도 모른다는 기대가 없지 않았다. 로버트도 애덤의 생모와 맞대면할 경우를 대비해 할 말을 준비해왔다.

"이렇게 아름다운 아이를 보내주셔서 감사합니다. 이렇게 많이 컸답니다. 얼마나 자랑스러우신가요?"

그러나 준비해 온 말을 입 밖으로 꺼낼 기회는 주어지지 않았다.

생모는 나타나지 않았다. 그렇다고 적극적으로 찾아 나서지는 않기로 했다. 아직은 애덤에게 적절한 시기가 아니었다. 그리고 혹시 생모의 평안한 가정에 평지 풍파를 일으킬 수도 있었다. 그렇다. 지금은 생모를 만나지 않고 돌아가는 것이 모두를 위해 나은 일인지도 모른다.

공항으로 가기 전에 마지막으로 방문할 곳이 있었다. 이번 서울 나들이에서 가장 의미 있는 만남이었는지도 모른다. 이 모임의 회원들만큼 애덤을 만나보고 싶어하는 사람들도 많지 않았을 것이다. 이 모임이 바로 미국 로스앤젤레스에 사는 스티브 모리슨이 설립한 엠팩(MPAK), 즉 한국입양 홍보기관이다. 스티브 자신도 열네 살 때 미국 가정에 입양된 한국인이다.

"제 이름은 최석춘이며 미국 이름은 스티브 모리슨이라고 합니다. 저는 일산에 있는 홀트 아동복지원에서 자라났으며 열네 살 되던 해에 아주 좋은 미국인 가정에 입양되었습니다. 저의 양부모 되시는 존 모리슨 부부는 저를 무척 사랑하셨습니다. 슬하에 친자식이 1남2녀나 되었지만 한국에서 두 명의 고아를 입양하셨지요. 그들은 저를 기독교적 가치관으로 양육하셨으며 그들의 사랑과 보살핌으로 저는 가정의 진정한 의미를 처음으로 깨닫게 되었습니다. 제 양부모님을 통해 부모의 사랑이 무엇인지 알게 되었으며, 특히 제 아버지는 제가 성인으로 자라며 성숙하는 데 본받을 점이 많으셨습니다. 그분은 저에게 참된 신사의 의미를 가르쳐주셨으며 또한 제게 좋은 아버지와 남편의 모델이 되셨지요. 언젠가 아버지께서 하신 말씀을 저는 평생 잊을 수 없습니다. '스티브, 내가 인생을 살면서 몇 가지 중요한 결정을 내린 것 가운데 참 잘한 것이 셋 있는

데, 그 중 첫번째는 하나님을 믿은 것이고, 두번째는 네 어머니와 결혼한 것이고, 세번째는 너를 우리 가정에 입양한 것이다'라고 하셨습니다."

스티브는 자기가 축복받은 인생이라고 자부하면서도, 이제는 한국인들이 한국 아이들을 입양하자고 활동을 벌이고 있다.

이날 애덤의 환영 모임에 엠팩 회장인 스티브가 미국에서 환영사를 전송해 왔다.

"이제는 한국인들이 따뜻한 사랑의 마음으로 한국 고아들을 입양할 때가 되었다고 저는 확신합니다. 이를 위해선 먼저 한국인들의 고아에 대한 생각이 바뀌어야 합니다. 저는 고아와 입양아들에 대한 한국사회의 그릇된 편견을 바로잡으려고 노력해왔습니다. 기독교인으로서 저는 특히 한국 교인들에게 이러한 아이들을 대할 때 예수님께서 그들을 향하여 가지셨던 열정과 사랑을 생각해보라고 부탁하곤 합니다. 「마가복음」 9장 37절에서 예수님은 '누구든지 내 이름으로 이런 어린아이 하나를 영접하면 곧 나를 영접함이요……'라고 말씀하셨습니다. 제가 바라는 것은, 한국 정부가 나서서 한국 고아들을 한국 가정에 입양하는 캠페인을 하였으면 하는 것입니다. 저는 언젠가는 모든 한국 고아들이 한국 가정에 입양되는 날이 꼭 올 것이라고 믿어 의심치 않으며, 그것이 또한 제가 뜨겁게 바라는 바입니다."

스티브와 로버트는 오랜 친구 사이로 입양 홍보를 위해 서로 돕는 사이이다.

스티브는 환영사에서 홀트 재단의 창설자인 홀트 부부의 평생 모토를 다시 한 번 되새겼다.

"모든 어린이는 가정을 가질 권리가 있다."

애덤은 이 말을 이렇게 바꾸고 떠나는 셈이었다.

"모든 한국 어린이는 한국 부모를 가질 권리가 있다."

인천국제공항에서 출국 절차는 간편했다. 배웅나온 사람들에게 손을 흔들면서 미련도 다 털어버렸다.

비행기에 오르자마자 애덤은 모든 것을 다 잊은 듯했다. 바로 조금 전까지 플래시 세례를 받으며 유명인사처럼 능청스레 굴던 모습은 도무지 찾아볼 수가 없었다.

비행기에 올라타자마자 애덤이 제일 먼저 한 말은 이것이었다.

"아빠, 나 빨리 가서 밀린 숙제 해야 돼."

제2부

엄마 품으로 오렴

"우리들도 사랑의 고갈을 느낄 때가 있어요. 우리가 가진 사랑의 저수
지가 바닥났다는 사실을 몇 번이나 경험했지요. 로버트와 다투기도 하
고 아이들을 향해 소리지르기도 했죠. 어떻게 살아야 할지 앞이 캄캄해
질 때도 있고, 지쳐서 꼼짝 못할 때도 있죠. 그러나 사랑이 메말랐을 때
도 나는 사랑하기를 그치지 않았어요. 아이들은 여전히 사랑을 먹고 자
라야 하니까요. 그럴 때는 사랑을 재충전하기 위해 로버트와 둘만의 시
간을 가져요."

다나와 로버트, 이름 때문에 가까워지다

애덤을 '가슴으로 낳은' 엄마 다나는 공군장교인 아버지 윌리엄과 어머니 패트리샤의 3남2녀 중 장녀로 태어났다. 군인 가족이었기 때문에 어릴 때는 늘 이사를 다녀야 했다. 북가주에서 시작해 텍사스, 영국, 오키나와, 그리고 다시 북가주를 거쳐 남가주에 정착했다.

어려서부터 줄곧 옮겨다닌 탓에 다나에게는 고향으로 기억될 만한 도시가 없다. 공군기지가 어렸을 적 그녀 삶의 전부였다. 활주로와 비행기, 군인들로 둘러싸인 유년시절. 그래서 누가 고향을 물으면 다나는 '공군기지'라고 말하며 깔깔 웃는다.

애덤의 아빠 로버트가 태어난 곳은 오클라호마에 있는 아주 작은 도시 센티넬이다. 1952년, 아버지 제임스와 어머니 줄리아 사이에서 태어났다. 3남2녀의 장남이다. 막내와는 무려 16년 차이가 난다.

로버트는 열한 살 때까지, 마을의 모든 사람들과 가족처럼 가깝게 지내며 고향에서 살았다. 고향에서 주유소를 경영하던 로버트의 아버지는 아이들이 커가기 시작하자 좀더 큰 도시에서 교육시키기 위해 주유소를 처분하고 캘리포니아로 건너왔다. 아버지는 캘리포니아에서 '새출발'을 했다. 철공소 용접공으로 취직한 것이다. 쉽지 않은 결정이었지만 로버트의 아버지는 아직 젊고 건강했다. 캘리포니아에서는 롱비치에 둥지를 틀었는데, 1972년 로버트가 대학교 2학년 때까지 이곳에서 살았다.

다나와 로버트는 고등학교 교실에서 만났다. 두 사람은 2학년 때 같은 반의 급우였다. 다나의 처녀 때 이름은 다나 킹슬리였고, 로버트의 이름은 로버트 킹이었다. 두 사람 성의 영어철자가 서로 비슷했기 때문에 출석을 부를 때나 줄을 설 때나 항상 앞뒤였고, 특별활동을 할 때에도 항상 같이 배치되는 바람에 자연스럽게 친해졌다.

두 사람은 다나의 친구 낸시의 생일파티 때 결정적으로 가까워졌다. 낸시가 다나와 로버트를 함께 초청한 것이었다. 둘은 친구 생일파티에 갔다가 서로 마음을 터놓는 사이가 되었다. 그후 깊은 우정과 사랑을 쌓아가는 예비커플이 되었다.

다나와 로버트의 결혼은 우연이라고 보기에는 힘든 점이 많다. 두 사람은 성격 면에서 큰 차이가 있는데, 오히려 그 차이가 환상의 콤비를 이루게 한다. 그 동안 두 부부가 벌여온 '입양 사건'들을 하나하나 듣다 보면 거기에는 어떤 섭리가 작용하고 있는 것처럼 보인다.

약혼식 전에 한 '결혼 서약'

대학 2학년을 마친 로버트는 해군에 자원했다. 베트남 전쟁이 막 끝난 상태였지만 아직도 전 군에 비상령이 내려져 있었고 강제 징병제도가 실시되고 있었다. 로버트도 징병 대상이었다. 군에서 언제 부를지 모르는 상태였다. 로버트는 하염없이 기다리느니, 해군에 자원 입대하기로 결심했다. 그때가 1972년, 로버트가 열아홉 살 때였다.

한 해 전, 다나에게 프로포즈를 해 승낙을 받아놓은 상태여서, 서로 떨어져 지낸다는 것은 상상조차 할 수 없는 일이었다. 두 사람은 서둘러 약혼을 하고, 미래에 대해 많은 이야기를 나누었다. 곧 해군에 입대하여 여러 해를 복무해야 하는 상황이었으므로 직업은 당분간 정해진 거나 마찬가지였고, 2세 문제가 큰 관심거리였다.

"로버트, 우리 아이를 몇이나 낳으면 좋겠어?"

다나가 물었다.

"글쎄."

다나가 다시 물었다.

"넷 정도가 적당하지 않을까?"

"아니, 그렇게나 많이?"

로버트는 자녀 문제가 마음에 와 닿지 않았다. 아직 절실한 문제로 다가오지 않았기 때문이었다. 아직 나이도 어릴 뿐 아니라, 군입대를 앞두고 어떻게 하면 다나와 좀더 많은 시간을 가질 수 있을까 하는 생각뿐이었다. 그러나 다나를 사랑하는 로버트는 다나가 묻는 말마다 좋아라고 맞장구를 쳐주었다.

"넷이라. 남자 둘에 여자 둘, 아주 보기 좋겠는데."

그런데 다나가 뜻밖의 제의를 했다.

"두 명은 우리가 낳고 두 명은 입양하면 어떨까?"

다나가 입양이란 말을 처음으로 꺼낸 순간이었다.

입양이란 단어를 처음 듣는 로버트는 잠시 입술을 씰룩였다.

"그것도 좋겠네, 그렇게 하지. 다나가 좋다면 나는 언제나 찬성이야."

로버트는 가볍게 대답하고 넘어갔다. 그러나 다나의 제안은 결혼식 주례가 신랑신부에게 묻는, 거부할 수 없는 신성한 질문이었고, 로버트가 한 대답은 결혼 서약을 준수하겠다는 굳은 결심과 같은 효력을 갖게 되었다.

다나는 어렸을 때부터 입양놀이를 즐겼다. 문 밖에 장난감아기를 놓아두고 문을 열면서 "오, 나의 아기, 어서 엄마 품으로 오렴" 하며 안아주곤 했다.

"그때는 단순한 놀이였기 때문에 입양이 무엇인지 전혀 알지 못했지요. 지금 생각해보니 하나님께서 그때부터 나를 준비시키신 게 아닌가 싶어요."

다나가 입양을 구체적으로 생각하게 된 것은 고등학교 때 해리 홀트 여사의 이야기를 읽고 나서부터였다. 한국 전쟁 고아들을 위해 남은 삶을 불사른 홀트 부부의 삶을 그린 글을 읽고 감명을 받은 것이다. 그 중에서도 홀트 여사가 한 말, 그래서 홀트복지회의 모토가 된 말이 다나의 마음을 뒤흔들었다.

"모든 어린이들은 가정을 가질 권리가 있다."

언뜻 평범해 보이는 이 말 한마디가 다나의 머리에서 한시도 떠난 일이 없었다. 이명처럼 귓가에 맴돌았다.

로버트가 해군에 자원 입대하기 6주 전, 두 사람은 결혼식을 올렸다. 로버트 킹과 다나 킹. 킹 씨 부부가 탄생한 것이다. 신혼의 단꿈에 젖기도 전에 로버트는 해군 군복을 입었다. 훈련을 마치고 처음 발령받은 임지는 오키나와였다. 오키나와는 다나가 어렸을 때, 공군장교였던 아버지와 함께 살았던 곳이어서 '공군 기지'가 고향인 다나에게 군인 가족으로서의 생활은 조금도 새로운 것이 아니었다. 다나는 잘 적응했다.

첫 입양에 실패한 까닭

오키나와에서 보낸 두 해는 어느 틈에 지나가버렸다. 신혼에다 바쁘게 돌아가는 군 생활 때문에 아이 갖는 일을 뒤로 미뤄두고 있었다.

그러던 어느 날, 오키나와 판자촌을 지나던 다나가 일본 아이들하고 다르게 생긴 아이들을 발견하고 걸음을 멈추었다. 제대로 못 먹어서 그랬는지 거무튀튀한 얼굴에 눈이 퀭한 모습들이었다. 옷차림도 형편없었다. 국적을 알 수 없는 아이들이 해진 고무신을 신고 공을 차고 있었다. 이웃 사람들에게 물어보니, 월남전으로 인해 살 곳을 잃고 이곳까지 흘러들어온 캄보디아 난민촌의 고아들이었다. 아이들이 고아라는 말에, 다나는 갑자기 머릿속이 하얘지는 것 같았다.

"내가 지금 무얼 하고 있는 거지? 그래, 입양, 입양을 해야지."

다나는 상기된 얼굴로 집으로 돌아왔다. 해질 무렵, 로버트가 타고 오는 자동차 소리가 들리자, 다나는 문을 열고 달려나갔다.

"로버트, 잠시 나랑 갈 데가 있어."

로버트는 피곤했지만, 다나의 의사를 꺾어본 적이 없었다. 로버트가 물었다.

"어디 구경거리라도 생겼나?"

"아니, 가보면 알아."

로버트는 차에서 내려보지도 못하고 다나를 옆자리에 태웠다. 다나가 가르쳐주는 대로 꼬불꼬불한 길을 따라 차를 몰았다. 캄보디아 난민촌이었다. 영문을 알 까닭이 없는 로버트가 시큰둥하게 물었다.

"여긴 왜 왔어?"

"저 아이들을 가만히 봐. 분명히 일본 아이들이 아니야. 캄보디아에서 온 고아들이래."

다나가 심각하게 말했다.

"그래서?"

로버트는 무언가 심상치 않다고 느꼈다.

다나는 아무 대꾸도 않고 그 큰 두 눈만 껌뻑거렸다. 잠시 후 다나는 집으로 돌아가면서 이야기하자며 차를 돌리게 했다.

"로버트, 우리 결혼 전에 약속한 것 아직 잊지 않았지?"

"뭘?"

"아이를 갖는 거."

"그런데?"

"아까 본 아이들 중에 하나 입양하면 어때?"

로버트는 아무 말도 하지 않고 액셀러레이터를 힘주어 밟았다. 계속되는 비상훈련으로 인해 지칠 대로 지친 상태였다. 아무 생각도 하고 싶지 않았다. 아무리 사랑스러운 다나였지만 너무나 뜻밖의 제안이었다.

시큰둥한 표정으로 일찍 잠자리에 들면서 로버트는 말했다.

"다나, 아직은 아이를 가질 때가 아니라고 생각해. 우리가 낳든 아니면 데리고 오든 그게 문제가 아니야. 난 지금 아이를 갖는 것 자체에 대해 준비가 되어 있질 않아. 자자."

침대에 먼저 들어가는 로버트를 물끄러미 바라보며 다나는 아무 말도 하지 않았다.

다음날 저녁, 로버트는 콧노래를 부르며 집으로 돌아왔다. 남편이 기분이 좋다는 것을 눈치챈 다나는 저녁상에 로버트가 좋아하는 일본식 테리야끼를 올렸다. 식사를 마치자 다나는 로버트에게 녹차를 한잔 권하며 어제의 일을 상기시켰다.

"로버트, 어제 본 아이들이 불쌍해 죽겠어. 어제 그 아이들의 눈을 보니 '엄마가 되어주세요' 하는 것만 같았어. 어차피 아이를 길러야 할 바에야 일찍 기르는 것이 좋잖아? 순서를 좀 바꾸어 입양을 먼저 하고 나중에 아이를 낳으면 되잖아?"

로버트는 물러서기로 했다. 다나의 성격으로 볼 때 결코 포기할 것 같지 않았다.

"다나, 당신이 얼마나 입양을 원하는지는 내가 누구보다도 더 잘 알지. 그토록 원한다면 그렇게 하자구."

다나는 다음날부터 관계기관을 찾아가 입양 절차를 알아보기 시작했다. 그런데 절차가 여간 까다롭지가 않았다. 오키나와에는 전문 입양기관이 없는데다, 난민을 다루는 국제법상에도 여러 문제들이 얽혀 있었다. 입양은 영 진척될 기미를 보이지 않았다. 킹 씨 부부가 오키나와를 떠날 때까지도 진전되는 사항이 없었다. 오키나와에서 다나가 시도한 첫 입양은 결국 수포로 돌아가고 말았다.

생활비 빠듯, 전 가족 외식은 꿈도 못 꿔

입양을 하는 데는 돈이 많이 든다. 상식적으로 생각하면, 불쌍한 아이들을 입양하는 부모들에게 정부가 경제적 뒷받침을 해주며 장려할 것 같지만 사실은 그렇지 않다.

미국의 경우, 입양을 하는 방법에는 크게 두 가지가 있다. 하나는 정부 기관을 이용하는 방법이고 다른 하나는 비영리 입양 단체를 통하는 길이다.

정부를 통해 입양하면 돈이 훨씬 적게 든다. 그러나 정부를 통해 입양하려면 많은 제약이 따른다. 시간도 상당히 오래 걸린다. 그리고 정부를 통해 입양되는 아이들은 대부분 미혼모가 버린 아이거나, 구타 혹은 알코올이나 마약 중독 등으로 인해 양육권이 박탈된 부모의 자녀들이다.

정부에서 관리하는 아이를 입양하려면 그 절차가 까다롭다. 먼저 아이를 돌볼 수 있는 자격증을 따야 한다. 자격증을 따기 위해서는 수십 시간에 달하는 특별 과정 클래스를 수강해야 한다. 뿐만 아니다. 정부 관리들과 면담을 해야 하고, 재정 상태와 심리 조사에 합격해야 한다. 이런 절차가 신속하게 처리되는 것도 아니다. 신청에서 입양까지 보통 2년 가까이 걸린다.

그래서 사설 입양기관이나 비영리 입양 단체를 찾는 부부들이 많다. 시간이 많이 걸리지 않고, 또 친부모들이 스스로 양육권을 포기한 자녀들이기 때문에 나중에 법정 소송에 휘말릴 위험이 거의 없다. 대부분의 입양이 이 같은 전문 기관이나 단체를 통해 이루어지고 있다. 다만 한 가지 단점이 있다면, 비용이 만만치 않게 든다는 것이다.

킹 씨 부부는 1987년 홀트를 통해 한국 아이를 입양할 때 수속비가 4,500달러 정도 들었다. 요즘은 수속 및 여행 경비를 포함해 9,000~10,000달러 가량 들어간다. 홀트의 경우는 그래도 다른 기관보다 입양비가 낮은 편이다. 다른 재정적 도움을 받고 있기 때문이다. 입양비를 마련하기 위해 어떤 가정은 융자를 받기도 하고, 또 어떤 가정은 신용카드를 사용하기도 한다.

킹 씨네는 입양비를 위해 저축하고 있다. 모자라는 부분은 '언제나 하나님이 보충해주신다'고 말했다. 데이빗과 레베카의 경우, 각각 4,500달러와 5,000달러가 들었다. 장애아를 데려올 때는 입양비가 많이 경감된다. 장애아를 입양할 때는 입양기관에서 경비를 도와주는 셈이다.

홀트 재단에서 장애아를 입양하면, 경비 가운데 70퍼센트를 지원받는다. 홀트에는 독지가들의 기부로 운영되는 '장애아 입양을 위한 특별 기금'(SNAF)이 있기 때문이다. 인도에서 데려온 장애아 리나도 SNAF의 도움을 받아 입양했다. 연방 정부나 주 정부로부터 나오는 보조는 일체 없다.

킹 씨 부부는 1987년 이후, 한 해 건너 한 명 꼴로 입양을 해오고 있다. 돈을 모아 오로지 입양하는 데 쓰고 있다고 해도 과언이 아니다. 그렇다고 입양비가 척척 모아지는 것은 아니다. 로버트가 받는 월급으로는 13식구가 생활하기에도 빠듯하다. 킹 씨네 대가족의 가계부를 살펴보자.

한 달에 식비만 4백여 달러가 지출된다. 코스트코라는 대형 도매 식품 슈퍼마켓의 세일기간에 맞춰 식품을 구입하는데도 그렇다. 전 가족이 함께 하는 외식은 엄두도 내지 못한다. 식구들이 맥도널드 같은 데를 가면 그 자리에서 100달러가 날아간다. 그래서 다나가 생각해낸 것이 '둘만의 외식'이다. 아이가 생일을 맞았거나, 누가 학교에서 상을 받아온 날이면, 다나는 그 아이만 데리고 나가 맛있는 음식을 사준다. 집에 돌아와서는 온 가족이 모여 케이크를 자르며 함께 축하해준다.

다나가 한 아이만 데리고 레스토랑에 가는 이유는 또 있다. 워낙 많은 식구들이 모여 살기 때문에 자칫 개인적인 문제에 소홀해지기 쉽기 때문이다. 가끔 아이들과 둘만의 시간을 가지면서 오붓한 대화를 나누는 것이다. 특히 사춘기가 가까워오는 아이들에게 둘만의 시간을 가지며 관심과 애정을 쏟는다.

단체 외식을 없애고 장바구니를 줄여도 다나의 지갑은 언제나 비어 있다. 그래도 넉넉하지는 않지만 아이들의 용돈은 꼭 챙겨준다. 아이들이 또래 사회에서 소외되는 일이 없도록 신경을 쓰는 것이다.

빠듯한 살림살이이다 보니, 킹 씨 부부는 따로 취미생활을 즐길 만한 시간이나 여유가 없다. 미국 사회에서 중산층이라고 하면 골프나 헬스 등 레저 스포츠를 생활화할 수 있는 능력을 갖춘 사람들을 말한다. 킹 씨 부부는 소득으로 보면 중산층이지만 여가생활에 관한 한 '극빈층'이나 다름없다.

로버트가 즐기는 취미생활은 가끔 교회에서 주최하는 농구시합에 참가하는 게 고작이다. 보통의 미국 사람들처럼 로버트도 어렸을 때부터 농구를 무척이나 좋아했지만, 소파에 앉아 NBA 중계를 볼 시간도 없다. 취미생활을 즐기지 못한다고 해서 이들 부부에게 어떤 스트레스가 쌓이는 것은 아니다. 두 부부에게는 11명의 아이들을 돌보고 사랑을 나누는 것이 가장 큰 즐거움인지 모른다. 부부는 오늘도 특별활동이 있는 아이들을 운동장으로, 댄스 학원으로, 피아노 학원으로, 드라마 연습장으로 실어 나르느라 즐거이 시간을 쪼개고 또 쪼갠다.

꿈의 둥지

킹 씨 가족의 이야기가 한국에 알려지면서 킹 씨 부부를 당혹스럽게 하는 일들이 종종 발생했다. '나도 데려가 달라' 며 호소하는 장애인들이 간혹 있다는 것이다. 자기를 데려가거나 아니면 최소한 미국 구경이라도 시켜달라는 것이었다. 난감한 일이 아닐 수 없었다. 로버트는 그럴 때마다 자신의 처지를 간곡히 설명하느라 진땀을 뺐다.

"우리도 그런 소원을 들어드렸으면 참으로 좋겠어요. 하지만 우리에겐 그런 능력이 없습니다. 죄송합니다."

킹 씨네가 돈이 많아서 많은 아이들을 데려다 키운다고 생각하는 사람들이 없지 않은 것 같다. 킹 씨 가정은 돈이 없어 궁색한 삶을 살지는 않지만, 그렇다고 재정적으로 여유가 있는 가정은 아니다. 로버트 혼자 벌어 모든 가족을 부양하고 있다.

로버트가 유수한 커뮤니케이션 회사의 간부 직원으로 있기 때문에 비교적 수입이 안정되어 있다는 것 말고는 특별할 것이 없다. 월

급만으로는 부족해서 로버트는 예비군으로 계속 복무하고 있다. 20년 전에 구입해 지금까지 살고 있는 모레노밸리 주택은 포화상태이다. 자그마한 뒤뜰이 있는 방 네 개짜리 아담한 집은 네 명을 위한 집이었다. 그 집에 13명이 모여 살게 되었으니 오죽했겠는가? 게다가 한 식구가 곧 늘게 되었다. 한국에서 조셉이 오면 14식구가 살아야 한다. 할 수 없이 차고를 개조하여 방을 두 개를 더 만들고 앞쪽 현관 쪽을 늘려 방 하나를 더 만들어 모두 7개의 방을 마련했다. 그런데도 여전히 화장실은 두 개밖에 없어서 아침 저녁에 보통 어려움을 겪는 게 아니다. 좀더 넓은 집으로 이사갔으면 하지만 당장 여유가 없어 꿈도 꾸지 못한다.

그래도 이 집은 킹 씨 가족의 뿌리가 깊게 내려져 있는 곳이다. 제시카와 그 아래 모든 입양동생들을 맞이한 곳. 집과 부모가 없는 아이들을 품어 꿈을 부화시킨 꿈의 둥지이다.

'터프 러브'를 아십니까

11명이나 되는 아이들, 거기에는 입양한 장애아들도 4명이나 포함되어 있다. 그 많은 아이들을 저마다 하나의 인간으로 서게 하는 특별한 교육법은 과연 있을까. 있다면 그것은 무엇일까. 자녀 한두 명을 키우는 데도 절절매는 시대인데, 그 많은 아이들을 어떻게 가르치는 것일까. 아이들만 바글바글 모아놓고 키운다면 고아원과 무엇이 다르단 말인가.

그러나 킹 씨 부부의 일주일 스케줄만 보더라도 이런 질문은 곧 머쓱해지고 만다. 아이들이 하고 싶은 일이 있는데 부모의 도움이 없어서 못 하는 일은 없다. 다른 형제들 때문에 자신의 계획을 포기하는 일도 전혀 없다. 11명 아이들 모두가 일반 가정의 아이들처럼 방과 후에 한 가지 이상 특별활동을 하고 있다. 킹 씨 부부는 번갈아가며 아이들의 발이 되어준다.

"할 수 있었는데……"라는 변명은, 적어도 킹 씨네 집에서는 통하지 않는다. 여건과 환경을 들먹거렸다면 단 한 명도 입양하지 못했을 것이다. "꿈이 있는 곳에 길이 있다" 이 한마디가 킹 씨 부부의 교육철학이다. 그리고 여기에 '터프 러브'라는 교육방식을 곁들인다.

킹 씨 집에서는 장애가 이유가 되지 못한다. 장애가 있다고 해서 학교 숙제나 집안일에서 제외되지 않는다. 장애아를 외면하는 것도 문제지만 장애아들을 특별 대접하는 것도 큰 문제라는 것이다. 장애아를 특별하게 대우하다 보면 타인에 대한 의존도만 높아지고 결국에는 스스로 아무것도 할 수 없는 비참한 지경에 이르고 만다.

다나는 그래서 때때로 '터프 러브'를 한다. '터프 러브'란 어떤 사랑일까. 다나는 이렇게 말한다.

"물론 성격 차이가 있고 장애 정도에도 차이가 있기 때문에 모든 아이들에게 같은 기준을 적용할 수는 없지요. 가장 중요한 것은 각자에게 맞는 목표를 정하고 그 목표를 이루어나가도록 항상 도전하도록 해야 한다고 생각해요. 애덤이 두 다리가 없다고 해서 집에 와서는 가만히 앉아만 있으라고 한다면 애덤은 폐인이 될 거예요. 윌리엄이 한쪽 팔이 없다고 해서 계속 밥을 먹여주기만 하면 그 아이는 평생 혼자서는 살 수 없을 거구요. 교육이 거창한 거라고 생각지 않아요. 교육의 궁극적 목표는 이 세상에서 혼자서 살아갈 수 있는 최소한의 방법을 습득케 하는 것이죠. 그렇기 때문에 장애아들을 무조건 받아주어서는 안 됩니다. 부모로서 애처로울 때가 많지요. 어떤 경우에는 부모가 대신 해주는 게 훨씬 편하기도 해요. 부모들은 인내가 부족하고, 또 자식이 하는 일이 성에 차지 않아서 쉽게 자녀가 해야 할 일을 대신 해주는 경향이 있어요. 이런 부모들이 아이들의 인생을 망가뜨린다고 생각해요."

터프 러브에 대해 안다는 것과 터프 러브를 실천한다는 것 사이에는 엄청난 차이가 있다. 다나가 애덤의 두 다리를 절단할 것인가, 아니면 그대로 둘 것인가를 놓고 고심할 때가 바로 그런 경우였다.

"애덤은 태어날 때, 종아리뼈 가운데 큰 것 하나는 아예 없었고, 다른 하나는 자라다 만 기형이었어요. 두 다리가 다 그랬어요. 걸을 수가 없었지요. 의사들은 애덤이 걸을 수 있는 유일한 방법이 두 다리를 자르고 의족을 하는 것이라고 말했어요. 그냥 두는 것이 외견상으로는 보기 좋았지요. 처음에는 어떻게 하는 것이 애덤을 위하는 길인지 판단이 잘 서지 않았어요. 이 다음에 커서 애덤이 어떻게 생각할 것인가도 고민이었지요. 많은 사람들과 의논하고 다른 의사들에게도 자문을 구했어요. 애덤을 평생 기어다니게 할 수는 없었어요. 육체만 기어다니는 게 아니고 마음도 기어다닐 거라고 생각하니 그냥 둘 수가 없었어요. 두 다리를 자르기로 결정했어요. 애덤의 두 다리를 자르던 날 얼마나 울었는지 몰라요."

다나는 울었다. 그 큰 두 눈에서 눈물이 뚝뚝 흘러내렸다.

다나는 보통의 서양여자들보다 더 큰 몸집이다. 거봉 포도알만한 두 눈이 강렬한 빛을 발하고 있고 콧날이 오똑 서 있다. 처음 만났을 때는, '의지가 강한 여자' '도무지 울 것 같지 않은 여자'로 보였던 다나. 하지만 아이들 이야기를 하는 동안, 재미있는 얘기에서는 깔깔 웃다가도 아픈 이야기로 넘어가면 금세 눈물을 쏟아냈다. 굵은 선만 그리며 화폭을 채워나갔을 것만 같은 그녀의 화폭 위에 뜨거운 눈물이 떨어져 그림이 번진다. 아이는 부모의 눈물로 키운다고 했던가. 아이의 더 나은 미래를 위해 흘리는 부모의 '피눈물' 그것이 바로 터프 러브의 본질인지도 모른다.

남편인 로버트가 지켜본 다나는 어떠했을까.

"아이들이 큰 수술을 받을 때 다나는 무척 고통스러워했습니다. 아이가 아픈 만큼 다나도 아파했어요. 그러나 아픔과 두려움으로 절규하는 아이에게는 곁에 엄마가 있다는 사실만으로도 큰 위안을 주지요. 딸 새라는 큰 뇌수술만도 두 번이나 받았는데 머리를 드릴로 뚫고 어깨를 관통해 가느다란 관을 내느라 이루 말할 수 없는 고통을 주었지요. 그때 소리를 질러대는 새라를 엄마가 온몸으로 안고 같이 울었어요. 모녀에게 큰 아픔이었지만, 그것은 큰사랑이기도 했습니다."

다나는 아이들 교육에서 가장 중요한 것은 '사랑'이라고 말한다. 사랑이 없고 책임감만 있는 교육, 기술만 있는 교육은 아이들의 감정을 다치기 쉽다. 어떤 이유에서든 부모의 사랑을 다른 것으로 대체해서는 안 된다. 어머니만이 줄 수 있는 포근한 가슴과 뜨거운 눈물은 다른 그 무엇으로도 대체할 수 없다. 어머니만이 갖고 있는 고유한 온도와 농도가 있기 때문이다. 아버지도 마찬가지다. 아버지만이 줄 수 있는 존재의 의미는 그 어떤 것으로도 대신할 수 없다.

로버트에게 아이들을 모두 대학에 보낼 것이냐고 물었다. 미국에서는 큰 돈을 들이지 않고도 대학 교육을 시킬 수 있는 방법이 많지만, 그래도 기본적으로 드는 경비는 무시하지 못한다.

"자기 능력에 달려 있습니다. 기회를 공평하게 주는 것은 부모의 책임이지만, 그것을 발판으로 도약하는 것은 각자의 책임이지요. 장학금을 받고 좋은 대학에 간다면 좋겠지만, 주 정부에서 운영하는 초급대학까지는 지원할 예정입니다. 우리 큰아이가 집 근처에 있는 초급대학을 나왔습니다. 아만다도 지금 그 대학에 다니고 있지요. 학비가 거의 없고 집에서 다니니까 돈이 별로 안 드는 편입니다. 자기가 하기 나름입니다. 저도 군 입대 전까지 초급대학을 다녔는데, 군대에서 계속 공부했고 제대 후에 완전히 마쳤지요. 덕분에 좋은 회사에 입사하게 되었구요."

공부를 위한 공부는 필요치 않다는 생각이다. 대학은 자기 인생을 스스로 개척하는 준비 기간이지 또 하나의 온실이 아니라는 것이다. 사람이 대학 생활을 만들어 나가는 것이지, 대학 졸업장이 사람을 만드는 것은 아니기 때문이다. 그래서 일을 하게 한다. 자기 용돈뿐 아니라 자기 자동차에 들어가는 비용까지 스스로 감당케 한다. 가난해서가 아니다. 돈이 있어도 주지 않는다.

로버트가 군복을 벗지 않는 이유

로버트는 해군에서 10년을 근무하고 제대한 후 예비역으로 18년째 복무하고 있다.

미국 병역제도는 남자가 18세가 되면 자발적으로 병역 등록을 하도록 규정하고 있다. 평상시에는 모병제를 실시하지만, 비상사태가 발생하면 병역 등록 명부에 의해 징집한다. 등록을 하지 않는다고 해서 감옥에 보내지는 않지만, 병역 등록을 하지 않으면 평생 정상적인 사회생활을 할 수 없다. 그만큼 많은 불이익을 감수해야 한다.

자원 입대한 군인들에겐 각종 혜택이 있다. 기본 월급 외에 가장 큰 혜택은 학자금 지원이다. 병영 안에 있는 대학 분교에서 언제든지 공부할 수 있다. 로버트가 2년만 있다가 나오기로 한 해군에서 10년이나 근무하게 된 이유 가운데 하나가 이 같은 혜택 때문이었다.

로버트는 해군에 있을 때, 졸업하지는 못했지만 컴퓨터 프로그램을 전공했다. 이때 배운 컴퓨터 지식이 결국 지금 로버트의 직업이 되었다. 제대한 뒤에는 일을 하면서 야간 대학에서 남은 학점을 이수하고 학위를 받았다.

미국 예비군 제도는 한국의 예비군 제도와 다르다. 개념적인 면에서는 큰 차이가 없으나 운영상에는 큰 차이가 있다. 한국 예비군은 국가 비상사태를 대비한 전역 민간인 조직인 반면 미국의 예비군은 별개의 군조직이다. 그러므로 예비군으로 복역하는 동안에도 승진이 있고 자기 병과를 계속 살려나간다. 제대한 후 반드시 예비역으로 복무해야 한다는 규정도 없다. 현역 출신이 아니더라도 예비군에 지원할 수 있다. 일년에 2주 간 입영해야 하고 한 달에 한 번씩 주말에 근무해야 한다.

로버트가 해군에서 제대한 뒤 지금까지 18년 동안이나 예비군 복무를 계속하는 이유는 무엇일까. 로버트는 이렇게 말한다.

"첫째는 자기 전공을 살려가며 조금이나마 나라를 위해 공헌하고 싶었고 둘째는 보수 또한 나쁘지 않기 때문입니다."

다나와 함께 11명의 자녀를 돌봐야 하는 로버트에게 한 달에 한 차례씩 주말에 2박3일을 비우는 것은 보통 큰 일이 아니다. 그러나 한푼이라도 더 벌어서 자녀들의 교육을 위해 써야 한다. 한 달에 한 번 휴가를 가도 모자라는 삶 속에서도 예비군 복무를 자청하는 것이다.

예비군복 차림에 아이를 좌우에 한 명씩 안고서 싱긋 웃어 보이는 로버트. 그는 진정한 아버지였다.

사이버 경비대장

로버트는 최근에 직장을 바꿨다. 오래 근무했던 휴즈항공사를 나와 엑소더스 커뮤니케이션이라는 회사로 자리를 옮겼다. 엑소더스 커뮤니케이션사는 전 세계를 무대로 인터넷 관련 정보관리 시스템을 제공하고 관리하는 회사이다.

로버트가 지난 5년 동안 정보 보안 시스템 책임자로 일하던 휴즈항공사를 그만둔 이유는 가정 때문이다. 아이들이 점차 커가자, 다나 혼자서는 도무지 감당할 수 없었다. 다나가 낮에도 지칠 때가 많았다. 그 무렵, 마침 엑소더스 커뮤니케이션사에서 재택근무자를 모집한다는 소식을 들었다. 직장에는 하루도 나가지 않아도 되는 일이었다. 새 회사는 컴퓨터 정보 관련 일에 익숙한 로버트에게 사이버 경비대장 자리를 맡겼다. 로버트는 회사 컴퓨터에 침입하려는 해커들의 움직임을 파악하는 임무를 맡고 있다.

사이버 경비는 일반 경비보다 스트레스가 더 많다. 순간적으로 진행되는데다가, 해커가 사전에 무슨 경고를 하는 것도 아니다. 한

번 침입당하면 회사의 1급 정보가 그대로 유출된다. 이 같은 스트레스에도 불구하고 로버트가 사이버 경비대장의 자리를 택한 것은 다나를 돕기 위해서다. 올해부터는 제시카와 데이빗이 사이버 스쿨에 등록해 집에서 공부하기 때문에 다나 혼자서는 버거웠다.

로버트가 컴퓨터에 앉아 회사 업무를 보는 동안, 제시카와 데이빗도 컴퓨터로 수업을 듣는다. 사이버 스쿨이라고 해서 아무 때나 공부하는 것은 아니다. 등교하지 않는다는 것뿐이지 학교와 마찬가지로 시간표가 정해져 있다. 그 시간에 컴퓨터에 앉아 선생님의 질문에 대답해야 하고, 전자메일로 숙제를 전송해야 한다. 그러나 자칫 능률이 떨어질 우려가 있기 때문에 누군가 곁에서 감독하고 격려해줄 필요가 있다.

로버트의 재택 근무는 이렇게 일석삼조이다. 회사를 위해 해커들을 감시하고, 동시에 컴퓨터로 수업하는 아이들을 돕고, 틈틈이 다나를 거드는 것이다.

자녀 사랑보다 부부 사랑이 먼저

다나와 로버트는 언제나 행복하기만 한 것일까. 11명이나 되는 아이들을 돌보는 일이 항상 즐겁기만 할까. 한 달이 멀다 하고 병원을 방문해야 하고, 크고 작은 수술들이 줄지어 있는데 그걸 어떻게 다 감당하지? 이들의 사랑의 샘은 마르지 않는 것인가? 이들에게는 절망의 순간이 없는 것일까? 부부에게 물었다.

다나는 이렇게 대답했다.

"봄, 여름, 가을, 겨울이 있지요. 봄에는 땅을 갈고 씨를 뿌려요. 들판에서 풀을 뽑고 자갈을 골라내며 땀을 흘리면서도 미소를 머금을 수 있는 것은 봄의 들판에서 이미 가을의 탐스러운 열매를 보기 때문이지요. 여름에는 견디기 힘든 폭염과 폭풍이 있어요. 그러나 이 더위와 바람이 없다면 작물이 영글 수 없다는 건 농부들이 아니더라도 잘 알 수 있잖아요. 봄의 땀과 여름의 인내가 없이는 가을에 웃을 수가 없겠지요."

다나의 사계절론은 계속 이어졌다.

"그러나 가을이라고 해서 마냥 취해 있을 수도 없어요. 가을의 단풍은 겨울을 알리는 저녁 노을이죠. 낙엽은 고통을 알리는 신호이구요. 캘리포니아에서는 실감이 나지 않는 얘기지만 겨울은 그야말로 고통의 시간이에요. 모든 게 얼어붙는 시간, 그러나 겨울도 의미가 있어요. 겨울을 견디지 못하는 생물은 대가 끊기지요. 겨울은 다음 세대로 이어진 다리이니까요."

킹 씨 부부의 건강한 삶의 비결은 봄에 가을을 보는 데 있는 듯했다. 다나는 다시 말을 이었다.

"우리들도 사랑의 고갈을 느낄 때가 있어요. 우리가 가진 사랑의 저수지가 바닥났다는 사실을 몇 번이나 경험했지요. 로버트와 다투기도 하고 아이들을 향해 소리지르기도 했죠. 어떻게 살아야 할지 앞이 캄캄해질 때도 있고, 지쳐서 꼼짝 못할 때도 있죠. 그러나 사랑이 메말랐을 때도 나는 사랑하기를 그치지 않았어요. 아이들은 여전히 사랑을 먹고 자라야 하니까요. 그럴 때는 사랑을 재충전하기 위해 로버트와 둘만의 시간을 가져요."

말없이 고개를 끄덕이던 로버트가 덧붙였다.

"그럴 때면 아이들을 큰 아이들에게 맡기고 집 근처에 있는 공군기지 휴양소로 바람을 쐬러 갑니다. 제가 해군 예비역 장교이기 때문에 매우 저렴한 가격으로 시설을 이용할 수가 있지요. 다나와 단둘이 있는 시간을 갖기 위해 일년에 서너 차례 갑니다."

다나는 사랑의 재충전을 위한 또 하나의 방법을 소개했다.

"부부의 사랑이 있어야, 자녀들에 대한 사랑이 가능하다고 생각해요. 권위적인 순서가 아니라 근원에 대한 순서를 말하는 거예요. 예수님께서도 그렇게 가르치셨잖아요? 부모는 하나님으로부터, 자녀는 부모로부터 사랑을 공급받아야 한다는 것이지요. 우리 부부는 하나님으로부터 사랑을 공급받기 위해 크리스찬을 위한 부부교실이나 수양회 같은 곳에 참석하여 힘을 얻어요. 성경 공부와 찬양도 같이 하면서 많은 대화를 나누지요. 다른 커플들과 대화도 나누면서 영적으로 재충전하구요. 물론 가끔 영화구경도 같이 가고 둘이 저녁 외식도 하곤 해요."

킹 씨 부부가 가장 어려웠을 때는 새라가 두 번에 걸쳐 뇌수술을 할 때였다. 한 번 수술하면 평생 휠체어를 타지 않아도 된다고 마음속으로 그렇게 다짐했지만 다나는 수술실에서 새라를 부여안고 함께 울었다. 새라는 크고 작은 수술을 11번이나 했다. 그때마다 울며 기도하고, 기도하며 울었다.

수술을 마치고 아이들이 조금씩 나아지는 모습을 보면, 수술실에서의 고통은 말끔히 사라지고 이루 말할 수 없는 기쁨이 온몸을 감싼다.

다나는 말했다.

"우리 삶이 그런 것 같아요. 가치 있는 일에 도달하려면 건너야 할 깊은 계곡이 있다는 사실 말예요."

아이와 아빠

처음에는 소극적이었던 로버트가 지금은 누가 흉내내기조차 어려운 입양 전도사가 되어 있다.

로버트를 연상시키는 이야기가 하나 있다.

아버지와 단 둘이 살고 있는 소년이 있었다.

소년은 키도 작고 몸도 여위었지만 풋볼을 몹시 좋아했다.

중고등학교에 다닐 때 늘 풋볼 팀에 들었다.

그러나 소년은 언제나 후보였다. 경기에 한 번도 출전하지 못했다.

그러나 그의 아버지는 아들이 다니는 학교가 경기를 벌이는 날이면 어김없이 관중석에서 소리를 지르며 응원했다.

대학에 들어간 소년은 또다시 풋볼 팀에 지원했다. 감독은, 몸은 왜소했지만 놀랄 만한 투지를 가진 그를 높이 샀다.

이 소식을 들은 아버지는 4년 동안 치러질 대학 풋볼경기 입장

권을 모두 사버렸다.

그러나 아들은 4년 동안 한 경기도 출전하지 못했다.

하지만 아버지는 여전히 관중석을 지켰다.

졸업을 앞두고 마지막 시합이 있기 일주일 전

소년의 아버지가 갑자기 세상을 떠났다.

마지막 경기가 있는 날, 소년은 감독에게 자기를 출전시켜달라고 애원했다. 한 번도 없던 일이었다.

팀이 간발의 차이로 지고 있던 터여서 감독은 소년의 청을 들어줄 수가 없었다. 소년은 더욱더 간절하게 매달렸다. 결국 감독은 마지못해 소년을 출전시켰다.

소년은 경기 종료 1분을 남겨두고 기적적으로 터치 다운을 성공시켰다. 경기가 끝난 후 감독이 믿을 수 없다는 표정으로 어찌된 일이냐고 물었다.

소년이 울먹이며 말했다.

─우리 아버지는 앞을 못 보는 시각 장애인이셨습니다. 아버지는 모든 경기를 보러 오셨지만 제가 출전하지 못했다는 것을 모르셨습니다. 그러나 이제 돌아가신 아버지는 오늘 처음으로 제가 경기하는 모습을 하늘에서 보실 수 있었을 것입니다.

아버지 사랑해요.

아이들 때문이 아니라 아이들을 위해서, 자기 삶을 기꺼이 내놓는 사람. 자기 앞가림은 하지 못하지만, 아이들의 소리에는 귀를 세우는 이야기 속의 아버지처럼, '경기에 출전하지 못하는 장애인들'을 향해 응원을 아끼지 않는 아버지가 바로 로버트이다. 언젠가

그 아이들이 터치 다운을 할 것이라고 믿는 무던한 아버지, 그가
로버트이다.

제 3 부

사랑의 가족

장애인의 꿈은 소박하다.

장애를 가지고도 살아갈 수 있기를 바랄 뿐.

15년 만의 첫 입양아, 데이빗(김중원)

소유케 마시고, 오직 사랑하게 하소서

입양을 하는 가장 큰 이유는 아이를 낳을 수 없기 때문이다. 그러나 킹 씨 부부의 경우는 좀 다르다. 입양은, 결혼 전부터 약속한 평생 숙원사업이었다.

다나와 로버트는 오키나와에서 첫 입양에 실패하고 스코틀랜드로 이주해, 그곳에서 장남 매튜를 낳았다. 결혼 5년 반 만에, 킹 씨 부부가 스물네 살 때 첫 아이를 얻은 것이다. 스코틀랜드에서 3년 복무를 마치고 귀국, 버지니아 기지에 2년 반 동안 근무하면서 아만다를 얻었고 캘리포니아로 돌아와서 제시카를 낳았다. 1남2녀. 그 뒤, 더 이상 아이를 낳지 않기로 했다. 두 부부의 표현대로 '배로 낳은 아이들'을 셋이나 가진 전형적인 미국 중산층 가정을 이루게 되었다. 그러나 다나는 입양하겠다는 꿈을 접지 않았다.

결혼 14주년이 되던 1986년 여름, 다나는 마음 한구석 깊이 묻어 놓았던 꿈을 로버트 앞에 다시 꺼냈다.

"우리가 결혼한 지 벌써 14년이 흘렀어. 든든한 직장도 잡았고,

집도 장만했고. 모든 게 제자리를 잡았어. 그리고 우리 세 아이들 매튜, 아만다, 제시카, 모두 예쁘게 자라고 있으니 얼마나 감사한 일이야."

다나가 입양 이야기를 꺼낸 것은 12년 만이었다. 오키나와를 떠난 이후 입양의 '입' 자도 꺼내지 않았다.

"로버트, 우리도 이만큼 안정되었으니 결혼 전에 약속했던 입양을 시작해보는 게 어때?"

막내 제시카가 두 살 때였다. 온갖 재롱을 다 부릴 때였다. 그 위로 아만다가 다섯 살, 매튜는 여덟 살이었다. 이들의 응석을 받아주는 것만으로도 하루가 모자랄 지경인데 다나는 성이 안 찬 것일까. 아니면 에너지가 남아 돌았던 것일까. 그렇지는 않았다. 입양은 그녀의 숙제이자 평생의 꿈이었다.

로버트도 더 이상 다나의 꿈을 꺾을 수가 없었다. 다나의 말대로 여유가 생긴 것도 사실이었다.

"당신이 그토록 오랫동안 생각해온 일이니 한번 해볼게."

다나는 당장 입양기관에 전화를 걸었다. 그러나 입양기관의 대답이 그렇게 호의적이지만은 않았다. 자녀가 셋이나 있어서, 미국 내에서 입양을 하려면 5년은 기다려야 한다는 것이었다. 입양을 신청해놓고 기다리는 무자녀 부부가 그렇게 많다는 것이었다. 그러면서 이렇게 덧붙이는 것이었다.

"장애아라면 좀더 빠를 수도 있지요."

다나는 한두 살짜리 건강한 아기를 입양할 계획이었을 뿐 다른 생각은 전혀 없었다. 그런데 현실은 다나의 상상과는 전혀 달랐다. 미국 내에서 미국 아이를 입양하려면 시간과 돈이 너무 많이 들었다. 그렇게 기다리다 보면 입양할 아이들이 5~6세가 넘어버려, 입양 결정이 날 때쯤이면 아무도 입양하려 들지 않는다는 것이었다. 입양되려던 아이들은 다시 정부 시설로 들어가고, 아이를 원하는 부부들은 다시 신청하는 악순환이 거듭되었다. 그때 다나에게 떠오른 것이 홀트 재단이었다. 한국 아이를 데려오기로 한 것이었다. 한국 아이를 입양하면 그 동안 동경해왔던 동양문화를 좀더 많이 접할 수도 있었다.

다른 이유도 있었다. 당시에는 미국 아이 입양에 대한 두려움이 있었다. 친부모가 갑자기 나타나 아이를 데려가겠다는 소송이 심심치 않게 일어나곤 했다. 하지만 동양에서 아이를 데리고 오면 그런 일이 없다는 것이었다. 게다가 오래 기다리지 않아도 되었다.

1986년 7월 4일, 미국 독립기념일이었다. 킹 씨 부부는 오랜만에 바닷가로 바람을 쐬러 나갔다. 입양에 대한 기대가 큰 만큼 걱정도 많았던 다나를 위한 외출이었다. 태평양이 한눈에 들어왔다. 저 수평선 너머에서 한국 아이가 날아오는 것이었다. 다나가 로버트에게 물었다.

"로버트, 입양에 대해 생각해봤어?"

"이제 나도 할 수 있을 것 같아. 그러나 딱 한 명만……."

태평양에서 불어오는 바람을 맞으며 두 사람은 손을 꼭 잡고 기도를 올렸다.

"하나님, 우리에게 아이를 허락해주십시오. 우리가 아이를 소유하지 않고 오직 사랑할 수 있도록 해주십시오."

그로부터 꼭 1년이 흐른 1987년 7월 6일, 첫 입양아가 다나의 품에 안겼다. 한국 이름 김중원. 생후 3개월. 부산 출생. 태어나자마자 홀트 재단에 전해짐. 중원이에 대한 다른 정보는 없었다. 그날, 중원이는 샌프란시스코 공항에 도착하게 되었다. 너무 갑자기 온 연락이어서 미처 비행기 표를 예약할 수도 없었다. 수중에 현금도 없었다. 다나와 로버트는 신용카드로 비행기표를 끊고 공항으로 달려갔다. 다나의 언니와 다나 친구들은 자기 돈으로 비행기표를 사서 동행해주었다.

한국에서 중원이를 안고 온 사람은 우연찮게도 홀트를 통해 입양된 청년이었다. 모국을 방문해, 자신의 뿌리를 찾아보는 프로그램에 참가했다가 미국으로 돌아오는 길이었다. 그런 청년이 중원이를 안고 온 것이었으니, 중원이와 킹 씨 부부의 첫 만남은 행운도 이만저만한 행운이 아니었다. 입양아 출신 청년은 상기된 표정으로 중원이를 다나의 품에 안겨주었다. 중원이를 받아든 다나는 떨고 있었다. 생후 3개월 된 중원이가, 다나의 품에서 데이빗으로 다시 태어나는 순간이었다.

로버트가 데이빗을 안고 집 근처 온타리오 공항에 도착했을 때 할머니, 할아버지, 그리고 친척들이 환영 플래카드와 풍선들을 흔들며 데이빗을 환영했다. 태어난 지 세 달밖에 안 된 데이빗은 생글생글 웃고 있었다. 막 '비행기에서 태어난' 데이빗은 낯을 안 가렸다. 누구에게나 잘 안기는 '해피 베이비'였다. 다나의 가슴에서 다시 태어난 데이빗이 미국 사회로 진입하는 순간이었다.

킹 씨 부부가 '넷째아이'를 안고 집에 돌아와 보니, 우편함에 낯선 봉투가 하나 들어 있었다. 뜯어보니, 로버트가 군에 복무할 때 과추징되었던 세금이 돌아온 것이었다.

"그런데 그 액수가 정확히 우리들이 사용한 비행기 값만큼이었어요."

데비빗은 해피 베이비, 한국말로 의역하면, 복덩이였다.

무려 14가지 춤을 추는 타고난 춤꾼

데이빗은 타고난 춤꾼이다. 몸이 그렇게 유연할 수가 없다. 다나는 데이빗은 태어날 때부터 춤꾼으로 태어났다고 말한다. 4년 전부터 춤을 배우고 있는데, 현대 무용이 아니라 사교춤이다. 데이빗이 춤에 대한 감수성이 대단하다는 것을 잘 알고 있는 다나는 댄스 학원에 가지 않겠다는 데이빗을 막무가내로 댄스 학원에 집어넣었다.

"그러고는 첫 시간을 지켜보았지요. 처음에는 쭈뼛쭈뼛하더니 채 10분이 지나지 않아 흥에 겨워 덩실덩실 춤을 추는 거예요."

첫 시간을 끝내고 나올 때 데이빗은 흥분해 있었다. 다나에게 '엄마, 나 이것도 배우고, 또 이것도 배우고……' 하면서 몸을 막

흔들어 보이는 것이었다. 데이빗이 처음에 주저한 것은 댄스는 여자들이나 하는 것이라는 선입견 탓이었다. 데이빗은 당시를 이렇게 돌이킨다.

"마침 우리 주치의 잭의 사모님 제니퍼가 댄스 선생님이었어요. 제니퍼 선생님과 엄마가 하도 권해서 한번 가보았지요. 소년들을 위한 클래스가 개설되었다는 거예요. 남자 아이들과 댄스를 시작하게 되었어요. 처음 몇 번은 하기 싫었는데 하다 보니 재미가 있었어요. 특히 처음 배우기 시작한 춤이 재즈였는데 너무 재미있었어요. 제 몸이 너무 늙어서 도저히 몸을 움직이지 못할 때까지 춤은 계속 출 거예요."

춤을 배운 지 4년이 넘는 지금 데이빗은 무려 14가지 종류의 춤을 출 줄 안다. 벌써 춤에 대한 나름의 철학까지 섰다. 댄스는 자기 자신을 표현할 수 있고 조용히 마음을 가다듬을 수 있어서 매력적이라는 것이다. 유익한 점도 많다고 자랑한다.

"춤은 첫째, 몸을 균형 있게 유지시켜 건강하게 해줍니다. 저는 식탐이 있어서, 춤을 추지 않았다면 몸이 엉망이었을 거예요. 둘째, 댄스는 육체적 건강만이 아니라 정신적인 건강도 길러줍니다. 특히 집중력을 키워주기 때문에 능률이 높아지죠. 숙제도 아주 짧은 시간 안에 해낼 수 있어요. 셋째, 스트레스를 해소시켜줄 뿐 아니라 자제력도 키워줍니다. 말하기를 너무 좋아하는 저는 춤을 추면서 해야 할 말과 하지 않아야 할 말을 구별할 수 있게 되었어요."

데이빗이 춤에 관해 말할 때는 춤 전도사처럼 보인다.

데이빗은 시합에 나가 상도 많이 탔고 단체 발표회도 여러 번 가졌다. 지금은 아이들을 가르치는 춤 교사이기도 하다. 데이빗이 댄스 학원에서 아이들을 가르치는 장면을 본 적이 있다.

"하나 둘, 앞으로 앞으로, 셋 넷, 뒤로 뒤로, 다시 하나 둘, 왼쪽으로 돌고……."

며칠 뒤 댄스 발표회가 있기 때문에 종합 연습을 하고 있었다. 그런데 평소에는 잘 따르던 아이들이 이날 따라 아주 산만했다. 댄스 교사가 된 이후 처음으로 발표회를 갖는 데이빗으로서는 여간 신경이 쓰이는 일이 아니었다. 하지만 아이들에게도 첫 발표회여서 벌써부터 들떠 있었다. 연습시간에 연습보다는 몸단장에 치중하고 있었다. 데이빗은 그 동안 한 번도 화를 내본 일이 없었는데, 이날만큼은 평정을 잃어가고 있었다. 참을 수가 없었던 모양이다.

데이빗은 버럭 소리를 지르면서 아이들에게 달려가더니, 막상 다가가서는 별로 아프지도 않을 것 같은 군밤을 한 대씩 주는 것으로 그쳤다. 달려가는 동안 자제력을 발휘했던 것이다. 춤을 추면서 배운 자제력. 데이빗은 이내 평정을 되찾고 아이들에게 자기가 왜 화가 났는지, 어떻게 연습해야 하는지 등을 차근차근 설명해주었다.

"한국 여자랑 결혼할 거예요"

아빠 로버트가 보기에 데이빗은 '멋진 사나이'이다.

두뇌가 명석한 데이빗은 수학과 과학 분야에 흥미를 보인다. 꿈은 우주선을 타는 과학자. 댄스 교사도 하고 싶어한다. 원래 호기심이 많아 어릴 때부터 질문이 그렇게 많았다고 한다. 뭔가 하나를 생각하면 깊게 파고드는 성격이다. 킹 씨 부부는, 데이빗이 자랑스럽게 커가는 것을 보고 입양에 대한 자신감을 가졌다.

로버트가 한번 데이빗 자랑을 늘어놓기 시작하면 멈출 줄을 모른다.

"데이빗은 자기 뿌리에 대한 관심이 많아요. 한국 음식을 좋아하고 한국말을 열심히 배웁니다. 2년 전부터 이웃 한국 교회에서 실시하는 여름학교에 참가하는데 얼마나 좋아하는지 몰라요. 일주일 동안 한인 가정에서 먹고 자면서 많은 것을 체험하고, 낮에는 교회에서 한국 문화를 배우는 다양한 프로그램에 참여합니다."

가까이에서 한국 문화를 알리는 행사가 열리면 아이들을 보내는 킹 씨 부부. 아이들을 미국 아이로 키우려고 고집을 부리지 않는다. 부부는 아이들에게서 자연스럽게 나타나는 한국인의 심성을 보고 신기해한다.

"법적으로는 미국 사람이 되었지만 데이빗의 심장과 머리는 분명 한국 사람입니다. 태어난 지 석 달 만에 미국으로 건너와 이곳에서 죽 자랐으니 미국 사람이 다 되었을 텐데, 속에는 한국인의 피가 흐르고 있어요".

다나는 어느 날, 데이빗이 결혼하겠다는 소리를 듣고 깜짝 놀란 적이 있다.

"데이빗이 말하기를 '난 한국 여자랑 결혼할 거야' 하는 거예요. 데이빗이 백 퍼센트 '메이드 인 코리아'라는 것을 그때 알았죠."

다나는 남을 배려하는 데이빗의 성품이 무척이나 자랑스럽다고 했다. 학부모나 교인들 사이에서도 데이빗의 성품은 널리 알려져 있다.

"몇 년 전, 교회에서 있었던 일이에요. 데이빗이 자기가 먹던 케

14세의 늠름한 소년 데이빗

이크를 동생 새라에게 나누어주며 입을 닦아주는 모습을 어떤 교인이 지켜보았나 봐요. 그 교인이 울먹거리며 저에게 말해주더라구요. '누가 시키지도 않았고, 또 누가 지켜보지도 않는데 데이빗이 몸을 잘 못 쓰는 제 여동생을 얼마나 잘 돌보던지. 한참을 지켜보았답니다.' 그 이야기를 듣고 저는 얼마나 감동했는지 몰라요."

학부모가 다나에게 들려준 이야기도 있다. 어느 날, 학교 특별행사장에서 음식을 먹기 위해 학생들이 길게 줄을 섰는데 데이빗이 자기보다 뒤에 서 있던 한 장애아의 손을 잡고 '이리 와, 나랑 같이 먹자'고 하더라는 것이었다.

데이빗은 사랑이 많은 소년이다. 특히 장애아에 대한 사랑은 남다르다. 장애아가 많은 집에서 자랐기 때문일까. 킹 씨 부부는 그렇게 해야 한다고 강요한 적이 없다고 말한다.

데이빗을 잘 아는 주위 사람들은 "데이빗은 타고난 리더"라고 입을 모은다. 시키지 않아도 자기가 할 일을 하고, 남을 사랑으로 인도할 줄 아는 아이라는 것이다. 다나는 데이빗을 어떻게 보고 있을까.

"우리 아이들 가운데 데이빗과 제시카는 지도자 자질을 가지고 태어난 아이들 같아요. 친구들이 이 두 아이들을 자연스럽게 따르는 걸 보면 확실히 그래요. 리더란 어떤 일을 잘하는 사람이 아니라 사람들에게 흥미와 동기를 유발시키는 사람이죠. 데이빗과 제시카가 꼭 그래요."

데이빗은 자신을 버린 부모에 대해서도 관대하다. 자신을 입양기관에 보낼 수밖에 없는 상황이었을 것이라고 이해하고 있다. 하지만 낳아주신 어머니를 꼭 한 번 만나보고 싶어한다.

"한 번 꼭 찾아볼 거예요. 그러나 불쑥 나타나 그들의 삶을 방해할 생각은 없어요. 나의 생모가 살아 계신지, 그리고 어떻게 사시는지, 행복하신지 그것만 알면 돼요. 지금 당장은 어렵겠지만, 제가 좀더 커서 정서적으로 준비가 되었을 때 말입니다."

데이빗의 얼굴에 그리움 같은 것이 잠시 스쳐 지나갔다.

데이빗은 킹 씨 부부가 자기의 '참부모'라고 말한다. 도무지 열네 살 소년의 생각이라고 보기 힘들었다.

"하나님께서 특별히 저를 킹 씨 가정에 보내주신 것을 큰 축복으로 생각합니다. 부모님이 많은 시간을 같이 보내주며 모든 것을 아끼지 않아요. 저는 지금의 부모를 '참부모'라고 생각해요."

데이빗에게 애덤이 한국에서 유명 인물이 된 것에 대해 어떻게 생각하느냐고 물어보았다. 데이빗의 대답은 약간 의외였다.

"애덤이 유명해진 것에 대해서 조금도 시기가 나지 않아요. 그러나 애덤이 아시아나 항공 명예 대사로 임명받아 2년 간 무료 항공권을 받은 것은 몹시 부러워요."

데이빗은 한국에 가보고 싶은 것이다.

데이빗은 형제 자매들이 많은 것에 대해서도 불편하다고 말하지 않는 성숙한 소년이다. 자기가 처한 환경을 논리적으로 이해하고 있었다.

"형제 자매들이 많아서 오히려 더 재미있어요. 심심할 일이 없으니 얼마나 좋아요. 새 동생 조셉이 기다려져요. 가끔 뭔가 부족하다는 생각이 들지만, 조금 모자라는 상태가 더 낫다고 생각합니다. 모든 것이 풍족해서 남아돈다면 분명 저는 감사해하지 않을 것이고, 저의 생활은 무질서해질 것이 뻔하기 때문이지요."

너무 어른스럽기만 해서, 재미있는 일은 없었느냐고 물어보았다. 데이빗의 표정이 금세 밝아졌다.

"친구들과 같이 하는 숙제가 있었는데 제목이 '자연보호에 있어서 가장 중요한 일'이었어요. 그래서 저는 공원에다 세계에서 제일 큰 화장실을 짓자고 했지요. 왜냐하면 공원에 놀러 갈 때마다 화장실에 가려면 늘 긴 줄을 서야 했거든요. 그래서 화장실 변기를 크게 사진 찍어서 제출했더니 선생님과 친구들이 모두 배꼽 잡고 웃었다니까요."

데이빗은 성적이 뛰어나 최근까지 영재반에 속해 있었고 지금은 집에서 컴퓨터로 공부하는 사이버 스쿨 과정에 있다. 글짓기를 제일 좋아하고 수학과 과학 과목도 좋아한다. 데이빗의 또 다른 꿈은 입양이다. 이 다음에 크면, 큰 집을 하나 사서 한국 아이들을 20명쯤 입양하겠다는 것이다. 데이빗의 말을 들었을 때, 엄마 다나는 "그때쯤이면 한국 아이들은 한국 가정에서 입양할 거야"라고 말하는 대신 "네 말을 들으니, 엄마는 아주 행복하구나"라고 말했다고 한다.

일 년 동안 적응하지 못했던 레베카 (박영희)

그럼 딱 한 명만 입양하자던 사람이

킹 씨 부부는 데이빗과 '배로 낳은' 세 아이를 돌보느라 바쁘긴 했지만 아이들을 키우는 재미가 쏠쏠했다. 다나는 말할 것도 없었고 입양에 시큰둥했던 로버트가 어린 아이 키우기에 푹 빠져든 것이었다. 신비롭기까지 했다. 데이빗을 입양한 지 일년이 지났을까. 여느 날과 다름없이 분주한 어느 날 저녁이었다. 데이빗의 기저귀를 갈아주던 로버트가 불쑥 이런 말을 하는 것이었다.

"다나, 우리 한 명 더 입양할까?"

다나는 자기 귀를 의심했다.

"잠깐, 뭐라고 했어? 다시 한 번 말해봐."

"데이빗이 친구가 필요할 것 같아서. 혼자는 너무 외로울 것 같아."

위로 세 명의 자녀가 있었지만 데이빗과 놀아주기에는 터울이 너무 많이 졌다. 데이빗을 키우는 동안, 입양에 대한 자신감까지 붙어 있었다. 로버트는 너무 놀라는 다나를 바라보며 말을 이었다.

"처음에는 데이빗을 어떻게 키우나, 아이가 적응을 못하면 어떡하나 걱정이 많았어. 내가 적응을 못할까 봐 내심 초조하기도 했지. 그런데 이 녀석이 말야, 너무 사랑스럽게 크는 거야. 꼭 집어 말할 수는 없어도 낳은 아이들 키울 때하고는 또 다른 맛이 있단 말이야."

다나는 짐짓 되물었다.

"아니, 딱 한 명만 입양하자던 사람이 어떻게 된 거야?"

로버트는 멋쩍었던지 어깨를 씰룩해 보이며 짧게 답했다.

"나도 잘 모르겠어."

다나는 벌써 수화기를 들고 홀트 재단으로 전화를 걸고 있었다. 신호가 가는 사이를 못 참고 다나는 로버트에게 물었다.

"데이빗에게 친구가 되어야 하니까, 서너 살 정도의 남자아이를 신청해야겠지?"

"그게 좋겠는데."

두번째 입양이 시작된 것이다.

그러나 한국 홀트에서 온 답신은 킹 씨 부부를 실망시켰다. 데이빗에게 한국 출신의 동생을 구해줄 수 없게 된 것이다. 1988년 서울 올림픽을 앞두고, 한국에서는 고아 수출국 1위라는 오명을 씻어내자는 캠페인이 벌어지고 있었던 것이다. 해외 입양을 반대하는 여론이 강하게 일자, 한국 정부는 해외 입양을 전면 중단했다. 데이빗의 동생을 구하려던 킹 씨 부부의 입양 수속은 이때부터 발이 묶이고 말았다.

그러나 킹 씨 부부는 포기하지 않고 기다렸다.

또래의 남자아이를 원했는데

이듬해인 1989년 5월, 홀트로부터 한 장의 편지가 날아들었다.

"한국의 해외 입양이 재개되었습니다. 그런데 원하시는 서너 살의 아이들은 한국 정부에서 허락하지 않고 있습니다. 그러나 영아 입양은 가능합니다. 관심이 있으시면 연락 주시기 바랍니다".

킹 씨 부부는 바로 대답할 수가 없었다. 마음속에 3~4세 사내아이의 이미지가 너무 선명하게 각인돼 있어서 마치 한 아이를 잃은 것만 같았다.

며칠째 고심하고 있는데 홀트에서 다시 전화가 왔다. 당장 입양 가능한 어린 여자아이가 하나 있는데 관심이 있으면 사무실로 나와 보라는 것이었다. 서너 살짜리도 아니고, 이번에는 여자아이라는 것이었다. 다나는 며칠 동안 잠을 설친 끝에 홀트 사무실에 가보기라도 하자고 결심했다.

다나는 데이빗을 데리고 사무실을 찾아갔다. 담당 사회복지사의 책상 위에 놓여진 한 장의 사진에 눈길이 머물렀다. 갓난아이였다. 담당자가 "바로 이 아이인데 관심이 있습니까?"라고 물었다.

다나는 눈을 감고 잠시 생각을 가다듬으려 했으나 입으로는 벌써 "네"라고 말하고 있었다.

박영희라는 한국 여자아이는 그렇게 해서 킹 씨네 두번째 입양아가 되었다. 이름은 레베카. 서울에서 태어났고 생모가 출생 직후 입양기관에 넘겼다고 한다. 박영희란 이름은 입양기관에서 지어주었다고 한다. 영희에 대한 정보는 그것이 전부였다.

레베카의 입양 수속은 놀라운 속도로 진행되었다. 1989년 8월에 다나의 품에 안겼으니, 불과 3개월 만에 이루어진 것이다. 당시 레베카는 생후 4개월이었다. 당장 한국으로 날아가 안고 오고 싶었지만 경비가 만만치 않았다. 이번에도 홀트가 주선한 사람에 맡기기로 했다.

레베카는 사업차 미국을 방문하는 서 선생이라는 분의 품에 안겨 왔다. 이번에도 샌프란시스코 공항이었다. 레베카 환영단 17명은 비행기 대신 몇 대의 자동차에 나눠타고 샌프란시스코로 향했다.

레베카는 비행기에서 한잠도 자지 않고, 아무것도 먹지 않고, 내내 울기만 했다고 한다. 레베카는 축 늘어져 있었다. 로버트가 기진맥진해 있는 레베카를 받아 안았다. 그런데 레베카는 자동차에 오르자마자 이내 잠들었다. 다나는 그 어린것이 자기 집에 왔다는 것을 알아차린 것 같아 흐뭇했다. 다나는 집에 도착할 때까지 레베카의 얼굴만 들여다보았다.

그러나 레베카는 일 년 가까이 새 환경에 적응하지 못해 애를 먹였다. 거의 매일 잠만 잤다. 하루 평균 15시간씩 잠들어 있었다. 걱정이 되어 몇 번이나 의사에게 보였는데, 몸에 이상이 있는 것은 아니었다. 레베카는 잠에서 깨어나면 울었다. 자고 나면 울고, 울다가 지치면 잠들고. 다나는 혼쭐이 났다. 어떻게 해야 할지 속수무책이었다. 아이를 네 명이나 키워봤지만 이렇게 까다로운 아이는 처음이었다. 그때 한 교회 친구가 조언을 해주었다.

"아이가 스스로 눈을 마주치고 웃기 전까지는 아기와 눈을 마주치지 마. 아이가 먼저 엄마를 찾게 해야 하는 거야. 아기를 옆으로 안고 살며시 옆에서 바라봐. 그러면서 서서히 아이와 눈을 마주치

는 시간을 늘려가는 거야. 아이가 네 큰 두 눈을 무서워하는 건지도 몰라. 몸에서 나는 냄새도 두려워할 거라구. 적응하려면 시간이 좀 걸릴 거야. 마음을 굳게 먹고, 길게 보라구."

친구가 일러준 대로 했다. 그게 효험이 있었던지, 일 년이 지나면서 레베카는 차츰 생기를 되찾았다. 잘 먹고 잘 웃었다. 잠자는 시간도 줄었다.

레베카는 감수성이 예민한 아이였다. 엄마와 눈을 맞추기 시작할 무렵, 온 가족이 디즈니랜드에 놀러 간 적이 있었다. 다나와 로버트가 서로 무슨 농담을 주고받다가 다나가 로버트에게 "노, 노, 노!"라고 놀려댔는데, 로버트 품에 안겨 있던 레베카가 갑자기 큰 소리를 지르며 우는 것이었다. 레베카는 엄마가 자기에게 야단을 치는 줄 알았던 모양이었다.

자랄 때도 남달랐다. 다나가 "그런 일은 하지 말아라"며 가볍게 꾸지람을 하면, 다른 아이들은 그냥 "알았습니다" 하고 넘어가는데, 레베카는 그럴 때마다 소리 없이 눈물부터 흘렸다.

레베카는 조용한 아이다. 레베카가 집에 있는지 없는지 모를 정도로 조용하다. 하지만 자기 할 일은 자기가 알아서 잘 챙긴다.

레베카는 애초의 생각과는 다르게 입양한 아이였지만, 훨씬 잘된 일이었다. 시간이 지날수록 정말 하나님께서 도와주셨다는 생각이 들었다. 레베카에게는 데이빗 같은 듬직한 오빠가 필요했고 데이빗에게도 속깊은 여동생이 있어야 했다. 만일 데이빗 같은 또래의 사내아이를 입양했더라면 친구가 되기는커녕 치고받고 싸우느라 하루도 편할 날이 없었을 것이다. 그리고 입양도 거기서 끝이 났을지도 모른다. 데비빗과 레베카는 친남매 이상으로 친하게 지낸다. 레베카도 오빠를 따라 댄스를 배운다.

올해 열두 살 난 레베카는 키가 작다. 지난해에는 자기 반에서 제일 작았고 올해는 두번째로 작다. 그렇지만 붙임성이 있어서 친구들 사이에서 인기가 좋다. 오빠를 닮아서 그런지 먹성이 좋고, 또 음식을 가리지 않는다. 레베카도 춤을 배운다. 오빠 때문이다.

물론 레베카도 부모님을 사랑하고 존경한다. 그러나 무슨 걱정거리가 생기면 오빠 데이빗에게 많이 의지한다. 그렇지만 때로는 오빠의 고민을 말없이 들어주는 속깊은 마음씨를 가진 아이다. 둘은 남매이자 친구이다.

레베카도 데이빗처럼 공부를 잘한다. 항상 상위권이다. 데이빗에 비해 노력형이다. 반면 데이빗처럼 질문을 많이 하지는 않는다. 감수성이 예민한 것에 비해 성격은 단순한 편이어서, 어떤 일을 놓고 이리저리 재지 않는 스타일이다. 복잡한 것을 싫어하는 반면에 악착같은 면은 없다. 매사에 긍정적인 아이다.

담임 선생님은 레베카를 어떻게 보고 있을까.

"영재반에 속해 있는 아이들은 쉴새없이 말을 하는 수다쟁이들이어서 교실이 언제나 시끌벅적한데, 레베카는 항상 조용합니다."

단순하고 긍정적이고 조용하지만 레베카의 장래 희망은 다부지다. 소아과 의사를 하고 싶어하는 한편으로 교사도 하고 싶어한다. 그리고 '댄서'도 하고 싶고. 그래서 엄마 다나는 웃으면서 이런 해결책을 내놓았다.

"그래, 춤추는 소아과 의사가 되어 다른 의사들을 가르치는 선생님이 되면 되겠네."

킹 씨 부부는 아이들에게 무엇이 되라고, 무엇을 하라고 강요하

어느덧 소녀 티를 내는 레베카

는 법이 없다.

"우리는 자녀들에게 언제나 이렇게 말합니다. 너희들이 재미있어하는 일을 해라. 그 뒤는 하나님께서 함께 하실 테니 걱정하지 말아라. 그러나 열심히 해라."

레베카도 한국 문화와 한국 음식을 좋아한다. 아니 단순히 좋아하는 정도가 아니다. 레베카는 자기 이름을 쓸 때마다 영희라는 이름을 빠뜨리지 않는다. 보통 미국에서는 이름을 쓸 때 미들 네임은 거의 쓰지 않는다. 써야 할 필요가 있을 때도 대부분은 이니셜만 쓴다. 하지만 레베카는 반드시 미들 네임을 쓴다. 레베카 영희 킹. 자기의 아이덴티티를 잃지 않으려고 애쓰는 것이다.

첫 입양 장애아, 인도아이 리나

"아니, 어떻게 이럴 수가, 어떻게 이런 아이가……"

1991년 1월, 레베카가 미국 나이로 한 살 반쯤 되던 어느 날이었다. 둘째 제시카가 아침식사 준비를 돕다가 불쑥 다나에게 물었다.

"왜 한국 아이를 더 데려올 수 없는 거죠?"

킹 씨네는 아이가 다섯이나 있어서 더 이상 입양을 허락하지 않았던 것이다.

"장애아는 데려올 수 있다는구나."

"어느 정도 말인데요?"

"글쎄, 손가락이나 발가락 하나 정도 없는 아이라면 어떻겠니?"

"그렇다면 문제없어요. 엄마! 입양 더 해요."

도대체 제시카는 무슨 배짱으로 입양을 더 하자고 한 것일까. 그때 제시카의 나이 여덟 살이었다. 다나는 열 살도 안 된 아이의 생각을 어떻게 받아들여야 할지 난감했다.

안 그래도 새로 들어온 두 동생 때문에 많은 것을 양보해야 했고, 동생들 돌보는 일도 만만한 일이 아니었다. 나중에 물어보니 제시카의 대답은 아주 싱거웠다.

"다들 그렇게 사는 줄 알았어요."

그 무렵, 킹 씨네 가족은 미국 내에서 신체 장애아를 여럿 입양해 살고 있는 한 군목 가정과 가까이 지내고 있었다. 그 군목 부부네 집에 가면 제시카가 그 집 아이들과 깔깔거리며 잘 어울렸다. 다나는 자기 딸이 장애아들과 잘 노는 모습을 보고 '우리도 할 수 있다'라고 생각했다. 하지만 당시에는 손가락이 몇 개 없다거나 다리를 좀 저는 정도의 경미한 장애아를 염두에 두고 있었다.

신의 뜻이었을까. 제시카가 그런 제의를 하던 바로 그날, 이상하게도 입양 전문 잡지들이 한꺼번에 배달되었다. 그 중에서 평소에 잘 보지 않던 잡지가 다나의 눈에 띄었다. 몇 페이지나 넘겼을까. 다나의 눈에 쏙 들어오는 아이가 있었다. 그 잡지에는 30명 정도가 소개되어 있었는데, 한 아이가 선명하게 다나를 쳐다보고 있었다.

얼굴만 나온 사진이었다. 거무튀튀한 얼굴 전체가 웃는 듯한 웃음과 영롱한 까만 눈동자. 짧게 깎은 머리. 다나는 약간의 장애가 있는 다섯 살 정도의 남자아이면 좋겠다고 생각하고 있던 터였다. 사진 속의 아이는 안성맞춤이었다.

그런데 사진 아래에 이렇게 씌어 있었다. '리나. 아름다운 7세 여자아이. 허파에 이상이 있고, 무릎으로 걷는 장애아.'

다나는 실망했다. 하지만 마치 자석에 끌린 듯 그 아이의 반명함판 사진에서 눈을 뗄 수 없었다.

"여자면 어때! 일곱 살이라…… 좀 많긴 해도 괜찮아. 무릎으로 걷는다고? 나도 가끔 무릎으로 걷는데 어떻단 말이야. 문제없어."

그때 다나는 무릎으로 걷는다는 것이 무슨 뜻인지 잘 몰랐다. 다

나는 오직 리나의 그 환한 웃음과 '엄마'라고 부르는 듯한 그 큰 눈
망울에만 빠져 있었던 것이다.

나중에 안 일이지만, 리나는 킹 씨네가 애독하는 홀트 잡지에
몇 년 전 소개된 적이 있었다. 하지만 그때에는 전혀 눈에 띄지 않
았다.

로버트가 직장에서 돌아오자, 다나는 다짜고짜 잡지를 들고 로버
트에게 들이밀었다. 30여 명의 어린아이 프로필이 실린 지면을 펼
쳐 보이며 어린아이처럼 물었다.

"내가 어떤 아이를 택했겠어?"

"이 아이."

로버트가 아이들을 한번 훑어보고 나서 바로 짚어낸 아이 역시
리나였다.

이번에는 로버트가 더 적극적으로 나섰다. 바로 다음날 잡지에
난 입양기관에 전화를 걸었다. 입양기관에서는 열 명의 부모들이
리나에게 관심 있다며 전화를 걸어왔다고 전해주었다. 다나는 조마
조마했다. 혹시 다른 집으로 가게 되면 어떡하나. 다나는 자기도 모
르게 두 손을 모으고 기도했다. 일주일을 기다렸는데도 연락이 없
었다. 다나가 간절한 마음으로 다시 전화를 걸었다. 다나의 기도가
힘을 발휘한 것일까. 입양 기관에서는 이렇게 말했다.

"당신 이외에는 아무도 다시 전화를 하지 않았어요."

다른 사람들은 왜 리나를 포기한 것일까. 나중에 알고 보니 입양
기관에서 리나의 다리가 나와 있는 사진을 보여주었더니 아무도 다
시 연락을 하지 않았다는 것이었다.

"잘 생각해보세요. 리나는 정신적으로 지체아이고, 무릎으로 걷

는 아이예요. 사진을 보내드릴 테니 보시고 그때 결정하세요."

그러나 킹 씨 부부는 그 자리에서 결정했다.

"아니에요. 우리는 리나를 사랑하고 있어요. 다리 사진은 중요하지 않아요. 리나는 우리 아이예요."

며칠 후 신청서와 함께 리나의 사진도 동봉되어 왔다. 사진을 보는 순간, 다나는 쓰러질 뻔했다.

"이럴 수가. 아니, 어떻게 이렇게 걸어다닐 수가 있을까."

기가 막혔다. 상상조차 해보지 못한 최악의 상태였다. 앞이 캄캄했다. 이런 아이를 어떻게 키운단 말인가. 후회도 밀려왔다. 그러나 걱정도 잠시였다. 그보다는 어떻게 저렇게 살았을까, 하는 불쌍한 생각이 치밀어 다나는 펑펑 울기 시작했다. 다나는 며칠 동안 울었다.

그러던 어느 날 저녁, 다나는 하나님의 음성을 들었다.

'이제 울지 말아라. 울음을 그쳐라. 리나는 너의 아이다.'

거짓말처럼 두려움이 사라지고 마음 깊은 곳에서 평화가 솟아올랐다. 다나는 장애아들을 키우고 있는 군목 부인에게 전화를 걸었다.

"우리도 장애아를 입양하기로 했어요. 휠체어를 타야 할 것 같은데 무얼 준비해야 하는지 도무지 모르겠어요. 사모님의 조언을 좀 듣고 싶어요."

그날 저녁부터 장애아 리나를 맞을 준비가 시작되었다.

다시는, 장애아 입양은 없다!

리나가 미국에 도착한 1991년 9월 6일 수속을 시작한 지 7개월 만에 리나는 인도에서 비행기를 타고 독일을 경유, 미국에 도착했다. 리나는 독일에서 1박할 때, 텔레비전을 생전 처음 보았는지 몇 시간이나 꼼짝 않고 쳐다보았다고 한다.

이번에도 리나를 마중하기 위해 전 가족이 자동차를 타고 샌프란시스코로 갔다.

리나는 승무원과 사회복지사의 부축을 받고 비행기에서 내려왔다. 로버트가 리나를 건네받았다. 로버트의 품에 안긴 리나가 "다디, 다디" 소리쳤다. 인도어로 아빠라는 뜻이었다. 리나를 데리고 온 사회복지사가 비행기를 타고 오며 킹 씨네 가족 사진을 몇 번이나 보여주었기 때문에, 아빠를 알아본 것이었다.

로버트는 처음 만나는 리나를 편하게 해주기 위해 인도 사람들이 이마에 붙이는 붉은 점을 붙였다. 다나의 부모님, 삼촌, 이모들도 모두 이마에 커다란 붉은 점을 붙이고 호텔에서 리나를 기다리고 있었다. 독일에서 본 텔레비전만 처음이 아니었다. 리나에게는 모든 것이 처음이었다. 박수를 받으며 호텔 방으로 들어선 리나는 거울부터 쳐다보았다. 거울 속에 있는 자기 얼굴을 보며 꼼짝도 하지 않았다. 아주 심각한 얼굴이었다. 거울을 생전 처음 본 것이다.

잠시 후 리나는 양손으로 바닥을 집고 방을 기어다니기 시작했다. 앞으로 꺾인 두 다리를 앞으로 내밀고는 손으로 바닥을 집고 이리저리 기어다녔다. 의외로 빨랐다. 떼구르르 구르기도 했다. 그러다가는 거울과 부딪치곤 했다. 거울을 이해할 수 없었던 것이다. 방

안을 가득 메운 식구들은 그만 넋이 나가고 말았다. 아빠 로버트는, 혹시 저러다 다치면 어쩌나 안절부절이었다. 갑자기 리나가 거울을 보며 히스테릭하게 웃어댔다. 웃다가 막 소리를 지르기도 했다. 식구들은 사색이 되었다. 그러나 리나는 여전했다. 구르고, 뛰고, 기어다니고……

리나의 히스테리는 집에 도착한 뒤에도 한동안 계속되었다. 리나는 침대 위에서도 가만히 있질 않았다. 앞으로 꺾인 다리를 이리저리 돌리며 침대에서 뛰어댔다. 그러다가 미끄러져 떨어지곤 했다. 식구들은 이런 리나를 보고 웃을 수도, 그렇다고 울 수도 없었다.

리나가 집에 와서 가장 먼저 놀란 것은 냉장고의 얼음이었다. 아이스 큐브를 만지게 했더니 깜짝 놀라 비명을 질렀다. 얼음을 처음 본 것이었다. 콜라를 주었더니 한 모금 마시고는 '윽' 소리를 지르며 내뱉었다. 좌변기도 문제였다. 인도에서는 집 밖으로 나가 아무데서나 용변을 보았는데 화장실 변기를 보고는 어찌할 바를 몰라했다. 문명의 혜택을 전혀 받지 않고 살아온 리나에게 킹 씨네 집은 감옥이나 다름없었다.

리나의 소동은 한동안 수그러들 기미를 보이지 않았다. 다나는 섣불리 결정을 내린 자기 자신이 미워지기까지 했다. 다나는 마음 속으로 '이제 두 번 다시 장애아 입양은 없다'라고 다짐하고 있었다. 그러나 시간이 흐르자, 리나의 히스테리는 차츰 잦아들었다. 식구들도 리나의 행동에 제법 적응하고 있었다. 그 무렵, 다나는 귀중한 사실을 깨달았다.

"리나가 다치면 어쩌지, 하고 식구들은 가슴을 졸이는데, 정작 리나는 아무렇지도 않은 거예요. 우리의 눈에는 엄청난 장애로 보이지만, 리나에게는 별 문제가 되지 않았던 겁니다. 그냥 자기가 원하는 대로 걷고 뛰고 구르고 소리지르고 웃는 것이었어요. 그것을 이해하지 못한 내가 오히려 장애를 가진 사람이더라구요."

리나는 킹 씨네 가족이 되자마자 병원에 가서 진찰을 받았다. 다리가 앞쪽으로 굽어진 상태에서 무릎으로 걸어다녀 무릎이 많이 상해져 있었으며 팔꿈치와 다리, 복숭아 뼈들도 모두 망가져 있었다. '라슨 신드롬'이라는 병이었다. 다나는 전문의에게 조심스럽게 물었다.

"수술을 여러 번 해야겠죠?"

"최소 서너 번, 많이 잡으면 스무 번 정도 수술해야 할 것 같군요."

킹 씨 부부는 결심했다. 얼마나 많은 수술이 기다리고 있을지 몰라도, 한 가지 분명한 것은 리나를 걷게 해야 한다는 믿음이었다. 거꾸로 꺾인 다리를 펴야, 꺾인 마음도 바로 세울 수 있다고 생각한 것이다. 리나가 스스로 걸어야 자기 인생의 주인이 될 수 있다고 거듭 되뇌었다.

리나가 킹 씨네 집에 온 지 9개월째 되던 어느 날, 리나를 데리고 이 분야의 세계 최고 권위자가 있다는 로스앤젤레스 슈라이너 어린이 병원을 찾아갔다. 리나가 '라슨 신드롬'이라고 진단을 해준 곳이 이 병원이었고, 치료 방법을 아는 유일한 의료 기관

앞으로 꺾어진 다리를 하고 도착한 리나

이기도 했다. 놀랍게도 슈라이너 어린이 병원은 단 한 차례의 수술
로 리나를 바로잡아 놓았다. 리나가 두 발로 서서 걷게 된 것이다.

다나와 로버트의 판단이 옳았다. 리나는 비뚤어져 있던 마음까지
교정을 받아 유리알같이 맑은 마음을 가진 소녀가 되었다. 앞으로
꺾인 다리를 수술받고 처음으로 자기 두 발로 걷는 모습을 상상해
보라. 이보다 더 큰 기쁨이 어디 있겠는
가. 아홉 살에 걸음마를 배운 리나. 아홉
살에 첫걸음을 걷는 것이 무슨 잘못은 아
니다. 입양과 다리 수술로 리나를 두 번
이나 다시 태어나게 한 엄마 다나는 이렇
게 말한다.

"리나의 장애는 다리가 아니었어요.
리나의 장애는 가족이 없었다는 것이었
죠. 가정을 찾은 리나는 비로소 밝게 자
랄 수가 있었어요. 대신 리나는 우리 가
족에게 매일매일 가장 큰 선물을 주고 있
지요. 리나가 그 큰 입으로 웃는 큰 웃음
말이에요."

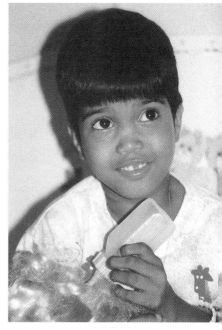

동생을 돌보는 리나

"내가 살던 인도 시골집이 훨씬 더 좋아"

리나는 첫 1년 동안, 거의 의사소통이 되지 않았다. 동생들에게
힌두어로 소리를 질러댔다. 하지만 식구들 가운데 힌두어를 아는

사람이 없었다. 답답한 노릇이었다. 리나도 답답해하는 것 같았다.

몇 년 뒤, 사회복지사인 다나의 친구가 인도 아이를 입양하기 위해 리나가 있던 고아원을 방문할 기회가 있었다. 그때 리나를 찍은 비디오를 가져갔는데 비디오를 보던 고아원 직원들이 배꼽을 잡고 웃어댔다. 킹 씨네 집에 간 지 얼마 안 된 리나가 레베카를 보고 힌두어로 뭐라고 하는 장면이었다. 번역을 해보니 이런 말이었다.

"내가 있었던 곳이 훨씬 좋았어. 그곳에 있는 아이들은 모두 내 말을 잘 들었는데 너희들은 왜 내 말을 안 듣는 거야?"

리나가 집 바깥을 한번 둘러본 뒤 지껄인 말은 이런 말이었다.

"내가 있던 집에 있는 놀이기구가 훨씬, 훨씬 좋다."

다나 친구도 그 통역을 듣고 얼마나 웃었는지 모른다고 했다.

인도 고아원에 있을 때 리나는 그곳에서 가장 오래 있었고 나이도 제일 많았다. 그야말로 꼬마대장이었다. 그런데 미국에 오니 자기 위에 또 다른 대장이 있는 것이었다. 대장노릇을 계속 하려는 리나와 다른 형제들 사이에 한동안 피곤한 대치가 계속되었던 것이다.

인도를 방문했던 사회복지사 친구로부터 리나에 대한 이야기를 들었다. 리나는 태어나자마자 고아원에서 살았다. 생모가 갓 태어난 리나를 바구니에 담아 고아원 문 밖에 걸어두고 가버린 것이었다. 그렇게 시작된 고아원 생활은 열악했다. 수돗물은 아예 나오지 않아서 펌프로 물을 뽑아 올렸고, 아이들은 옷이 늘 부족했다. 놀이터는 따로 없었다. 고아원 옆에, 전에 야외수영장이었던 공터가 있었는데 잡초와 쓰레기투성이였다. 그곳이 놀이터였다. 한쪽에 작은 운동장은 있었지만 풀이 무성해 뱀이라도 기어나올 것 같은 분위기였다.

인도의 고아원 보모들도 아이들을 무척 사랑하긴 하지만, 잘사는 나라 보모들과 관심사가 다르다. 인도 보모들의 최대 관심사는 '어떻게 하면 아이들을 죽지 않게 하는가'이다. 그러니 아이들 하나하나에 신경쓸 여유가 없다. 리나도 자기 개인 옷이나 신발을 가져본 적이 없었다. 연필을 잡아본 일도 없었다. 50명을 수용하는 고아원에 장난감이 딱 네 개밖에 없다. 그것도 높은 곳에 올려놓고 아무도 가지고 놀지 못하게 한다. 가난 때문이었다.

인도에 다녀온 친구의 말을 듣고 나자, 다나는 리나의 함박웃음이 더욱 소중해 보였다.

코끼리만 보면 생각나는 아이

리나가 집에 온 지 한 6주쯤 되었을 때 리나를 위해 온 가족이 동물원으로 소풍을 갔다. 리나는 코끼리를 무척이나 좋아한다. 인도에는 어디서나 코끼리가 가까이 있었고 하물며 고아원에도 코끼리가 있었다. 코끼리가 유일한 장난감이었다. 리나에게 코끼리는 고향이었다.

동물원의 코끼리를 보더니 리나는 껑충껑충 뛰며 힌두어로 "하티, 하티"라고 말했다. "하티"가 코끼리였다. 마치 형제나 고향 친구를 만난 것처럼 반가워했다. 동물원에 갔다온 후 리나가 차츰 안정되어갔다. 코끼리를 보고 나서 고향의 마음을 되찾았던 것이다.

리나가 코끼리를 보기 전, 그러니까 히스테리가 심할 때 이런 일이 있었다.

다나가 리나를 태우고 학교에서 돌아오는 길이었다. 운전석 바로 뒤에 앉아 있던 리나가 갑자기 안전 벨트를 풀어버렸다. 다나가 벨트를 다시 매라고 해도 말을 듣지 않았다. 다나가 뒤에 앉은 리나의 손을 한 손으로 잡고 또 한 손으로는 운전을 하며, 리나 동생들을 데리러 다른 학교로 향했다.

차를 세워놓고 잠깐 학교에 들어갔다 왔는데, 그 사이에 리나가 차 안에서 옷을 홀딱 벗고 구르고 있었다. 옷을 입히면 벗고, 또 입히면 또 벗고. 하는 수 없이 한 손으로 리나를 잡은 채 승강이를 하며 집까지 운전했다.

"하나님, 아무도 보지 않게 해주세요. 경찰에 걸리지 않게 해주세요."

다나는 기도를 했다.

그 상황을 누가 보기라도 하는 날에는 정말 큰일이 난다. 피부색이 다른 아이, 나이보다 훨씬 작은 체구의 아이, 그것도 옷도 입지 않고 있는 아이를 한 손으로 꼭 잡고 울그락불그락하는 다나의 모습을 보고 경찰에 신고하지 않을 미국인은 없을 테니까 말이다. 누가 보면 영락없는 '아동학대'였다. 집으로 가는 그 5분 동안이 다섯 시간보다 길었다.

집에 와서도 마찬가지였다. 차에서 내리자마자 알몸으로 앞뜰로 가더니 데굴데굴 구르는 것이었다. 다나는 얼굴이 하얗게 질린 채 리나를 잡아 끌고 집으로 들어갔다. 이때도 중얼거렸다.

"주여, 아무도 보지 않게 해주세요."

그런데 동물원에 가서 코끼리를 보고 온 다음부터 달라지기 시작했다. 리나가 또 옷을 벗고 발작할 기미를 보이면 "하티, 하티"라며 주의를 끌었다. 신기하게도 "하티" 소리를 들으면 안정을 찾았다. 그렇게 하기를 몇 차례, 그후 옷을 벗는 일이 없어졌다. 그 뒤, 킹 씨네 가족은 리나에게 코끼리를 보여주기 위해 동물원으로 자주 소풍을 갔다. 킹 씨 부부와 리나를 제외한 다른 아이들은 못생긴 '하티'만 보러 다닌다며 입을 쌜룩거렸다.

'하티 작전'에서 다나는 한 걸음 더 나아갔다. 리나가 잘못을 저지를 때마다, 리나가 알아듣든 못 알아듣든 부둥켜안고 "나는 너를 사랑한다"는 말을 계속한 것이다.

"처음엔 나를 발로 찼어요. 리나에게 맞으면서도 아이를 품에 안고 '나는 너를 사랑한다'란 말을 계속 해주었지요. 아이가 조금씩 안정되어가더군요."

리나는 여덟 살에 미국에 왔지만 정신연령이 너무 낮았고, 체구도 작았으며, 말도 새로 배워야 했기 때문에 아예 유치원부터 시작했다. 자기 나이보다 세 살 정도 어린 동생들과 공부를 시작한 것이다. 리나는 그때까지 책을 읽어본 일이 없었다. 리나는 배우는 속도가 매우 더뎠다. 하지만 다나는 크게 걱정하지 않았다.

"리나는 정신 지체아가 아니라 학습 장애아로 보면 맞을 거예요. 워낙 배울 기회가 없었기 때문에 좀 늦는 것뿐이죠. 지능지수 검사를 해보았더니 50이 채 되지 않았어요. 저는 이 숫자를 신뢰하지 않아요. 이런 테스트로 아이를 규정하지 말아야 해요. 잠재력을 발굴하고 계발시켜주는 일에 관심을 두어야죠. 그것이 교육의 본질이 아닐까요."

리나의 큰 장점은 인내심이다. 결코 포기하는 일이 없다. 늦는 것 같지만 결국에는 해낸다. 리나는 올해 열여덟 살. 9학년(한국 학제로 중3)을 마쳤는데 아직 3~6학년 정도의 수준이다. 엄마 다나는 리나의 학업 능력에 크게 신경쓰지 않는다. 그보다는 리나 속에 잠들어 있을 어떤 큰 장점이 돌출되기를 기대한다. 그 장점을 즐기며 좋은 일을 해나갈 것이라고 믿고 있는 것이다.

다나는 리나에게 이런 말을 자주 들려준다고 한다.

"지능지수나 각종 심리 테스트, 그리고 학업 성적에 기죽지 말아라. 이 엄마보다 너를 잘 아는 사람은 세상에 없어. 너는 엄청난 능력을 가졌어. 절대로 다른 사람들의 평가에 상처받지 말아라. 꿋꿋이 앞을 보고 가거라. 리나, 엄마는 너를 사랑한다."

다나와 로버트 부부가 갖고 있는 최고의 교육 이념은 사랑이다.

"사랑하고 사랑받고 사는 것보다 더 가치 있는 일은 없어요."

마지막 수술, 미용수술

2001년 6월 1일은 리나의 열여덟번째 생일이었다. 정신 연령이 낮은 편이지만 소녀는 소녀였다. 화장도 하고 남자아이들에게 예쁘게 보이려고 부쩍 애를 썼다. 사춘기였다. 감성이나 사회성은 다른 9학년 아이들보다 훨씬 더 성숙해 있었다.

나이가 들수록 리나는 자기 다리에 나 있는 큰 수술자국에 신경을 썼다. 걷게 되어 더할 나위 없이 좋았지만, 수술자국만큼은 마음의 그늘로 남아 있었다. 엄마 아빠가 가만히 있을 리 없었다. 다리 미용수술을 해주기로 했다. 의사에 따르면, 수술자국을 완전히 지

울 수는 없지만 훨씬 보기 좋아진다는 것이었다.

지난 2월, 리나는 수술자국을 없애는 수술을 했다. 리나는 두 발로 걷게 되었을 때보다 더 기뻐했다. 리나는 수술실 밖에서 기다리고 있는 엄마에게 고맙다는 말을 몇 번이나 거듭했다.

다나의 큰 눈에서 또 눈물이 떨어졌다. 이것이 자식 키우는 보람인가. 칭찬받자고 시작한 일은 아니었지만 리나가 진심으로 고맙다고 하는 말 한마디가 이렇게 큰 위로가 되다니, 다나 자신도 깜짝 놀랐다.

"그렇구나, 아이들이 비록 말을 안 해도 나의 사랑으로 크고 있구나. 그렇다면 내가 애쓰는 일들이 헛된 것이 아니구나."

미용수술을 하고 난 뒤, 리나는 몰라보게 자신감이 생겼다. 자기를 사랑하지 않고 자기 삶을 사랑할 수 없고, 자기 삶을 사랑하지 않고 남의 삶을 사랑할 수 없다는 평범한 진리를 다시 한 번 확인한 것이다. 리나는 대학에 들어가 배우나 유치원 교사가 되는 코스를 밟고 싶어한다. 배우가 되고 싶다는 리나의 말이 너무 의외였다.

"무엇 때문인지는 모르겠어요. 하지만 어릴 때부터 배우가 되었으면 하는 꿈을 꾸어왔어요. 그러나 쉽지 않다는 것도 잘 알아요. 배우가 못 되면 교사를 할 거예요".

남다른 자기 인생을 몸짓으로 표현하고 싶은 것일까. 삶은 그래도 살 만한 것이라고 온몸으로 말하고 싶은 것일까.

'움직이는 종합병원' 새라

"그 아이, 내 아이야"

리나가 온 지 8개월이 지난 어느 날이었다. 다나가 저녁식사를 준비하고 있는데 다나의 친구 샌디가 전화를 걸어왔다. 로버트가 전화를 받고, 통화 내용을 들려주었다.

"오늘 샌디가 아이 때문에 병원에 갔는데, 거기서 태어난 지 4일밖에 안 된 아기를 안고 있는 사회복지사를 만났다는 거야. 입양을 기다리는 갓난아이였는데, 그 아이 다리 모양이 옛날 리나와 많이 닮았다는군."

그 말을 듣는 순간, 다나는 약간의 어지럼증을 느꼈다. 그러고는 자기도 모르게 외마디 소리를 내질렀다.

"그 아이, 내 아이야."

두번 다시 장애아 입양은 없다고 다짐했던 다나의 입에서 튀어나온 말이었다. 중증 장애아인 리나를 기르면서 생긴 장애아에 대한 두려움이 아직 가시지 않은 때였다. 리나가 다리 수술을 받기 전이었다. 이해할 수 없는 여자 옆에는 이해할 수 없는 남자가 있었다.

로버트가 먼저 전화기를 집어들고 입양기관에 연락을 했다. 생후 며칠밖에 안 된 그 아이의 입양기관은 베다니크리스찬 서비스였다.

로버트는 바로 다음날 지원서를 작성하기 위해 입양기관으로 달려갔다. 마침 담당자가 휴가중이니, 신앙고백서부터 작성하라고 했다. 로버트는 무려 여섯 페이지나 되는 신앙고백서를 세 시간에 걸쳐 작성했다. 그러고는 자기가 쓴 리나의 입양 스토리가 실린 잡지를 신청서와 함께 담당자 책상 위에 살짝 두고 나왔다.

며칠 뒤 사무실에서 전화가 왔다.

"노스 캐롤라이나에 있는 한 가정이 먼저 관심을 표했습니다만, 아직 아이 사진을 보지 않아서 어떤 결정을 내릴지 모르겠습니다. 하여간 이번 금요일에 인터뷰를 합시다."

금요일, 킹 씨 부부는 인터뷰를 하기 위해 사무실을 찾았다.

한참 사무적인 질문을 하던 담당자가 갑자기 물었다.

"언제 아이를 보겠습니까?"

"그럼 아이를 우리에게 맡기겠다는 뜻입니까?"

"그렇습니다."

"노스 캐롤라이나에서는요?"

"그쪽에서는 아이의 몸 상태를 듣더니 이내 포기하더군요. 아기를 데리고 올 테니 보시고 결정하십시오."

다나는 안도의 한숨을 내쉬며 로버트를 끌어안았다. 다나의 큰 눈에서 또 눈물방울이 떨어지고 있었다. 로버트가 담당자에게 말했다.

"볼 필요 없습니다. 이미 우리는 결정했습니다. 그런데 입양비가 걱정이군요."

담당자가 사무적인 어조로 되물었다.

"입양비가 걱정이라니요?"

"저희들은 돈이 넉넉하지 않습니다. 그러나 그 아이는 우리들의 아이입니다."

킹 씨 부부는 사무실로 달려오면서 '하나님, 이 아이를 우리에게 주십시오. 그런데 우리에겐 입양비가 준비되지 못했습니다'라고 기도했었다.

로버트가 말했다.

"우리가 최대한으로 마련할 수 있는 돈이 천오백 불밖엔 안 되는군요."

다나가 말을 가로막고 로버트에게 말했다.

"리나를 입양할 때는…… 그때도 만 불이 필요했지만, 장애아 입양 특별지원을 받아 천오백 불만으로 입양했거든요. 이번에도 그렇게 해주실 거죠?"

킹 씨 부부의 뜨거운 의지를 확인한 담당자는 즉석에서 장애아 입양을 위한 특별 재정지원을 약속하고, 입양을 허락했다.

그러나 막상 아이를 데리고 올 날이 가까워오자 다나는 불안해졌다. 온몸이 부들부들 떨려왔다. 믿음이 없어진 것만 같았다. 두려웠다. 다나는 두 손을 모았다.

"하나님, 한 번만 더 확신을 주십시오."

다나는 성경을 펼쳐들었다. 「이사야」 7장 11절이었다.

'너는 네 하나님 여호와께 한 징조를 구하되 깊은 데서든지 높은 데서든지 구하라.'

확실한 계시였다. 다나의 몸은 더 이상 떨리지 않았다.

그로부터 사흘 뒤, 다나는 고요해진 마음으로 그 아이, 새라를 품에 안을 수 있었다. 전화로 새라 이야기를 들은 지 보름 만이었다.

새라는 온몸에 붕대를 감고 있었다. 목 아래에서부터 발가락까지 온통 붕대였다. 가슴 쪽으로 구부러져 들어간 다리를 펴기 위해 캐스트를 했다는 것인데, 엉덩이뼈도 이탈된 상태였다.

다나는 새라를 품에 안자마자 오래 포옹을 했다.

나중에 들은 얘기지만, 새라가 입양되는 자리에, 새라를 잠시 보호해주었던 위탁모가 함께 있었다. 대체 어떤 부모가 데려가는지 보러 온 것이었다. 그 위탁모는 다나가 새라를 받아드는 것을 보고는 "제대로 찾았군" 하며 기뻐했다는 것이다. 아무리 입양을 기다려온 부모라고 해도, 한 번도 본 일이 없는 아기를 처음 건네받을 때는 움찔하거나 서먹서먹해하는 것이 보통이다. 특히 장애아인 경우는 그 정도가 더 심하다. 그런데 다나는, 잠깐 친척집에 갔다가 돌아온 아이를 반갑게 맞이하듯 품에 안았다.

아, 차라리 돌려줍시다

새라의 장애는 심각했다. 태어날 때부터 두 다리가 가슴 쪽으로 올라와 있었고 게다가 발은 바깥쪽으로 뒤틀려 두 귀에 닿을 정도였다. 여기에 뇌수종, 정신장애까지 겹쳐 있었다.

다나는 눈으로 보면서도 설마했다. 어떻게 한꺼번에 그렇게 여러 가지가 잘못될 수 있을까, 반신반의하며 새라를 데리고 병원을 찾았다. 검진이 끝나고 의사가 병명을 하나하나 불러주었다. 의사의 목소리는 담담하고 건조했다.

"뇌수종."

"뇌성마비."

"엉덩이뼈 탈골."

"하악골 일탈."

"눈 이상, 수술 요함."

"내귀(內耳) 이상. 수술 요함."

"내반족(內反足)."

"간질."

"발작."

"정신지체."

다나는 머릿속에 찬 바람이 지나가는 것을 느꼈다.

새라의 병명이 하나하나 추가될 때마다 다나의 눈물방울은 더 굵어졌다. 자식이 사형을 언도받는 것을 지켜보는 어미의 가슴이 이러할까.

'새라에게 무슨 죄가 있길래, 그리고 또 나에게 무슨 죄가 그리 많길래 이렇게 엄청난 벌을 받아야 한단 말인가.'

다나는 아이를 꼭 껴안았다.

어떻게 아이를 데리고 나왔는지 기억이 나지 않았다.

눈물이 앞을 가려 아무것도 보이지 않았다. 아니, 보고 싶지도 않았다.

엘리베이터를 탔는데도 눈물은 그치지 않았다. 어지러웠다. 그냥 주저앉고만 싶었다. 옆에 서 있던 사람들이 "괜찮아요?"라고 물어왔다. 보통 때 같으면 아무리 견디기 힘들어도 "괜찮습니다"라고 대답하던 다나였지만, 이때는 그렇지가 않았다. 다나는 눈물로 범벅이 된 얼굴을 들고 정면을 쳐다보았다. 어금니를 꽉 깨물고, 마치 화가 난 것처럼 "아니오"라고 말했다. 다나는 슬펐던 것이다. 다나는 외로웠던 것이다. 다나는 화가 나기도 하고 무섭기도 했던 것이다. 그때 머릿속에서 뭔가 반짝거렸다.

'그래, 이번만은 내 영역 밖이라고 단정하는 거야.'

또 다른 다나가 다나를 설득하고 있었다.

'차라리 입양기관에 되돌려주자. 잘 돌보지 못할 바에야 돌려보내는 게 나아. 그래 돌려주는 거야.'

다나는 단념하고 있었다.

그런데 어찌 된 일인가. 자기를 합리화하고 있는 동안, 아이를 안은 다나의 두 팔에 힘이 들어가고 있었다. 다나의 심장에서 나오는 온기가 아이의 심장으로 전해지는 것 같았다. 너무 꼭 껴안았는지, 아이가 울음을 터뜨리고 말았다. 다나는 아이 울음소리에 퍼뜩 정신이 들었다. 다나는 고개를 좌우로 몇 번 흔들더니 혼잣말을 했다.

"아니야, 그럴 순 없어. 새라는 이미 내 아이야. 내가 고쳐주면 되지. 하나님께서도 도와주실 거야."

다나는 고개를 떨구어 아이의 볼에 얼굴을 비벼댔다.

다나는 집에 도착할 때까지도 흐르는 눈물을 주체할 수 없었다. 하지만 집으로 돌아가면서 흘린 눈물은, 병원에서의 눈물과는 전혀 다른 눈물이었다.

두 아이 수술하던 날이 결혼 20주년 기념일

새라는 뇌수종을 앓고 있었기 때문에 머리에 차 있는 물을 빼줘야 했다. 머리에 구멍을 뚫고 목을 거쳐 등 뒤 척추까지 가느다란 관을 집어넣는 대수술을 해야 했다. 그렇게라도 해서 물을 빼주지 않으면 머리에 계속 물이 차, 얼마 안 가 죽게 된다는 것이다. 여러 가지 병이 새라를 괴롭히고 있었지만 제일 급한 것이 뇌수종 수술이었다.

새라가 첫 수술을 받는 날이 공교롭게도 리나가 다리 수술을 하는 날이었다. 둘 다 대수술이었다. 특히 새라의 수술은 자칫 잘못되면 생명이 위험할 수도 있는 수술이었다. 두 수술 모두 그 분야의 권위자들이 집도하는 수술이어서 한 번 정해진 날짜를 연기하면, 최소한 반 년 이상을 기다려야 해서 어느 하나를 연기할 수도 없었다.

리나는 집에서 두 시간 가량 떨어진 슈라이너 어린이 병원에서, 새라는 삼십 분 정도 떨어져 있는 리버사이드 병원에서 수술을 하기로 되어 있었다. 이날은 마침, 킹 씨 부부가 결혼한 지 20주년이 되는 날이었다. 누구나 그렇겠지만, 결혼기념일은 부부 둘이서 보내는 날이다. 미국인들에게 있어 결혼기념일, 그것도 20주년 기념일은 각별한 의미를 갖는다. 킹 씨 부부도 이번 결혼기념일만은, 하며 오래 전부터 벼르고 있던 터였다. 오랜만에 단둘이서 여행을 떠나기로 했던 것이다.

그러나 다나와 로버트 부부는 결혼기념일 저녁에 병원에 있어야 했다. 로버트는 새라의 병실을 지키고, 다나는 리나의 병실을 지키고 있었다.

수술 후 새라는 3일 만에, 리나는 8일 후에 퇴원했다. 리나의 수술은 성공적이었지만, 새라의 첫 수술은 실패였다. 머리 속에 물이 또 차기 시작했다. 다나는 포기하고 싶은 생각이 들었다. 너무도 피곤했다. 모든 것이 귀찮아졌다. 기도조차 나오지 않았다. 왜 이런 고생을 사서 해야 되는지 회의가 들었다. 그러나 마냥 주저앉아 있을 수도 없었다. 다나가 가만히 있으면, 당장 죽게 될 아이가 자기의 품 안에 있는 것이었다.

첫 수술을 마치고 난 지 얼마 안 된 어느 날, 새라가 아무 기척이 없어 침대로 가보니 아이가 새파랗게 질린 채 쓰러져 있었다. 축 늘어져 있는 새라를 안고 허겁지겁 병원으로 뛰었다.

다나는 낮게 가라앉은 목소리로 담당의사에게 물었다.

"이제 새라는 죽는 건가요."

"……다시 수술해봅시다. 너무 절망하지 마십시오."

다나는 복도에 주저앉았다. 이젠 눈물도 나오지 않았다. 눈물샘이 다 말라버린 것이었다. 보통 큰 문제가 아니었다. 다나의 마음에 큰 구멍이 뚫린 것이다.

고갈된 마음을 다시 채우는 일은 그렇게 쉬운 일이 아니었다. 그렇다고 명상에 잠길 수 있는 여유도 없었다. 여유는커녕 메마른 샘에 장작불이 지펴지는 것 같은 고통이 계속되었다.

다행히 두번째 뇌수술은 성공적이었다.

그러나 '움직이는 종합병원'인 새라에게는 뇌수술 다음에도 수술 스케줄이 줄줄이 잡혀 있었다. 지금까지 모두 13번. 그 가운데 대부분은 두 살 전에 치렀다. 대부분의 수술을 두 살 이전에 한 까닭은 새라의 하반신을 받쳐주기 위한 캐스트 때문이었다. 두 살이 넘으면 하반신을 영영 곧추 세울 수가 없기 때문이다.

새라는 세 살이 되기 전까지 열한 차례의 수술을 받았다. 뇌수술 두 차례, 골반 교정 수술 네 차례, 다리를 펴기 위한 수술 세 차례, 눈과 귀 수술 각각 한 차례. 모두 엄청난 수술이었다.

새라는 평생 겪어야 할 고통을 두 살 이전에 다 겪어낸 것인지도 모른다. 새라와 같은 '초년 고생'이 또 어디에 있을까. 새라도 새라지만, 모든 것을 옆에서 지켜봐야 하는 부모의 고통 또한 이루 말로 표현하기 어려운 것이었다. 다나는 그 고통을 하나하나 이겨내며 한층 성숙해 있었다.

"그 엄청난 대수술들, 새라와 함께 지샌 절규의 밤들, 손을 잡고 흘린 그 눈물들, 그런 걸 떠올릴 때마다, 아, 그래서 하나님께서 새라를 우리에게 주셨구나, 하고 생각해요. 나를 이길 수 있게 해주신 하나님께 감사합니다."

"하나님, 여동생 하나만 내려보내 주세요, 꼭요"

새라가 두 살이 되자, 몸을 바로 세우기 위해 목 아래에서부터 발가락까지 캐스트를 해야 했다. 새라는 통증과 열 때문에 절규하듯이 울어댔다. 잠도 제대로 이루지 못했다. 병원을 제집 드나들듯 들락거렸으니, 정서적으로 안정될 리가 없었다. 새라는 엄마와 눈도 마주치려 하지 않았다.

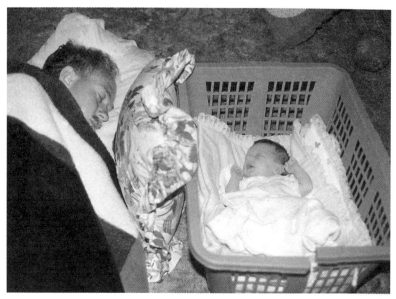
아이 옆에서 새우잠을 자며 돌보는 아빠 로버트

다나는 파란 눈을 가졌지만 심장은 한국 여자의 심장인 것 같았다. 생긴 모습은 분명히 전형적인 백인 여자인데 생각하는 것은 한국의 어머니와 흡사했다. 다나는 새라가 정서적으로 불안한 것이 자기 탓이라고 자책했었다.

"아마도 내가 걱정하는 모습과 피곤해하는 것이 나도 모르는 사이에 새라에게 전달되었던 것 같아요."

새라의 재활 치료를 위해 열흘에 한 번씩 병원을 다녀야 했다. 자동차로 왕복 네 시간이 걸리는 먼 길이었다. 아이가 조금씩 자라기 때문에 캐스트를 새것으로 갈아줘야 했다. 수술을 했는데도 계속 앞쪽으로 휘어지는 다리를 교정하기 위해서도 캐스트를 다시 해주어야 했다.

무릎 움직이는 연습도 병행했다. 새라는 엄마 뱃속에 있을 때도 무릎을 움직여본 일이 없는 아이였다. 재활 치료는 어린 새라에게 는 처절한 고통이었다. 그러나 어린 새라는 잘도 참아주었다. 울고 불고하면서도 일어서기 위해 안간힘을 다했다.

걷기는, 새라에게 너무 힘든 짐이었다. 발바닥이 선천적인 기형 인데다 근육도 발달되어 있지 않아서 전혀 힘을 쓸 수가 없다. 의사 는 네 살이 되면 걸을 것이라고 했지만 네 살이 되어도 새라는 걸을 수가 없었다.

새라는 두 살이 되어서야 겨우 앉을 수 있게 되었다. 새라가 처음 혼자 앉기 시작한 날, 다나는 너무 기뻐 손뼉을 치며 소리를 질러댔 다. 마침 텍사스에서 시어머니가 와 계셨는데, 시어머니는 무슨 일 이 났는 줄 알았다.

"어머니, 새라가 앉았어요. 앉았다니까요!"

"그래? 다른 아이들은 6, 7개월이면 하는 일이잖니."

다나는 시큰둥해하는 시어머니에게 웃으면서 항변했다.

"두 살 때 처음 앉았든, 7개월에 앉았든, 아이가 처음 앉는 것은 사건이에요, 사건! 어느 부모가 감격하지 않겠어요?"

새라 나이 올해 아홉 살. 새라는 병원, 의사, 간호사들을 본능적 으로 두려워했다. 병원처럼 생긴 건물만 봐도 놀라고, 하얀 옷을 입 은 사람들만 봐도 소스라쳤다. 그래서 병원에 갈 때는 미리 자세하 게 이야기를 해준다. 오늘은 이러이러한 검사를 받고, 무슨 약을 받 는다, 그러나 주사는 맞지 않고 수술도 하지 않는다, 라며 달랜 다 음, 병원으로 향한다. 이렇게 미리 알려주면, 좋아하지는 않지만 억 지로라도 따라간다.

새라는 이제 농담도 곧잘 한다. 리나처럼 입이 큰 새라의 환한 웃음도 킹 씨네 '보물' 가운데 하나다.

2년 전 일이었다. 어느 날, 새라가 창문을 열고 하늘을 향해 소리를 지르는 것이었다.

"하나님, 여동생 하나만 내려보내 주세요, 꼭요."

자기 아래로는 모두 남자 아이들뿐이어서 외로웠나 보다.

하나님은 2년 만에, 여동생 대신 남동생 경빈이를 보내주었다.

재활의 긴 터널

새라는 여섯 살 때 다리를 조여주는 브레이스를 하고, 보행기를 사용하기 시작했다. 생후 처음으로 걸음마를 시작한 것이다.

새라가 다니는 특수학교에서도 새라의 '첫 걸음'에 아낌없는 박수를 보냈다. 학교에서 퍼레이드를 벌일 때, 새라를 맨 앞에 세워 행렬을 리드하도록 한 것이다. 뒤뚱거리며 보행기를 밀고가는 새라의 이마에는 땀이 송송 맺혔다. 새라가 너무 천천히 가는 바람에 행렬은 거의 앞으로 나가지 못했지만 불평하는 아이들이나 학부모는 아무도 없었다. 불평은커녕, 아이들은 "힘내라 새라, 힘내라 새라" 하고 응원을 보내주었다. 새라는 뒤에서 들려오는 구호에 발을 맞추는 듯했다.

멀리서 퍼레이드를 지켜보던 다나도 함께 구호를 외치다가 끝내 울음을 터뜨리고 말았다. 인도하던 선생님도 울고, 다른 학부모들도 눈물을 훔쳤다. 새라를 위한, 아니 새라가 이끈 눈물의 퍼레이드

활짝 웃는 새라

였다.

그런데 그날, 집에 돌아온 새라는 다리가 아프다는 것이었다. 다나와 로버트는 난생 처음으로 많이 걸어서 그렇겠거니, 하고 지나쳤다. 그러나 다음날도, 그 다음날도 새라는 다리 통증을 호소했다. 무슨 이상이 있나 싶어 의사에게 보였다. 의사는 다리를 만져보더니 아무 이상이 없다고 했다. 그런데도 새라는 계속 다리가 아프다고 했다. 큰 병원에 가서 엑스레이를 찍어보았다. 역시 아무 이상이 없다는 것이었다. 하지만 새라는 계속 통증을 호소하며 엉엉 우는 것이었다.

아무래도 심상치 않아 정밀검사를 받았다. 큰 문제가 발생해 있었다. 골반 수술을 하면서 뼈와 뼈 사이를 강철 나사로 접합시켜놓았는데, 그것이 떨어져나가 있었다. 무려 6주 뒤에야 그런 사실을 발견한 것이었다. 골반 뼈에서 생긴 이상이 다리 전체에 엄청난 통증을 불러온 것이다.

한 달 반 동안 그 엄청난 통증을 감수해야 했던 새라는 다시 대수술을 받아야 했다. 여섯 개의 나사를 이전보다 더 단단히 조이는 작업이었다. 수술 후 보행기를 잡고 다시 한 걸음을 떼기까지 다시 1년 이상의 시간이 걸렸다.

그러나 그것도 잠시. 다리에 또 문제가 생겼다. 다시 아프다는 것이었다. 쉴새없이 병원을 출입해야 했다. 지난 해 가을에야 다시 보행기로 조금씩 걷게 되었다. 눈물의 퍼레이드를 이끈 지 2년 반 만에 다시 걷는 것이었다.

새라는 보행기에서 한 차원 올라가 클러치로 걷는 연습을 시작했지만 몸이 꼬이면서 그대로 쓰러지고 말았다. 얼굴에 멍이 들었다.

새라에게 걷는 연습은 대단히 힘든 것이지만, 킹 씨 부부는 하루에 몇 차례씩 걷게 한다. 새라는 제 몸무게를 이기지 못해 휘청거린다.

어쩌면 새라는 평생 휠체어를 타야 할지도 모른다. 그럼에도 불구하고 재활운동을 시키는 이유는 무엇보다도 새라의 건강을 위해서다. 조금이라도 생활에 적응하도록 하기 위해서다. 집 안에서나마 보행기를 이용해 움직일 수 있게 하려는 것이다.

새라는 항상 입을 벌리고 있다. 치아를 지탱하고 있는 턱뼈가 겨우 붙어 있는 상태이기 때문이다. 열다섯 살이 되면 수술을 해서 턱을 교정해야 한다. 새라는 말을 하는데도 많은 어려움이 있다. 턱의 문제만이 아니라, 뇌성마비 때문이다. 다나가 가장 안타까워하는 것이 새라가 말을 잘 못하는 것이다.

"수술이나 재활 과정은 힘들긴 하지만 변화가 눈에 보이는데, 정신지체나 뇌성마비로 인한 언어장애는 거의 진전이 없어요. 알아듣지 못하는 우리도 답답한데, 말을 못하는 아이는 얼마나 답답하겠어요. 그런 아이를 닦달을 해대니, 나는 아직도 멀었어요."

킹 씨 부부는 새라가 열 마디 하면 여덟 마디는 알아듣는다. 하지만 새라와 처음 만나는 사람들은 거의 알아듣지 못한다.

새라는 할 말이 많은지 엄마를 따라다니며 늘 옹알거린다. 그 옹알이 가운데 몇 단어가 들리는데, 그걸 조합해 새라가 말하려는 것을 짐작할 수밖에 없다.

새라는 사람들이 안아주는 것을 무척 좋아한다. 킹 씨네 집을 두 번째 방문했을 때였다. 소파에 앉아 있는 내게 새라가 살며시 다가왔다. 새라는 내 옆에 앉더니, 두 팔로 내 허리를 감싸안고 웃는 것이었다. 그때 처음으로 새라의 두 눈을 가까이에서 볼 수 있었다.

아주 크고 맑은, 사랑스러운 눈이었다. 내가 눈을 바라보자, 새라도 자기에게 관심을 보이는 게 좋았던지 싱글거리며 웃었다.

새라도 춤추기를 좋아한다.

휠체어에서 궁둥이를 바짝 들고 흔들흔들하다가 휠체어를 잡고 한 바퀴 도는 춤은 새라의 특허품이다. 새라가 피터와 애덤과 어울려 함께 흥겹게 춤을 출 때면, 킹 씨네 가족이 모두 배꼽을 잡고 뒹구는 행복한 한때이다.

정신지체 장애아 피터 (박태영)

정신지체아라도 좋다, 건강하게만 자라다오

장애아를 키우다 보니 킹 씨 부부는 장애아들에 대한 일종의 사명감 같은 것이 생겨났다. 입양에 대해 관심이 있는 사람들도, 웬만해선 장애아는 입양하려 하지 않기 때문이다. '모든 아이들은 따뜻한 가정을 가질 권리가 있다'는 믿음을 실천하는 과정에서 알게 된 장애가 있는 고아들. 그들이야말로 사랑의 사각지대에 버려진 아이들이다.

새라가 온 지 일 년 반이 지났을 무렵이었다. 새라와 동갑내기인 한국 여자아이가 심장병을 앓고 있다는 이야기를 들었다. 킹 씨 부부는 그 아이를 입양하기로 했다. 수속은 순조로웠다. 입양 날짜가 가까워 출국수속을 하던 중 아이의 뇌에도 이상이 있다는 것이 뒤늦게 발견되었다. 즉시 수술하지 않으면 목숨이 위태로운 상황이었다. 한국 정부는 출국을 정지시켰다. 입양이 취소된 것이었다.

다나는 얼마나 슬퍼했는지 모른다. 출산 일을 앞두고 유산한 것 같은 느낌이었다.

그러던 중 킹 씨 부부와 잘 알고 지내는 여의사 리타가 미시간에서 엽서를 보내왔다.

　'한국에 두 다리가 기형인 두 살배기 아이가 있는데, 수술을 하면 보조기구를 끼고 걸을 수 있을 정도야. 이 아이를 입양할 가정을 물색해줘.'

　리타는 입양할 부모를 대신해 입양아들의 건강상태를 검진하기 위해 한국에 자주 나가는 여의사였다. 그녀의 부탁을 들어주기 위해, 다나는 여러 입양기관에 연락했다. 그 아이에 대한 소개의 글을 여러 잡지에 기고하기도 했다. 그러나 아무런 연락이 없었다. 시간이 흐를수록 다나는 부담스러웠다. 그러던 중, 한국 홀트에서 기다리던 남자아이의 입양이 준비되었다는 소식이 왔다. 다나가 수속하겠다고 했더니, 그쪽에서 말하는 것이었다.

　"그렇게 서두를 일이 아니에요. 이 아이는 원인도 모르고 병명도 알 수 없는 정신지체아예요."

　아이의 이름은 박태영. 대전에 사는 농아이자 정신지체 장애인인 아버지와 정신지체 장애인인 어머니 사이에서 태어났다고 했다. 갑자기 다나 앞에 두 아이가 나타나 어른거렸다. 다나는 선택을 해야 했다.

　"한 아이는 정신지체아이고, 다른 한 아이는 또 대수술을 해야 하는 아이이고."

　수술이라면 리나와 새라만으로도 벅찰 지경이었다. 비록 지능이 낮고 진전이 느리다고 해도 신체적으로 건강한 아이여야 감당할 수 있는 처지였다. 지체 장애아를 입양해 늘 그 옆에 붙어 있기에는 돌봐야 할 식구가 너무 많았다. 다나 자신도 많이 지쳐 있었다.

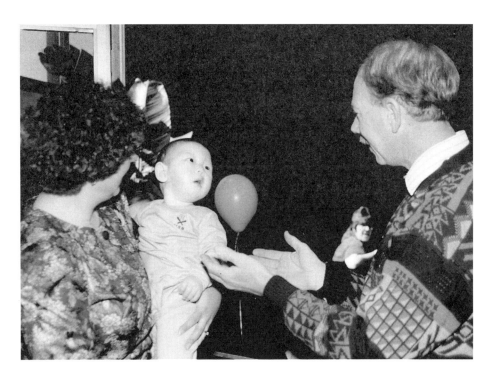

　태영이가 킹 씨 가정에 새로운 식구로 와서 피터로 다시 태어
났다.

　피터는 생후 15개월이었다. 배로 기어다니기 시작할 무렵이었다.
처음에는 "잼잼" 같은 몇 마디 말을 곧잘 옹알거려서, 말하는 것에
는 별 문제가 없는 줄 알았다. 그러나 그뿐이었다. 그 뒤로 도무지
말이 없었다. 웃기만 할 뿐이었다. 언어가 바뀌었기 때문일까. 지능
이 낮은 피터는 새로운 환경에 적응하기 어려웠는지 새로운 단어
하나를 익히는 데 많은 시간이 걸렸다. 전문의는 '중증 정신지체'
때문이라고 진단했다.

　피터는 두 살 때부터 '언어 치료'를 시작했다. 지금도 계속하고
있지만, 큰 진전은 없다. 피터는 시력에도 문제가 있다. 두꺼운 안

경을 써야 하는 심각한 원시이다. 그러나 두꺼운 안경테 너머로 보이는 순한 눈망울과 양배추인형을 쏙 빼닮은 보조개로 지어 보이는 미소는 보는 사람들을 언제나 푸근하게 한다.

킹 씨 부부는 장애인에게도 엄연한 행복추구권이 있다고 말한다.

"남들은 피터가 모자란다고 볼지 모르지만, 우리는 그렇게 생각하지 않아요. 3년 전 한국에 갈 때 피터를 데리고 갔어요. 비행기를 보고 어떻게나 좋아하는지 그 모습을 잊을 수가 없어요. 모든 것을 다 이해하지는 못해도 느끼고 즐거워하는 거죠. 피터에게도 삶의 즐거움이 있어요. 누구도 피터가 즐거워하는 것을 막을 수 없는 거죠."

그렇다. 신체 장애가 누구나 누릴 권리가 있는 행복추구권을 가로막는 '장애'가 되어서는 안 된다. 행복 추구권 앞에서 인간은 동등하다.

피터는 큰형 매튜를 좋아한다. 결혼해서 따로 살고 있는 매튜는 피터를 자주 자기 집에 데려가 같이 자기도 하고, 가끔 낚시를 함께 가기도 한다. 피터는 형이 좋아하는 것은 뭐든지 다 좋아한다. 개도 형이 좋아하는 개를 좋아한다. 유난히 큰형 매튜를 따르는 이유는 무엇일까. 큰형의 품에서 엄마의 사랑을 느끼는 것은 아닐까. 굳이 설명하지 않아도, 11명이나 되는 형제 자매 사이에서 엄마 품을 차지하기에는 경쟁자가 너무 많다. 피터는 엄마 대신 큰형을 택했는지도 모른다.

나이는 여덟 살이지만 생각과 행동은 네 살 수준인 아이. 큰형 매튜는 이런 동생 피터를 특별하게 여긴다.

"제가 왜 특별히 피터를 좋아하는지 모르겠지만 피터도 저를 무

챌린지 리그 야구장 앞에 선 피터

척이나 좋아합니다. 동생들이 다 귀엽고 예쁘지만 피터에게 마음이 더 가는 건 사실이에요. 같이 살 때는 언제나 저를 졸졸 따라 다녔는데, 제가 결혼해서 나가 사니까 많이 섭섭한 모양이에요. 가까운 곳에 살기 때문에 피터를 보기 위해 자주 들르는데 피터가 얼마나 좋아하는지 모릅니다. 그러다가 제가 집으로 돌아갈 때면 손을 잡고 따라나오면서 아주 슬프게 울어요. 발걸음이 떨어지지가 않죠."

피터는 기분이 좋다고 껑충껑충 뛰는 아이는 아니다. 슬프다고 소리내어 엉엉 우는 아이도 아니다. 오동통한 얼굴에 두 줄기 눈물을 주르륵 흘리며 소리 없이 운다. 그래서 더욱 슬퍼 보인다.

말은 못 해도 사랑을 아는 아이, 소리 없는 눈물로 사랑의 시를 짓는 아이가 피터다.

피터는 학교 가는 것을 즐거워한다. 2년 동안 학교를 다닌 보람이 있어서 이제 자기 이름을 쓸 줄 알고 10까지 셀 줄도 안다. 정신지체라고 해서 교육을 시키지 않으면, 지능이 굳어져 아무런 일을 할 수 없게 된다.

피터가 홀로 자립하기란 거의 불가능해 보인다. 그래서 다나는 교육목표를 높게 잡지 않는다. 피터를 특수학교에 보내는 이유는 두 가지다. 하나는 그룹 홈(장애인이 모여 사는 작은 단위의 집) 같은 환경에 적응하게 하고, 다른 하나는 가능하다면 자기 직업을 가질 수 있도록 하는 것이다. 큰돈을 벌 수야 없겠지만, 일하는 기쁨과 일을 할 수 있다는 자신감을 갖게 하기 위해 직업은 필수적이다.

피터가 다니는 학교에서는 지식을 가르치지 않는다. 대신 신호등 식별법, 시계 보는 법, 식사하는 법, 쇼핑하는 법, 돈 세는 법 등 살아가는 데 있어서 지극히 기본적인 것을 가르친다. 이외에도 식당이나 극장 등 공공장소에서 지켜야 할 예절 등을 반복해서 가르친다. 할 수 없는 아이라고 해서 포기하지 않는다. 할 수 있을 때까지 계속 가르친다.

단어 하나를 가르치기 위해 만 번 정도 반복해야 할 때도 있다. 그래도 따라하지 못하는 아이들이 있다. 그렇다고 해서 포기하면 아이들은 영영 폐인이 되고 만다. 발달 장애아를 방치하는 것은 장애아 본인은 물론 사회적으로도 큰 손해다.

나이가 들수록 치료하는 데 많은 비용이 들기 때문이다. 사회적으로도 그렇다. 제때 교육을 시키지 않고 방치한 그들을 사회적으로 수용하기 위해 많은 비용을 지불해야 한다. 조기교육을 통해 최소한의 자립이라도 가능하게 해주는 것이 사회적 비용을 절감하는 길이다.

장애아 조기교육

나에게도 세 살배기 장애아 딸이 있다. 미국 이름은 조이(JOY)이고 한국 이름은 조은이다.

나는 조은이란 이름으로 딸을 부르기를 좋아한다. 나에게는 정말로 "좋은 이"이기 때문이다. 조은이는 다운증후군을 가지고 태어났다. 조은이 이야기는 이 책 끝부분에서 다루기로 하고 여기서는 조은이가 태어났을 때 미국 장애담당 기관과 교육구로부터 받은 혜택을 소개하고자 한다.

조은이의 장애가 피터의 경우와 비슷하고, 피터가 받는 교육이 조은이와 유사하기 때문이다. 미국 제도의 우월성을 말하고 싶은 의도는 전혀 없다. 다만 장애정책에 관한 한 후발국인 우리나라가 참고할 가치가 있다는 생각에서이고, 장애아를 가진 부모들에게 조기교육의 중요성을 일깨우기 위해서이다.

조은이가 태어난 지 이틀째 되던 날, 주정부에서 젊은 여자 카운슬러가 집에 찾아왔다. 조은이는 아직 병원에 있을 때였다. 조은이는 심장에 이상이 있어 태어나자마자 중환자실로 옮겨져 열흘간 입원해야 했다. 조은이가 다운증후군이 있다는 사실은 임신 3개월째 알았다. 심장에 이상이 있다는 사실도 몇 달 전에 알았기 때문에, 출산하자마자 적절한 조처를 할 수 있었다.

그런데 태어난 지 겨우 이틀째인 아이를 주정부에서 어떻게 알고 왔는지 궁금했다. 그녀에게 물었다. 병원에서 장애아가 출산되었으니 후속 관리를 하라고 유관기관에 알려왔다는 것이었다. 병원에서 신속하게 알린 것도 의외였지만, 이틀 만에 달려온 상담원도 놀라웠다.

장애아를 출산하고 놀라거나 낙심해 있을 가정을 방문해 아이를 돌볼 수 있는 길이 많이 있으니 너무 낙심하지 말라는 메시지를 전달하고 위로하는 것이 자신의 1차 과제라고 말했다. '참으로 고마운 일도 다 있구나' 하는 생각이 절로 들었다.

그녀는 장애아를 키우는 데 도움이 될 만한 여러 정보를 알려주었다. 그런 다음 "필요한 것이 무엇인가" 하고 진지하게 물었다. 우리 가정은 이미 오래 전부터 준비하고 기다리던 아이였기 때문에 정서적인 문제는 없었지만, 행정적인 도움은 절대적으로 필요한 상태였다.

그 상담원은 이후 다음 단계의 상담원을 보내주었다. 아이의 의료혜택, 재정보조, 수술대책, 조기교육 등 각 분야에 걸쳐 전문가들을 차례로 소개해주었다. 그리고 자주 전화를 걸어 안부를 물어왔다.

한 1년 동안을 가까이에서 우리를 도와주었고, 생후 6개월째부터는 집으로 물리치료사를 일주일에 두세 번씩 보내주었다.

생후 1년도 채 안 되었는데, 이번에는 주정부에서 관리하는 지역 발달장애전문기관에서 사람이 찾아왔다. 조기교육을 시켜야 한다는 것이었다. 조기 영재교육이란 말은 들었어도, 발달장애가 있는 아이에게 조기교육을 시켜야 한다는 것은 무척 생소했다. 그것도 한 살 이전부터 시작해야 한다는 주장이 오히려 이해하기 힘들었다. 그러나 아이를 위해 알아서 척척 일을 해주는 정부와 관계기관이 그렇게 고마울 수가 없었다.

이런 일련의 과정을 겪으면서, "장애라도 낳아서 잘 기르면 되겠지" 하는 막연한 결심만으로는 부족하다는 것을 절실히 깨달았다.

다시 집을 방문한 상담원에게 진심으로 고마운 마음을 전했다.

"이렇게 아이를 위해 수고해주셔서 감사합니다. 미국이 장애복지에 관한 한 선진국이라는 말을 듣긴 했어도 이렇게까지 세심하게 돌보는지는 몰랐어요. 태어난 첫날부터 돌보아준다는 사실에 너무도 놀랐습니다."

연거푸 감사하다는 말을 들은 상담원은 오히려 민망해했다.

"이게 제 직업인데요. 다만 저는 저의 일에 충실하려고 노력하고 있으니 감사할 필요는 없어요. 지금 내시는 세금에 이 서비스가 다 포함되어 있습니다. 당연히 이런 서비스를 받을 권리가 있습니다.

오히려 일이 만족스럽지 않으면 신고하십시오."

그녀는 고발전화번호가 적혀 있는 전단을 내미는 것이었다. 우리는 머리가 아찔할 정도의 충격을 받았다. 콧날이 유난스럽게 예쁘게 생긴 인형 같은 여자 상담원은 소파도 없는 집에 쭈그려앉아 벌써 한 시간이 훨씬 넘었는데도 도울 일이 더 없느냐며 이것저것 묻고 있었다.

나중에 일어서려던 그녀는 다리에 쥐가 나서 한참이나 주물러대야 했다.

집을 나서는 그녀에게 조은이의 엄마가 지나가는 말로 한마디 했다.

"어릴 때부터 이렇게 관리하려면 나라에서도 엄청난 돈이 들겠는데요."

신발을 신고 일어서면서 그녀가 남긴 말이 지금도 귀에 생생하다.

"장애아를 일찍 찾아내어 치료하고 조기교육을 시키는 게 정부로서도 이익이에요. 어리면 어릴수록 좋지요. 어릴 때부터 치료와 교육을 병행하면, 나이가 들어서 실시하는 것보다 몇만 배의 효과가 있습니다. 자란 후에 장애를 발견하고 치료하면 효과가 거의 없어요. 뿐만 아니라 이들을 관리하는 데 돈이 훨씬 더 듭니다. 어릴 때 치료와 교육을 하는 것이 장애아 본인뿐만 아니라 정부 차원에서도 돈이 훨씬 덜 드는 투자인 셈이죠. 아이들을 스스로 걸을 수 있게 하면 병원에 평생 입원시켜놓는 것보다 훨씬 돈이 덜 들잖아요?"

이것이 미국 복지정책의 뿌리이다.

장애아를 위한 조기교육은 빠르면 빠를수록 좋다는 사실은 조은이가 자라는 모습을 보며 확인할 수가 있었다.

교육구와의 싸움

'모든 아이들은 똑같은 교육을 받을 권리가 있다.'

그러나 장애아들의 교육 천국이라고 자처하는 미국이지만, 법이 허용하는 범위 안에서 최대한의 혜택을 받아내려면 부모의 노력이 여간 필요한 것이 아니다. 미국 정부나 교육구도 예산은 한정되어 있고, 수요는 항상 넘치기 때문이다.

가만히 앉아 있다가는 아무런 혜택도 받지 못할 수도 있다. 당국에서는 법이 규정한 자세한 '혜택'에 대해서는 크게 홍보하지 않는다. 공급보다 늘 수요가 많기 때문이다. 정보에 어두워 '손해'를 보는 경우가 한둘이 아니다.

미국 법은 장애아도 개인의 특성에 맞는 교육을 받을 권리가 있다고 명시하고 있다. 이 법 정신에 따라 장애아들은 개별 학습과정을 선택할 수 있다. 이를 위해 교육구와 부모가 IEP(개별적 교육계획) 미팅을 갖는다.

매년 한 번씩 정기적인 IEP 미팅이 있고 학부모가 필요할 때마다 미팅을 요구할 수 있다. IEP 미팅을 갖기 전에 장애아를 위해 기능, 체능, 심리, 학력 검사 등을 실시한다. 학부모가 요청하면 다른 전문가의 보고서도 제출할 수 있다.

이 같은 자료를 바탕으로 다음 한 해 아이가 들어가야 할 학교와 학급, 그리고 커리큘럼을 선택한다. 교육구에서는 사전에 충분한 설명을 해주지 않는다. 그러므로 경험이 있는 학부모나 전문가를 만나 꼼꼼하게 준비해야 한다. 이 미팅을 제대로 하지 못하면 장애아는 다음 한 해 동안 부실한 교육을 받을 수밖에 없다.

장애아를 가진 한인 부모들 가운데 IEP 미팅을 활용하지 못해 불이익을 당하는 경우를 심심찮게 볼 수 있다. 물론 이유는 얼마든지 있다.

첫째 언어 소통이 원활치 못하기 때문이다. 대부분 장애아가 처음이어서 아무리 영어를 잘하는 부모라 해도 전문 용어와 낯선 제도를 알아들을 수가 없는 것이다.

두번째는 자기 권리를 주장할 줄 모르기 때문인데 여기에는 문화적 차이가 작용한다. 한국에서는 당연히 받아야 할 것을 받으면서도 고개를 숙이며 고맙게 생각한다. 권리를 침해당해도 불평 몇 마디 하고는 넘어가버린다. 그런 한국 사회에서 살다가 이민 온 사람들은, 가만히 있어도 잘해주는데 무슨 염치로 더 요구한단 말인가, 라며 소극적인 태도를 버리지 않는다. 한인 부모들은 교육구에서 '이렇게 하시지요' 라고 말하면 대부분 '네' 라고 말해버리고 만다. 권리를 주장할 때에도 너무나 죄송해한다.

사전 준비가 완벽하다고 해서, 필요한 모든 요구를 했다고 해서 관리들이 다 들어주는 것은 물론 아니다. 예산 문제도 문제지만, 특혜를 주었다는 시선을 받지 않으려는 균형 감각이 있는 것이다.

킹 씨 부부는 어떻게 했을까.

다나와 로버트는 '아이구' 하면서 교육구 담당자와 싸우는 일이라면 신물이 난다며 고개를 절레절레 흔들었다.

교육구와의 싸움은 주로 로버트가 담당한다. 11명의 아이를 키우고 있으니 얼마나 많은 경험이 쌓였겠는가. 로버트는 500페이지 가까이 되는 캘리포니아 교육구 특수교육 관련 법규를 들어 보이며 이렇게 말했다.

"자세히 연구해서 자기 권리를 찾지 않으면 너무 많은 손해를 봅니다. 이 지역에 사는 한인들에게도 잘 알려주십시오."

로버트는 한국 부모들이 캘리포니아 교육구와 대화할 일이 있을 때 자기와 상의하면 자세히 코치해주겠다고 선뜻 나섰다. 법규를 안다고 해서, 그리고 그런 권리를 주장한다고 해서 혜택을 다 얻어내는 것은 아니기 때문이다.

굳이 비법이라고 한다면, 대화의 기술이다. 로버트는 이미 수십 차례 IEP 미팅을 해보았기 때문에, 나름대로의 노하우가 있다. 그러나 그것 역시 피곤한 일이라는 것이다.

로버트가 신신당부하는 것은 조금이라도 방심하지 말라는 것이다. 방심하는 만큼 권리를 잃어버린다. 미국 관리들도 마찬가지여서, 특수교육 담당자 대부분이 관료주의에 빠져 있다. 학부형들의 고민을 해결해주기보다는 자기들의 편의 위주로 일하기 때문에, 끈기를 가지고 투쟁하지 않으면 자기 권리를 찾을 수가 없다고 했다.

애덤, 그대 이름은 우리 입양 리스트에 없었노라

하나님이 보낸 천사

피터를 입양할 무렵이던 1994년 초, 미시간에 사는 여의사 리타로 부터 부탁을 받고 입양 기관과 관련 잡지에 소개한 아이가 바로 애덤이었다. 그러나 광고를 낸 지 2년이 되어가는데도 연락을 해오는 사람이 없었다. 그 사이에 애덤은 네 살이 되었다.

킹 씨 부부는 공연히 부담스러웠다. 애덤이 불쌍했다. 얼굴 한 번 보지 못한 애덤에 대한 감정이 가슴속에서 자라나고 있었던 것이다.

그러던 어느 날 로버트가 불쑥 애덤을 데려다 키우자는 말을 꺼냈다. 다나는 한마디로 반대했다. 애덤은 피터를 입양할 때 한 번 고려한 적이 있었고, 신체 장애아라면 리나와 새라만으로도 벅찬 상태였기 때문이다.

그러나 다나는 마음이 편치 않았다. 하나님의 뜻을 거부하고 있다는 생각이 들었다. 다나는 기도를 올렸다.

'하나님, 솔직히 이제 더는 못 하겠습니다. 그러나 하나님께서 하

라시면, 할 수는 있습니다.'

　기도를 하고 나서, 다른 입양 신청자가 나타나기를 얼마나 기다렸는지 모른다. 하지만 문의조차 해오는 사람이 없었다. 다나는 로버트에게 다시 한 번 잡지에 소개해 달라고 부탁했다.

　'한국의 고아. 다리 교정만 해주면 걸을 수 있는 아이. 부모를 찾습니다.'

　그러나 감감무소식이었다. 다나는 번민했다. 애덤의 입양 문제는 다나가 책임질 일이 아니었는데도, 다나의 가슴속에서는 이제 큰 짐이 되어 있었다. 다나는 다시 두 손을 모으고 눈을 감았다.

　'하나님 솔직히 못 하겠습니다. 이 잔을 내게서 멀리 하옵소서. 이 잔을 내게서 거두어 가옵소서. 하지만…… 주님의 뜻대로 하옵소서.'

　다나는 움직이지 않고 있었다. 그때 다나의 마음속에 한 줄기 빛과 같은 강력한 음성이 울려퍼졌다.

　'내가 원하는 건 순종이다. 내가 원하는 건 '네, 그렇게 하겠습니다' 이다.'

　거역할 수가 없었다.

　다나는 하나님의 뜻을 헤아릴 수 없을 때마다 절실하게 기도하곤 한다. 그때마다 하나님은 어떤 형태로든 확신을 주었고, 그렇게 해서 믿음이 생긴 일은 언제나 결론이 좋았다.

　1995년 10월, 한국 아이 오인호는 킹 씨네 가족이 되었다. 애덤 킹이 되었다. 애덤을 품에 안고 보니, 두 다리에만 문제가 있는 것이 아니고, 두 손에도 이상이 있었다. 양손 손가락이 네 개씩밖에 없었는데, 그나마 두 개씩 붙어 있었다. 가운데가 벌어진 포크 같았다. 하지만 두 다리에 비하면 큰 문제가 아니었다.

다나와 로버트는 애덤을 데려오지 않으려고 발버둥쳤던 그 2년 동안이 가장 바보같이 살았던 때라고 말하며 웃곤 한다. 다나의 쑥스러운 고백이다.

"좀더 일찍 순종했더라면 애덤에게 훨씬 더 좋았을 텐데, 하는 죄책감이 아직도 남아 있어요. 두 살 때부터 네 살 때까지는 엄마가 가장 필요한 나이지요. 내가 애덤을 2년 동안 혼자 있게 한 거예요. 피터도 양보할 수 없었던 아이지요. 돌아보면, 애덤 덕분에 피터를 안을 수 있게 되었다고나 할까요."

애덤이 온 이후, 어느 날 묵상을 하던 다나는 하나님께 이렇게 외쳤다.

'사람들이 그렇게 애덤을 외면한 이유가 당신 뜻 때문이었군요. 진작부터 애덤을 우리 집에 보내기로 하셨던 것이군요.'

하나님은 순종하는 자를 어여삐 여긴 것일까. 아니면 애덤이 하나님이 보낸 천사라는 것을 좀더 확실하게 가르치고 싶으셨던 것일까. 애덤은 '기적을 일으키는 소년'이었다.

영부인과의 만남, 전 가족 한국방문, 한국 프로야구 개막전 시구, 청와대 방문, 각종 라디오와 TV 프로그램 출연, 특집 다큐멘터리 촬영, 책 발간 등등. 애덤을 매개로 해서 킹 씨 가족은 유명명사가 되었다. 덕분에 집은 더 정신 없어지긴 했지만.

'잘 가라, 내 두 다리야'

애덤의 다리는 무릎 아래의 뼈가 발육이 되지 않아서 아주 짤막
한데다 발바닥은 뒤집혀져 있고 크기도 보통 아이 발바닥의 3분의
1 정도에 불과했다. 발가락도 몇 개밖에 없는데다 그 발가락마저
서로 붙어 있었다. 그냥 두면 평생 무릎으로 기어다니거나 휠체어
신세를 져야 했다.

수술을 하느냐, 마느냐. 결단을 내려야 했다. 수술을 해서 걷게 된 리나를 보면 용기가 났지만, 여전히 판단을 내리기가 어려웠다. 애덤은 리나의 경우와는 조금 달랐기 때문이다. 리나는 돌아간 다리를 바로 펴는 일이었지만, 애덤은 다리를 잘라내고 의족을 해야 했다. 과연 다리를 자르는 것이 옳은 일인가.

전문의들을 찾아가 자문을 구했다. 전문의들의 말을 종합해보면, 일어설 수는 없는 상태였다. 철사를 박아 넣을 수도 없는 지경이었다. 선택은 단 두 가지였다. 그대로 두거나, 아니면 잘라내거나. 그대로 두면 수술은 안 해도 되지만 설 수는 없고, 다리를 자르고 의족을 하면 설 수는 있지만 몸의 일부를 잘라내야 한다는 심적 부담과 함께 모양새도 좋지 않게 된다.

다나와 로버트는 고민 끝에 최종 결단을 내렸다.

다리를 자르기로 했다.

전문의들의 권고이기도 했지만, 평생 앉아서 지내게 할 수는 없었다. 스스로 일어나 걷지 못하면, 마음까지 일어서지 못하게 된다는 판단이었다.

수술 자체로만 보면, 크게 어려운 수술은 아니었다. 실제로 다리 뼈를 절단하는 것이 아니라 무릎 아래 다리 뼈를 무릎 관절로부터 분리하는 것이었다. 절단이 아니어서, 심리적인 부담은 조금 덜 수 있었지만, 어쨌든 두 다리가 없어지는 것이었다.

다나와 로버트는 수술실에서 애덤의 두 다리가 없어지는 '지금'은 생각하지 않기로 했다. 애덤이 혼자 걸어다니는 '내일'만을 생각하기로 했다.

수술은 두 가지였는데, 둘 다 성공적이었다. 다리는 분리되고, 붙어 있던 손가락들도 분리되었다.

그런데 한 가지 '의식'이 있었다. 담당 의사가 분리해낸 다리를 애덤에게 보여준 것이다.

순간 애덤의 얼굴이 일그러졌다. 붕대로 칭칭 감아놓은 두 다리. 애덤은 울먹거리며 어쩔 줄 몰라했다. 4년 반 동안 한 몸이었던 두 다리가 떨어져나갔다는 사실이 믿어지지 않는 것 같았다. 애덤은 몸에 붙어 있지 않고 한쪽에 놓여진, 붕대에 감긴 두 다리를 보고 또 보았다. 그러고는 얼굴을 파묻고 눈물을 흘렸다.

킹 씨 부부는 애덤에게 붕대에 감긴 두 다리를 내주며 '굿바이 키스'를 하게 했다. 애덤이 두 다리에 대한 미련이 생기지 않기를 바란 것이다. 이별해야 할 것이라면, 이별은 분명하고 확실할수록 좋다. 다나는 애써 미소를 지어 보이며 말했다.

"네가 걷기 위해선 지금 이 다리와 작별을 해야 해. 애덤, 기쁜 마음으로 '굿바이' 하거라."

애덤은 울음을 꾹 참고 입을 갖다 댔다.

자기 다리와 영원히 작별하는 키스를 나눈 네 살짜리 아이는 한동안 눈물을 그치지 않았다.

애덤은 놀라운 속도로 '정상'을 되찾아갔다. 퇴원한 지 불과 10일 만에 두 무릎으로 서서 걸은 것이다. 무릎 아래로는 다리가 없어졌지만 태어나서 처음으로 두 다리로 서는 순간이었다. 애덤은 자기가 보기에도 놀랐는지 소리를 질렀다.

"엄마. 내가 섰어요. 보세요. 두 발로 섰어요."

애덤은 엄마를 향해 붕대를 감고 있는 두 손을 번쩍 치켜들었다. 에베레스트를 정복한 산악인 같았다. 그렇다. 애덤이 처음으로 선

다리를 자르고 난 직후 애덤

자리, 두 무릎 관절로 딛고 선 그 자리는 에베레스트보다 더 높은 정상이었다.

수술한 뒤 얼마 동안 애덤은 무릎 아래가 없어진 다리보다 분리한 손가락 통증을 더 호소했다.

"주차장까지 혼자 걸어가거라"

1996년 12월 하순, 애덤은 의족을 했다. 처음에 단 의족은 나무로 만든 것인데 두꺼우면서도 길이는 아주 짧았다. 처음부터 긴 의족을 하면 실패할 확률이 높다. 짧은 것으로 시작해서 아이의 성장속도에 맞추어 의족을 자주 바꾸어주어야 한다. 키만 자라는 것이 아니고 의족을 끼우는 무릎 부분도 자라기 때문이다. 조금이라도 늦으면 무릎이 압박을 받아, 피가 통하지 않는 등 많은 고통이 뒤따른다.

의족을 다는 동시에 애덤의 재활운동이 본격적으로 시작되었다. 보행기를 짚고 한 발 한 발 걷는 연습을 했다. 다행히 애덤은 의욕을 갖고 열심히 훈련했다.

며칠 지나지 않아 크리스마스였다. 크리스마스 저녁 킹 씨네 가족은 모두 교회에 가 특별 프로그램을 구경했다. 한 시간 반 정도 앉아 있었을까. 행사가 끝나 모두 일어서려는데, 갑자기 애덤이 외마디 소리를 질렀다.

"엄마, 내 다리가 움직이질 않아요."

너무 오래 앉아 있어서 제 다리가 의족이라는 사실을 깜빡 잊었던 것이다. 다리를 움직여보려고 애쓰는 모습이 너무 측은했다.

"애덤, 일어나서 천천히 다리를 움직여보렴."

처음에는 이처럼 당황하던 애덤도 시간이 지남에 따라 조금씩 적응해 나갔다. 1년 후엔 더 큰 의족을 달았고, 다시 1년 후엔 철제 의족으로 바꾸었다.

애덤은 스스로 걷기 시작하면서 다시 태어났다. 새로운 삶이 시작된 것이다. 못 쓰는 다리를 잘라낸 것이 아니고, 새로운 인생을 가로막고 있던 절망의 다리를 잘라낸 것이다. 붙어 있던 손가락을 분리하면서, 애덤을 옥죄고 있던 절망을 끊어낸 것이다. 혼자 일어나 걸으면서 새로운 자기 생의 중심에 선 것이다. 그리고 손가락을 분리함으로써 제 인생을 만질 수 있게 된 것이다.

처음엔 얼마나 많이 넘어졌는지 모른다. 얼마나 많이 피가 났는지 모른다. 얼마나 울었는지 모른다. 그때마다 걷지 않겠다며 의족을 벗어던지기도 했다.

목재도 그렇지만, 쇠로 만든 의족은 애덤이 감당하기에는 무거웠다. 한참 걷다 보면 땀을 뻘뻘 흘렸다. 지금 착용하고 있는 의족은 재질이 티타늄이어서 가볍다. 대신 가격이 매우 높다. 2만 5천 달러(약 3천만 원)나 한다. 다행히 애덤은 의료보험 혜택을 받을 수 있었다.

애덤은 우연한 기회에 걷기에 가속도를 붙였다.

1998년 여름방학 때 온 가족이 디즈니랜드로 소풍을 간 적이 있다. 구경을 다하고 셔틀버스에서 내렸는데 그만 애덤이 클러치를 놓고 내렸다. 그때까지만 해도 애덤은 클러치가 없으면 잘 걷질 못했다. 오래 서 있을 때도 클러치를 사용해야 했다. 버스는 이미 떠난 뒤였다. 달리 찾을 방법이 없어서, 디즈니랜드 직원에게 나중에 혹시 찾으면 집으로 연락해달라고 부탁하고 돌아오는 수밖에 없었다.

정문에서 주차장까지는 꽤 먼 거리였다. 킹 씨 부부는 이때다 싶어, 애덤에게 혼자 걸어가라고 했다. 애덤은 자신의 부주의를 뉘우치기라도 하듯, 아무 소리 하지 않고 걷기 시작했다. 기우뚱거리다가 몇 번이나 넘어졌는지 모른다. 그때마다 혼자 일어나야 했다. 아무도 도와주지 않았다. 결국 애덤은 혼자 힘으로, 두 다리로 자동차까지 걸어갔다. 이것이 애덤에게 큰 용기를 주었다. 그 뒤부터 걷는 일에 자신감을 갖기 시작했다.

지금은 빨리 달리고 싶을 때만 클러치를 사용한다. 의족을 수리할 때만 휠체어를 타고 보통 때는 의족을 하고 걷는다. 하지만 애덤은 집에 들어서면 의족을 벗어던진다. 아무래도 불편하기 때문이다. 집안에서는 손으로 바닥을 짚고 여기저기 뛰어다니며 논다.

애덤의 재활치료를 도와준 친구가 있었다. 이웃에 사는, 의족을 하고 다니는 루디라는 아이였다. 애덤보다 몇 살 많았지만, 곧 친해졌다. 루디는 클러치 없이 생활하는데 잘 걷는 정도가 아니다. 루디는 수영선수인데다가 특수 제작한 자전거까지 탄다. 의족에 스프링장치를 해서 달리기까지 한다. 루디를 만나면서 애덤은 의족을 자연스럽게 받아들였다.

다나는 하루가 다르게 성장하는 애덤이 자랑스럽기만 했다. 킹 씨네 식구가 된 뒤 처음 반 년 동안은 말이 안 통해 고생이 많았는데, 영리한 애덤은 영어를 금세 익혔다. 스폰지가 물을 빨아들이듯 영어를 흡수했다. 수학에도 소질이 있었다. 서른 개의 덧셈 뺄셈 문제를 1분 만에 풀어 주위 사람들을 다 놀라게 했다.

애덤은 성격이 활달하고 긍정적이며, 유머가 많다. 해변에 가면 자기 의족을 벗어 모래밭에 거꾸로 꽂아놓고는 신발을 신겨놓는다. 그러고는 모래를 쌓아올려 사람이 누워 있는 것처럼 해놓고는 씨익 웃는다.

독립심도 강하다. 클러치 없이 걷다가 넘어져도 아무 일도 없었

다는 표정으로 일어난다. 성취욕도 강하다. 자기가 하고 싶은 것은 반드시 해내고야 마는 적극적인 성격이다. 컵 스카우트(보이스카우트의 전 단계) 활동에도 열심이다. 리더십을 발휘할 수 있기 때문이다. 애덤은 그저 다리가 좀 불편할 뿐이다.

한국에서 입양된 다른 형제들이 그렇듯이, 애덤도 자신이 한국인임을 자랑스러워하며, 즐거운 마음으로 한국 문화를 익힌다.

다나는 애덤을 통해 진정한 기쁨을 배운다고 했다.

"애덤을 보세요. 뼈가 생기지 않아 말라버린 다리, 붙어 있는 손가락. 그냥 두었다면 평생 기어다니며 다른 사람의 손에 의지했을 거예요. 그런데 지금은 걷고, 뛰고, 야구까지 하며 삶을 즐기잖아요. 애덤이 혼자서 처음으로 걸었을 때 맛본 그 기쁨은 무엇으로도

바꿀 수 없는 기쁨이었습니다. 정상적인 아이를 키우면서도 기쁨 없이 살아가는 부모들이 얼마나 많습니까."

희망을 던져준 아이. 그러나 애덤은 멀리 있는 '희망의 나라'로 달려가기 위해 애쓰지 않는다. 애덤에게는 다름아닌 오늘이 희망이다. 오늘을 즐겁게 살려고 노력할 뿐이다. 장애를 극복하려고 이를 깨물지도 않는다. 장애에 순종하며, 장애와 더불어 살아가는 법을 하나하나 배워나갈 뿐이다.

그 한마디가 '꿈을 여는 열쇠'가 될 줄이야

애덤의 한국 방문은 이번이 두번째였다. 애덤이 입양된 이후 한국을 처음으로 방문한 것은 1998년 11월 26일이다. 그러니까 입양후 만 3년 1개월 만이었다.

1998년 6월, 김대중 대통령 내외가 미국을 공식 방문했을 때, 귀국 길에 로스앤젤레스에 들렀을 때였다. 평소 인권문제와 더불어 입양아와 장애아의 복지에 관심이 많은 이희호 여사가 장애아를 포함한 한인 입양 가정을 초청하여 조찬을 베풀었다. 한인입양홍보기관 등의 도움을 받아 초청자를 선정했는데, 10여 가정의 초청자 명단에 애덤네도 끼어 있었다.

이 자리에서 이희호 여사는, 대한민국 국민을 대신하여 모든 입양아 가족의 혈연을 뛰어넘는 사랑에 감사한다고 치하했다. 그리고는 일일이 한 사람 한 사람 손을 잡아주었다. 참석한 모든 입양가족들의 눈에는 눈물이 비쳤다. 치하받자고 입양을 한 것은 아니었지만 이렇게 위로를 받으니 더욱 힘이 나는 것이었다.

질의응답 시간이 있은 후 기념 촬영이 있었다. 이희호 여사가 애덤과 피터를 손짓해서 자신의 양옆에 서게 했다. 사진을 찍는 도중 애덤이 돌연 "한국에 가볼 수 있나요?"라고 이희호 여사에게 질문을 했다. 이희호 여사는 "그럼. 한국에 오고 싶은가 보구나"라고 간단하게 대답했다. 의례적인 대답이었는지도 모른다. 애덤이 어떤 의도를 갖고 물은 것이 아니었다. 그저 지나가는 말이었다. 하지만 애덤의 한마디는 곧 '꿈의 메아리'가 되어 돌아왔다.

로버트와 다나는 이날 무슨 일이 있었는지 전혀 알지 못했다. 다나가 나중에 들려준 말이다.

"아이들은 앞줄에 서고 우리 어른들은 뒷줄에 서서 사진을 찍었어요. 이희호 여사께서 아이들 중에서도 장애 정도가 심한 애덤을 특별히 옆에 세우시고 머리를 쓰다듬어주셨어요. 저는 조금 걱정이 들었어요. 아직 어린 애덤이 행여 무슨 실례되는 언동이라도 하지 않을까. 그때는 몰랐는데, 아니나 다를까 큰 사고를 친 거예요. 나중에 초청장이 와서 저희들은 깜짝 놀랐지요. 일이 어떻게 된 거냐고 애덤에게 물었지요. 그제야 애덤이 '아아, 그때 그냥 한번 물어본 것인데……' 하는 것이었어요. 우리는 당황했지요. 초청을 해주신 거야 더 말할 나위 없이 감사한 일이지만 애덤의 무례로 인해 큰 짐을 지워드린 것 같아서 몸둘 바를 모르겠더라구요. 그리고 어린 아이의 지나가는 말도 흘려듣지 않고 의례상 하신 말씀까지도 책임을 지는 이희호 여사께 얼마나 감동을 받았는지 몰라요. 참으로 감사하고 저희 가족 모두에게 영광이었습니다."

미국 방문을 마치고 한국으로 돌아가던 이희호 여사는 기내에서 애덤의 질문이 떠올랐다고 한다. 그리고 당신의 대답 한마디에 혹시 애덤이 한국 방문을 손꼽아 기다릴지도 모른다는 데 생각이 미쳤다. 이희호 여사는 즉시 보좌관을 불러 애덤 얘기를 의논하고 초청 준비를 하라고 지시한 것이다.

애덤 가족뿐만 아니라 그날 자리를 같이 했던 다른 입양가족들도 함께 초청되었다. 애덤이 살짝 던진 한마디가 이렇게 많은 사람들의 희망의 꿈을 여는 열쇠가 되어 돌아온 것이다.

킹 씨 가족이 사는 동네 모레노밸리의 지방 신문 중 하나인 〈더 프레스 엔터프라이스〉는 1998년 12월 5일자에 "소년의 한 질문이 희망의 문을 열었다"라는 제목으로 5단 크기의 기사를 실었다.

"한국의 영부인께 던진 소년의 순진한 질문 한마디가 많은 입양가족에게 한국 여행의 문을 열어주었다."

또 다른 신문인 〈모레노밸리 타임스〉는 며칠 뒤 12월 10일자에 킹 씨 가족 사진과 함께 "입양대사"라는 제목으로 이들의 한국 방문기사를 1면 톱기사로 올렸다.

1998년 11월 26일, 이희호 여사의 초청을 받은 입양가족들이 로스앤젤레스 국제공항에 속속 모여들었다. 애덤이 공항에 도착했을 때는 이미 다른 식구들이 많이 와 있었다. 킹 씨 가족은 대가족이었다. 한국에서 입양된 4명의 자녀 외에 동생들을 돌보기 위해 셋째 제시카가 동행한 것이다. 아시아나 항공이 이들의 비행기표를 책임졌고 힐튼호텔에서 숙박을 제공해주었다. 이외에도 많은 스폰서들이 있었다.

아이들은 마냥 흥분해 있었다. 미국에 입양될 때를 제외하면 해외 여행은커녕 비행기를 처음 타보는 아이들이 대부분이었다. 아이들은 통통한 양볼에 홍조를 띠고서는 보통 때보다 높은 목소리로 저마다 한마디씩 하느라 공항이 시끌벅적했다. 개중에는 청년이 된 입양아도 끼여 있었다.

배웅하기 위해 나온 친지들까지 다 모여들자 공항은 입양가족들의 잔칫날 같았다. 휠체어를 밀고 가는 가족, 손을 잡고 오순도순 이야기꽃을 피우는 부자, 모녀, 형제 자매, 친구들…… 비행기 안으로 들어가는 그들의 모습은 아름다웠다.

미완성인 아이들. 그들은 정녕 신마저도 완성을 미루시고 그들에게 스스로 완성하라고 남겨두신 것이다. 누가 조각가의 작업실에 놓여 있는 미완성 작품을 두고 절름발이, 소경, 앉은뱅이라고 업신여긴단 말인가. 장애아들을 이렇게 부르지 말자. 그들은 아직 미완성일 뿐이다. 아직도 작업중이다. 우리가 할 일은, 그들이 스스로 완성해낼 작품을 그려보며 조용한 미소를 보내주는 것이다.

서울행 비행기 안에서 맞이한 생일

1998년 11월 26일, 입양 장애아들이 고국으로 향하던 이날은 바로 애덤의 생일이었다. 어머니의 나라로 날아가는 비행기 안에서 생일을 맞이하다니. 신의 섭리가 아닐 수 없었다.

승무원들이 어떻게 알았는지 자그마한 생일 케이크를 들고 와서 애덤을 축하했다. 애덤이 만 일곱 살 되는 날이었다.

"해피버스데이 투 유, 해피버스데이 투 유, 해피버스데이 디어 애덤, 해피버스데이 투 유."

비행기에 함께 탄 승객들이 모두 애덤의 생일을 축하했다. 애덤은 좋아서 어쩔 줄을 몰라했다. 연신 함박웃음을 터뜨렸다.

오인호. 하마터면 버려질 뻔했던 존재, 장애로 인하여 망가질 뻔했던 존재, 입양으로 인해 잊혀질 뻔했던 존재. 다시 태어난 미국에서, 자신을 버린 한국으로 날아가는 비행기 안에서 애덤 킹, 아니 오인호는 존재 그 자체가 축복임을 증거하고 있었다. 한국행 비행기 안에서 울려퍼진 생일 축하 노래는 존재 자체에 대한 감사의 노래였다.

작업치료사의 통곡

애덤 일행의 한국방문 공식 일정은 3박4일이었다. 국립박물관을 비롯해 한국의 역사와 전통을 한눈에 볼 수 있는 곳들을 둘러보았다.

캠퍼스가 아름답기로 유명한 경희대학교를 방문하기도 했다. 장성한 한 입양청년은 한국에 도착해보니 사람들이 다 똑같이 생겨서 너무 신기하다고 했다. 머리나 옷 스타일까지 다 같아 보인다는 것이었다. 그러면서도 그 똑같은 얼굴들에 정을 느낀다고 했다.

경희대 캠퍼스 안에 있는 경희중학교를 찾아, 한국 학생들과 대화하는 시간도 가졌다. 모두가 따뜻하게 맞이해 주었다. 비록 말이 통하지 않아 많은 이야기를 나눌 수는 없었지만, 아이들 특유의 친화력은 언어의 벽을 뛰어넘었다.

다음날 일행은 창덕궁을 구경했다. 안내원으로부터 왕궁의 이야기를 들을 때 하나라도 잊지 않으려는 듯 눈동자들이 반짝반짝 빛났다. 애덤과 일부 아이들에게는 무리한 일정이었지만, 불평하는 아이들은 하나도 없었다. 자주자주 쉬면서 열심히 따라다녔다.

이튿날은 지방 나들이에 나섰다. 경주 불국사 석굴암으로 올라가는 길은 멀기만 했다. 그러나 애덤은 부지런히 따라나섰다. 다른 일행과는 한참 떨어져 걸을 수밖에 없었지만 애덤은 목발을 짚으며 티타늄 다리를 한 걸음 한 걸음 열심히 옮겼다. 철제 다리로 조여놓은 무릎에는 피멍이 맺히고 있었다.

앞서가던 형 데이빗이 걱정이 되었는지, 되돌아와 괜찮으냐고 물었다.

애덤은 "문제없어"라며 자신 있게 답은 했지만 사실은 더 걸을 수가 없었다. 아빠 로버트가 번쩍 들어 무등을 태우고 가파른 언덕을 올랐다. 애덤은 마치 개선 장군이나 된 듯 앞서가는 데이빗과 레베카, 그리고 피터를 향하여 소리쳤다.

"내가 가신다. 길을 비켜라."

11월 말의 제법 쌀쌀한 날씨였지만 로버트의 콧등에는 땀이 보송보송 맺혔다. 무엇을 보기 위해 이들은 그토록 가파른 길을 오르는가. 딱히 무엇을 보기 위해서가 아니었다. 조국의 숨결을 느끼기 위해서 오르는 것이다. 그래서 조국을 찾지 않았던가! 일행들은 한명의 낙오자도 없이 모두 석굴암에 올라 조국의 숨결을 몸 속 깊숙이 들이마셨다.

아쉬운 3박4일 공식 일정이 끝나고 일행 대부분은 미국으로 돌아갔지만 킹 씨네 가족과 몇몇 다른 가족은 며칠 더 한국에 남아 있기

로 했다. 킹 씨 부부는 아이들 손을 잡고 가보고 싶은 곳이 몇 군데
더 있었다.

제일 먼저 찾은 데가 일산에 있는 홀트 복지원이었다. 이곳은 장
애인들만 수용하는 시설이다. 킹 씨 부부는 아이들에게 이곳을 꼭
보여주고 싶었다. 킹 씨 부부는 지우고 싶은 과거, 잊고 싶은 과거
는 꺼내지도 말라는 일반적인 시각과는 다른 생각을 갖고 있다. 아
이들에게는 비록 아픈 과거지만 자신의 정체성에 대해 분명히 알게
하자는 생각이다. 지우고 싶다고 해서 지워지는 것이 아니라면 똑
똑히, 바로 보게 하겠다는 뜻이다. 그 누구도 자기의 선택으로 태어
나는 것이 아니라면, 자신의 과거에 대해서 조금도 부끄러워할 필
요가 없다는 사실을 몸으로 가르치려는 것이다.

이런 뜻을 알아서였을까? 고아원을 들어설 때 누구 하나 얼굴을
찌푸리거나 부끄러워하지 않았다. 홀트를 통해 입양되어 지금은 의
젓한 청년이 된 몇몇 친구들의 얼굴은 매우 상기되었다. 그렇게 떠
올리고 싶지만 떠오르지 않는 어머니. 한국에서 입양된 장애아들에
게 홀트 복지원은 어머니 같은 곳이었다.

홀트 관계자들이 박수를 보내며 뜨겁게 맞아주었다. 그때 애덤이
들어서는 모습을 뚫어지게 바라보는 한 여인이 있었다. 그녀의 시
선은 애덤의 철제 다리에 고정되어 움직이지 않았다. 몇 분이나 지
났을까. 그 여인은 애덤에게 다가와 철제 다리를 두 손으로 어루만
져보고는 애덤에게 조심스런 어조로 "굽혀보아라", "걸어보아라"
하고 말했다. 애덤이 다리를 굽히고, 몇 걸음 걷고 나자, 그녀는 갑
자기 바닥에 주저앉아 울음을 터뜨렸다.

그녀는 이곳 작업치료사였다. 평생 기어다니거나 휠체어 신세를

질 줄 알았던 애덤이 씩씩하게 걷는 모습을 보고 너무 감격했던 것이다. 그러나 그녀를 통곡하게 한 것은 그것만이 전부가 아니었다.

"이곳에 있는, 아니 우리나라에 있는 장애아들도 저렇게 걸을 수 있는데, 저 철제 다리를 하기만 하면 애덤처럼 걸을 수 있는데…… 돈이 없어서 해줄 수가 없다니, 나라가 가난해서 해줄 수가 없다니……."

다음날은 킹 씨 부부는 아이들을 데리고 용인 민속촌을 찾았다. 한국을 처음 방문하는 다나와 아이들은 무척이나 흥미로워했다. 이것저것 물어보고 만져보기도 했다. 여자라 그런지 레베카는 여인들이 그네 뛰는 모습을 보고 신기해했다. 이웃집 총각을 넘겨다 보기 위해 뛰었다는 널뛰기의 배경을 듣고는 배꼽을 잡고 웃었다.

다음날은 새벽같이 일어나 남대문 새벽시장을 둘러보았다. 무엇을 사려는 계획이 있었던 것은 아니었다. 한국적인 것을 보고 느끼게 해주고 싶었다. 새벽을 깨우는 사람들. 호객하는 상인들의 갖가지 모습을 쳐다보느라 아이들은 넋이 나간 것처럼 보였다. 미국에서는 결코 볼 수 없는 진기한 풍경들이었다.

마지막으로 애덤이 태어났던 병원을 방문했다. 홀트 재단을 보여주는 것으로도 모자랐던 것일까. 일곱 살짜리 애덤은 무슨 생각을 했을까. 해맑기만 한 개구쟁이 애덤은 자기가 태어났던 신생아실을 물끄러미 바라보다 농담을 던졌다.

"무슨 아기들이 저렇게 작아. 내가 저렇게 저기 누워 있었단 말이야?"

그리고 애덤은 이내 발길을 돌렸다. 거기서 애덤은 기억나지 않는 엄마의 얼굴을 보았던 것일까.

위탁모와의 재회

한국 방문 마지막 날, 킹 씨 부부는 아이들을 데리고 홀트 서울사무소를 방문했다. 그곳에서 레베카, 피터, 데이빗을 잠시 맡아 키워주었던 위탁모들을 만났다.

비록 몇 개월 남짓 짧은 기간 동안 돌보아주었던 위탁모들이었지만 그들은 어느새 눈물을 흘리고 있었다. 모두 어린 아기 때 입양되었기 때문에 아이들은 위탁모를 기억하지 못하지만, 자기들을 껴안고 흐느끼는 위탁모들을 따라 아이들도 울었다. 그 중에서도 피터가 제일 섧게 울었다. 한쪽 벽에 기대서서 소리를 내지 않으려고 어깨를 들썩이며 하염없이 눈물을 쏟았다. 위탁모들은 아이들을 쓰다듬고 또 쓰다듬었다.

"많이도 컸구나. 씩씩하게 잘 커주었구나. 장하다, 장해."

위탁모. 사랑 없이는 할 수 없는 일이다. 잠시 맡은 아이에게 정을 너무 많이 빼앗겨 아이가 바뀔 때마다 그 고통을 감당하지 못할 때도 있다. 데이빗을 돌보던 위탁모는 데이빗 이후에 더 이상 아기를 맡지 않는다고 했다. 정이 듬뿍 든 아이들을 떠나 보내기가 너무 힘들기 때문이라고 했다.

킹 씨 부부는 이런 위탁모가 있었기에 오늘의 애덤이 있을 수 있었다고 감사해한다.

"애덤은 네 살 때 입양되었기 때문에 위탁모를 기억합니다. 애덤을 처음 보았을 때 얼마나 많은 사랑을 받고 컸는가를 금방 알 수 있었지요. 정말 고마운 분들입니다".

프로야구 개막전 시구를 하고 미국 집으로 돌아온 애덤에게 물었다. 이제 아홉 살밖에 되지 않은 애덤은 두 번 방문해본 자신의 나라에 대해 무슨 생각을 가지고 있을까. 혹시 자기를 버린 나라라고 생각하고 있는 건 아닐까. 애덤은 이렇게 대답했다.

"저를 미국에 보내주신 생부모와 한국에 감사해요. 생부모는 저를 키우실 형편이 되지 못했을 거예요. 좋은 위탁모에게 저를 맡기신 생부모님께 감사드려요. 또 한국 정부에 감사드려요. 저를 환경이 좀더 나은 미국으로 오게 허용해주었기 때문에 이렇게 좋은 부모를 만나 잘 살게 되었으니까요."

애덤이 지어낸 말이 아니다. 인터뷰를 의식한 겉치레 인사말도 아니다. 양부모의 열린 교육 덕택이기도 하지만, 애덤의 마음 밑바닥에서 올라오는 자기 생에 대한 긍정이었다.

흑인아이 조나단

"아기 한두 번 데리고 와요?"

1997년 여름, 애덤이 온 지 일 년 반이 지났을 때였다. 킹 씨네 식구들은 로버트의 부모님이 사는 텍사스로 향했다. 텍사스에 사는 할아버지와 할머니는 어렵게 입양한 아이가 복덩어리처럼 잘 자란다는 말을 여러 번 전해들은 터여서 손자를 무척이나 보고 싶어했다. 그래서 여름 휴가를 아예 텍사스로 가기로 한 것이었다. 할아버지와 할머니는 애덤을 보고 대견스러워했다. 천진난만하게 웃는 얼굴, 잘도 종알대는 유머에 반했다. 구김살 없이 잘 적응했다며 기뻐했다.

텍사스에서 여름 휴가를 끝내고 집에 돌아와 보니 다나의 친한 친구로부터 전화가 와 있었다. 자동응답기에서 친구의 목소리가 흘러나왔다.

"다나, 어린 흑인 아기가 하나 있는데, 태어날 때부터 경기가 있어 죽을 고비를 여러 번 넘겼대요. 그런데 이 아이 엄마가 아이를 키울 수가 없다며 크리스찬 가정에 입양하길 원한대. 기도해

주세요."

킹 씨 부부가 교제를 나누는 가정들은 대부분 입양아를 키우고 있어서, 수시로 연락을 주고받는다. 모두 '입양전도사'들이다. 자동차 범퍼에도 "모든 아이들은 따뜻한 가정을 가질 권리가 있다"는 스티커를 붙이고 다닌다.

다나는 입양될 곳을 수소문해보았지만 일주일이 지나도 나타나는 사람이 없었다. 다나는 늘 일주일이 고비였다. 다시 다나의 고민이 시작됐다.

이때 다나의 나이 마흔다섯 살. 아이가 벌써 9명이었다. 아이들이 모두 다섯 살이 넘어 잔손 가는 일이 많이 줄긴 했어도 여전히 쉴 틈이 없었다. 막 다섯 살이 된 막내, 새라와 피터는 말을 하지 못하는 정신 지체아이고 특별한 보호가 필요한 중증 신체 장애아이다. 갓난아이와 다를 바 없었다.

리나는 비록 14살이지만 정신연령은 그보다 훨씬 어려서 동생들을 돌볼 수가 없었다. '배로 낳은' 아만다와 제시카 둘만이 틈틈이 다나를 도왔다. 하지만 아만다는 학교 공부와 특별활동에 신경써야 하는 여고생이었고, 제시카는 아직 여중생이었다. 여전히 다나의 도움이 필요한 아이들이었다.

이미 엄청난 대가족이었다. 일주일이 지나 다나는 입양 기관에 전화를 걸었다.

"아이를 보고 싶어요."

이번에는 입양 기관에서 제동을 걸고 나섰다.

"다나, 갓난아이는 더 이상 입양할 의사가 없다고 했잖아요."

다나는 일전에 갓난아이는 이제 무리라고 밝혀둔 바 있었다. 그러나 다나는 자기 말을 바꾸었다.

"그래요. 그렇지만 이번에도 하나님께서 아기를 주시는 것 같아요."

"좋아요. 그럼 내일 입양 여부를 알려드릴게요."

다음날 전화가 왔다.

"다나, 내일 여기로 오세요. 생모가 아기를 직접 전해줄 거예요."

입양 의사를 밝힌 지 일주일 만에, 다나는 태어난 지 7주밖에 안 된 아기를 품에 안았다. 마침 장남 매튜가 동행했다. 아이를 품에 안은 다나는 너무 흥분한 나머지 매튜에게 운전을 부탁했다. 아기를 카 시트에 앉힌 다나는 집에 도착할 때까지 한시도 아이에게서 눈을 떼지 않고 얼렀다.

집에 도착한 다나는 온 식구들을 불러냈다.

"빨리 나와봐요. 아기가 왔어요. 조나단이 왔어요."

문 앞에서부터 법석을 떨어대자 이웃집 사람들도 무슨 일인가 싶어 쫓아 나왔다.

"새 아기예요. 애 좀 보세요."

이웃들은 다들 어이가 없다는 표정이었다.

"아니, 아이 한두 번 낳고, 한두 번 데려오나? 이번이 일곱번 째 아니에요?"

흑인 아이를 안고 있는 다나의 웃음이 더욱 환하게 빛났다.

"몰라요. 옛날 일은 다 잊어버렸어요. 매번 첫 아이를 낳는 것 같은 감격이에요."

"완전히 총천연색 시네마스코프가 되었군"

곱슬곱슬한 머리카락, 초콜릿 빛 얼굴, 유난히 반짝이는 검은 눈동자. 흑인 아이 조나단은 식구들에게 새로운 기쁨을 가져다주었다. 조나단이 들어옴으로써 킹 씨네 가족의 만국기가 완성된 것이다. 공교롭게도 조나단의 생일이 미국독립기념일인 7월 4일이었다. 서로 다른 인종과 문화가 어울려 한 나라를 이룩하고 있는 미국. 조나단은 미국의 건국 정신을 집안에 들여놓은 것이다. 로버트는 조나단을 안고 껄껄 웃었다.

"드디어 우리 집이 총천연색 시네마스코프가 되었군."

조나단은 태어나자마자 경기를 세 번이나 했다. 한번 자지러질 때마다 호흡이 중단될 정도여서, 의료진이 달려와 인공호흡을 해야 했다. 하지만 원인은 쉽게 발견되지 않았다. 조나단의 생모는 전문 병원을 세 군데나 찾아다녔다. 오렌지 카운티에 있는 어린이 전문병원에 가서야 사태를 파악할 수 있었다. 소아 신경정신과 의사는 조나단의 뇌 사진을 보더니 사형선고나 다름없는 말을 했다.

"뇌 세포가 모두 다쳐서 제 기능을 하지 못하고 있습니다. 복구 불능상태입니다. 이 아이는 말하지도 못하고, 앉지조차 못할 겁니다. 식물인간으로 살 수밖에 없을 듯합니다."

조나단의 생모는 백인 미혼모였다. 생모가 흑인 남자와 사귀다가 조나단을 낳았는데, 남자는 그 전에 떠나고 말았다. 조나단의 생모는 아이가 정상으로 태어났다고 해도 키울 수가 없는 형편이었는데, 의사의 진단이 나오자 아이를 포기하기에 이르렀다.

생모는 아이를 사랑했지만, 자기 대신 잘 키워줄 수 있는 좋은 부

모에게 맡기기 위해 친권을 포기했다. 아기는 이집 저집으로 옮겨
다니며 위탁모의 손에서 자라고 있었다.

조나단은 경기를 하면 곧바로 목숨까지 위태로운 지경에 이르기
때문에 경보 장치를 해야 했다. 네 살 때까지 경보기를 부착했다.
킹 씨네 집에 입양되던 때만 해도 정도가 심했다. 처음 한 달은 아
예 병원 신세를 지고 살았다. 한밤중
에 경보가 울려 집안을 발칵 뒤집어
놓은 일이 한두 번이 아니었다. 한밤
중에 경보가 울리면 달려가서 일단
깨우고, 인공호흡으로 살려내곤 했
다. 조나단이 경보기를 부착하고 살
던 3년 동안, 로버트는 침대에서 자
지 못했다. 조나단 바로 옆, 방바닥
에서 쪼그리고 잤다.

다행히 2년이 지나면서 호전되기
시작해 정밀검사를 다시 했는데 뇌
사진을 본 의사는 눈이 휘둥그레졌
다. 무엇이 잘못된 듯 고개를 갸우뚱
거리며 중얼거렸다.

어린 조나단을 안은 킹 씨 부부

"그것 참 이상하네. 뇌에 아무런
이상이 보이지 않아요. 전에 촬영한 사진과 정반대예요."

다나는 두 손을 꼭 잡고 나지막하게 혼자 외쳤다.

"나는 또 기적을 보았다."

평생 식물인간으로 누워 있으리라던 조나단은 걸을 뿐만 아니라

달리기까지 한다. 그리고 말도 한다. 물론 발음이 부정확하고 조리에 닿지 않는 말이지만, 누가 이렇게 건강하게 자라날 것이라고 상상이나 했던가.

잘 먹고 잘 뛰고 잘 떠드는 조나단은 한시도 가만히 있지 못하는 성격이다. 항상 바쁘다. 이방 저방 들쑤시고 돌아다니며, 형과 누나들에게 달라붙어 무어라고 쉴새없이 조잘거린다.

특수학교 유치원에 다니는 조나단은 손님이 방문하면 제일 먼저 달려와 이름부터 묻고는 사라진다. 그러나 금방 다시 나타나 이름을 또 묻는다. 그러기를 몇 번. 처음에는 장난을 치는 줄 알았는데, 장난이 아니었다. 방금 들은 이름이 생각나지 않는 것이다. 하지만 조나단은 조금도 주저함 없이, 약간 숨찬 듯한 목소리로 다시 묻는다.

"이름이 뭐예요?"

두 달에 한 번씩 찾아오는 생모

한국적인 정서로는 언뜻 이해가 안 되는 일이지만, 조나단의 생모는 정기적으로 킹 씨 집을 방문한다. 그녀는 두 달에 한 번 꼴로 와서 조나단을 보고 간다. 아이를 입양 기관에 내놓을 때 '오픈'을 조건으로 하면, 친자를 볼 수 있다. 조나단의 친모는 '오픈 입양'을 했고, 킹 씨 부부도 이에 동의했다.

입양에는 '오픈 입양'과 '반 오픈' 그리고 '폐쇄 입양'이 있다. 오픈 입양은 입양과 양육에 관한 모든 정보를 공개하고 생부모와 입양 부모가 접촉할 수 있도록 한다. 반 오픈인 경우는 입양 정보와 양육 정보는 교환할 수는 있으나 접촉은 할 수 없다. 폐쇄 입양은 한번 입양하면 어떤 형태의 접촉도 허용되지 않는다. 생부모는 양육 정보조차 알 수가 없다.

혼자 살고 있는 조나단의 생모는 아이를 양육할 수 있는 처지가 아니어서 아이를 포기했지만, 아이가 커가는 것을 보고 싶어했다. 입양시킨 이후 생모의 마음이 바뀐다고 해서 아이를 돌려달라고 요구할 수는 없다. 법적으로도 금지되어 있다. 조나단의 생모가 아이를 다시 데려가겠다는 의사를 밝힌 적은 없지만, 다나는 생모로부터 재차 확약을 받아놓았다.

"당신의 아이를 대신 맡아 길러주는 것이 아닙니다. 아이를 와서 볼 수는 있지만, 조나단의 엄마는 나예요."

나중에 혹여 서로 마음을 다치는 일이 생길까 봐 다짐을 받아둔 것이다. 조나단의 생모는 명심하겠다고 말했다.

'오픈'을 조건으로 입양했지만, 친모가 찾아와서 조나단을 볼 때, 다나는 사실 많이 긴장했다. 갑자기 아이를 다시 데려간다고 하면 어떻게 하나, 싶었던 것이다. 조나단의 뇌에 아무 이상이 없다는 진단이 나왔다는 것을 생모에게 알려주면서도 조마조마했다. 아무리 입양 서류에 아이 양육권을 포기한다고 서약했지만, 친자식에 대한 어머니의 마음을 서류 몇 장으로 묶어두기란 쉬운 일이 아니었다. 다나는 말했다.

"조나단은 법 이전에, 진정한 '내 아이'예요. 생모도 아이가 우리 집에서 자라나길 진심으로 바라고 있어요. 정말로 사랑해줄 수 있는 부모, 잘 돌볼 수 있는 부모임을 확인하고는 고마워하고 있지요.

이제는 생모의 방문이 자연스러워요. 생모는 자기가 지켜야 할 선을 절대 넘지 않아요. 아이에게 자기를 '엄마'라고 부르라고 하지 않고, 나를 엄마라고 부르게 해요. 조나단도 생모에게는 그냥 이름을 부릅니다. 조나단이 모든 사실을 알고 있다고 보지는 않아요. 그리고 우리 모두 조나단을 사랑하니까 문제될 것이 없습니다. 조나단의 생모는 우리와 깊은 교제를 나누는 사이가 되었어요."

조나단이 자라나서 모든 사실을 알게 되면, 오히려 더 혼란스러워하지 않을까. 생모를 따라가겠다고 하지는 않을까. 그렇다면 생모의 방문을 더 이상 허용하지 않는 것이 현명한 처사가 아닐까. 다나에게는 이 같은 질문이 어리석은 질문이었다.

"조나단에게 생모는 가끔 선물을 들고 오는 좋은 아주머니 정도이겠지요. 지금은 사실 조나단에게 필요한 일은 아니지만, 나중을 위해서는 생모가 필요할 거예요. 조나단이 좀더 자라서 '왜 나는 피부 색깔이 식구들과 다르냐?'라고 묻는다면 나는 이렇게 말해줄 거예요. '그래. 너에겐 생모가 따로 있어. 가끔씩 너를 찾아오는 그 아주머니에게 자세히 물어보렴.'"

다나는 지혜로운 여자였다. 아이를 사랑할 줄 아는 여자였다. 뿐만 아니라 의지까지 갖추고 있는 여자였다.

킹 씨 부부는 진정으로 아이들의 생부모들에게 감사한다. 그렇다고 그들을 값싸게 동정하지도 않는다. 적절한 시기에 아이들과 생부모들이 서로 화해할 수 있는 길을 열어놓을 줄 아는 속 깊은 사람들이다. 로버트는 이렇게 말한다.

"생모들이 우리 아이들을 보면 자랑스러워할 것입니다."

생모가 방문하던 날, 조나단은 뒤뜰에 있는 스프링뜀틀 위에서

어느새 부쩍 큰 조나단

다른 아이들과 함께 뛰놀고 있었다. 조나단의 생모는 무화과나무 아래서 조나단을 바라보며 조용히 미소짓고 있었다.

자기 품 속으로 파고드는 아이를 제 손으로 떼어내야 했던 여인. 그리고 그 아이를 받아 밤을 지새우며 울어야 했던 또 다른 여인. 두 여인은 여러 날 밤을 서로 멀리 떨어진 곳에서 한 아이를 놓고 울어야 했다.

잠시 후 또 다른 여인이 뒤뜰로 왔다. 그 여인도 스프링뜀틀 위에서 뒹구는 조나단을 바라보며 웃는다.

무화과나무 아래서, 두 여인이 한 아이를 보며 웃고 있다.

한쪽 팔이 없는 조산아 윌리엄

생기다 만 한쪽 팔

조나단은 집에 온 지 일 년 반쯤 지나서 특수 유아원에 입학했다. 앞에서 언급한 대로 장애아 조기교육 프로그램의 일환이었다.

특수 유아원에서는 반나절 동안 아이들에게 기본적인 교육을 시킨다. 간단한 알파벳에서부터 율동을 섞은 동요들, 그리고 이야기를 통한 지능 발달 교육이 진행된다. 아이들에 따라 물리치료, 언어치료, 작업치료들이 병행된다.

어느 날 다나가 조나단을 데리러 학교에 갔는데 선생님이 한 아이를 가리켰다.

"저기 보세요. 새로 온 아이인데 한쪽 팔이 자라다 말았어요. 눈도 아주 나빠서 두꺼운 안경을 쓰고 있지요. 이 아이도 가정이 필요해요. 지금 위탁모가 키우고 있거든요. 혹시 관심있는 분이 있나 한번 알아봐주세요."

다나는 그 아이한테 다가가서 키스를 해주었다. 그리고는 며칠 뒤 사회복지사가 전화를 걸어올 때까지 그 아이를 까맣게 잊고 있었다.

"아이를 더 입양할 뜻이 없으십니까?"

사회복지사도 보통 사람은 아니었다. 다나가 아이라면 꼼짝 못한다는 것을 누구보다 잘 알고 있는 사람이었다. 사회복지사의 예감은 빗나가지 않았다.

다음날, 다나는 로버트를 데리고 유아원으로 갔다.

다른 아이들은 장난감 자전거를 타고 재미있게 놀고 있는데 한쪽 팔이 없는 아이는 구석에 쭈그려앉아 혼자 놀고 있었다.

"하나님, 정말 이 아이도 원하십니까?"

다나가 잠시 기도를 올리고 나서 고개를 드는데, 한쪽 구석에 앉아 바닥만 보고 있던 아이가 다나를 뚫어지게 쳐다보는 것이었다. 그러고는 이내 양 볼에 보조개를 만들며 웃는 것이었다. 다나는 그 순간 결정했다.

"하나님, 됐습니다."

그 아이가 윌리엄이다.

의료 기록을 보니, 윌리엄은 14주나 일찍 태어난 조산아였다. 태어날 때 몸무게가 고작 27온스(765그램)였다. 한쪽 팔은 아예 생기다 말았고 간에도 많은 손상이 있었다. 허파는 오그라들어 있었고 혈액이 세균에 감염되어 합병증도 있었다. 뿐만 아니었다. 윌리엄은 생후 9일 만에 생기다 만 한쪽 팔을 잘라내야 했다. 세균 감염 때문이었다. 의료진들은 곧 사망할 것이라고 했고, 생부모도 포기했다. 그러나 윌리엄은 제 생명을 쉽게 포기하지 않았다. 생후 6개월 동안 병원에 있었는데 그 사이에 눈에 띄게 호전되었다. 퇴원하고 나서 일 년 동안은 그룹 홈으로 옮겨져 생활하고 있었다.

윌리엄은 로스앤젤레스 카운티에 소속된 아이였기 때문에 시청 소속 사회복지사가 왔다.

"정말로 이 아이를 원하십니까? 한쪽 팔이 없다는 사실을 아십니까?"

다나는 시청 직원의 두 눈을 똑바로 쳐다보며 말했다.

"물론이죠. 우리 아들 조나단이 같은 학교에 다녀요."

그러면서 다나는 이렇게 덧붙였다.

"우리 애덤을 한번 보시겠어요? 두 다리가 없어요."

시청 직원이 서류를 보며 말했다.

"그렇다면 간에도 이상이 있고, 허파가 많이 상해 있다는 사실도 아십니까. 패혈증이라는 혈액 감염과 뇌헤르니아 증세로 인해 죽을 고비를 넘겼다는 사실도 아십니까?"

시청 담당자는 몇 번이나 캐물으며 다나의 대답을 확인했다. 다나가 입양을 하겠다고 말하는데도, 담당 직원은 입양으로 인한 모든 책임은 입양한 부모가 책임을 져야 한다고 강조했다. 킹 씨 부부를 쳐다보며 여러 가지 주의 사항을 일러주면서도 여전히 미심쩍었는지 한 번 더 물었다.

"지금 급하게 결정 마시고 아이를 한번 더 자세히 보시고서 결정하십시오. 생각이 또 달라질 수도 있을 테니까요."

"저희 부부의 결심은 확고합니다. 그렇게 많은 의학적인 문제가 있는 아이이기 때문에, 아이에게는 우리가 필요합니다."

시청 담당자는 도무지 믿어지지 않는다는 표정이었다.

시에 소속된 아이를 데려오려면 전문 입양기관을 통하는 것보다 서류도 많고, 시간도 오래 걸린다. 지문 채취, 입양 재판, 10여 차례

걸친 방문 심사. 특별 클래스도 들어야 한다. 통상적인 입양 절차를 밟았다가는 족히 2년은 더 걸릴 것 같았다.

한번 데리고 오기로 마음먹은 아이를 무작정 다른 사람의 손에 맡겨놓을 수가 없었다. 다나는 아예 위탁모 자격증을 따기로 했다. 위탁모 자격으로 아기를 먼저 데려오려는 것이었다. 위탁모 자격을

따는 것도 쉬운 일이 아니었지만, 아이를 하루라도 빨리 데려와 따뜻한 가정에서 자라게 하기 위해서는 다른 방법이 없었다.

다나는 엄마가 아니라 우선 위탁모 자격으로 윌리엄을 품에 안았다. 1999년 크리스마스 사흘 전이었다. 킹 씨네 식구들이 1차 한국방문을 막 마치고 돌아온 직후였다. 위탁모에서 정식 입양모가되기까지 무려 1년 반이 걸렸다.

입양을 할 때 담당자들이 가장 중요하게 여기는 일이 가정 방문

과 다른 자녀들과의 면담이다. 이 절차는 시청이나 민간 입양 전문 기관 모두 요구한다. 집을 여러 차례 방문하여 과연 아이를 잘 키울 수 있는 능력이 있는지 면밀히 관찰한다. 전에 입양했던 기관에서 또 다른 아이를 데리고 올 경우에도 이 과정은 면제되지 않는다. 사람이나 환경이 언제든지 변할 수 있기 때문이다.

부부가 어떻게 아이를 대하는지, 하루를 어떻게 보내는지, 건강

은 어떻게 돌보는지, 재정을 어떻게 충당하는지, 친자식들과 차별은 하지 않는지 등을 몇 번이나 방문하여 조사를 한다. 입양된 모든 아이들이 킹 씨네 가족처럼 지내리라고 생각하면 오산이다. 학대받는 입양아들의 이야기는 수도 없이 많다. 그래서 심사가 갈수록 까다로워지는 것인지도 모른다.

입양 담당자들은 부부뿐만 아니라 모든 자녀들을 따로 만나 면담을 한다. 부부가 말한 것과 자녀들의 생각 사이에 차이가 있는지를 확인하고, 다른 자녀들은 입양을 어떻게 생각하고 있는지, 혹시 다른 아이를 입양함으로써 상처를 받게 되는 것은 아닌지 따위를 일일이 묻는다. 아이들 중에 한 아이라도 반대를 하면, 입양은 승인되지 않는다. 집에 있는 아이들에게 피해를 주는 것은 입양 목적에 어긋난다고 보는 것이다.

엄마, 내 한쪽 팔 어디 갔어요?

킹 씨네 식구들은 윌리엄의 뭉툭한 한 팔을 보고 가여워하지 않는다. 윌리엄은 이 팔로 못하는 것이 없다. 컵을 받치고 물을 마시기도 하고 피자를 누르고 다른 쪽 손으로 자르기도 한다. 한국 엄마들 같으면 옆에서 밥을 먹여주겠지만, 다나는 내버려둔다.

킹 씨 부부는 옆에서 일일이 도와줄 것이라면 장애아들을 특수 시설에 그대로 두는 것이 더 낫다고 말한다. 자립 교육과 맹목적 사랑을 구별할 줄 아는 사람들이다.

윌리엄과 조나단은 생일이 3주밖에 차이가 나지 않는다. 형제이

한 손으로도 못하는 일이 없는 윌리엄

자 친한 친구이다. 하지만 부모의 사랑을 독차지하려는 경쟁 또한 치열하다. 다나와 로버트가 외출했다가 집에 돌아오면 서로 엄마, 아빠를 부르며 양팔을 벌리고 달려간다. 다나는 조그만 한 팔로 품에 안기는 윌리엄을 꼭 껴안을 때 '천 볼트짜리 사랑의 전율'을 느낀다.

윌리엄은 다른 아이들에 비해 고집이 센 편이고 불 같은 성격도 있다. 이 같은 성격이 바로 자신의 생명의 불꽃을 지피는 에너지인 듯했다. 지금은 노래도 많이 익혔고 말도 많이 배웠다. 윌리엄, 조나단, 새라, 피터 중에서는 윌리엄이 말을 가장 잘한다.

매사에 관심이 없었던 아이가 눈을 마주치며 생글거리는 것이었다. 윌리엄은 그룹 홈에서 사랑과 관심을 많이 받지 못했던 것 같다. 처음 데려왔을 때 아이가 도무지 눈을 마주치지 않으려 했다. 다나와 로버트가 사랑을 주고, 형제들이 곁에서 함께 놀아주자 상상할 수 없을 정도로 좋아졌다. 다나는 그 비결은 다른 데 있다고 겸손해한다.

"사랑은 변화시키는 힘이에요. 어린아이 속에 감추어졌던 사랑의 씨가 발아하여 꽃을 피우면 그렇게 아름다울 수가 없어요. 가정이 할 일이란 그 하나님이 주신 씨앗이 싹틀 수 있도록 따뜻하게 안아주는 것이죠."

아이가 자라난다는 것은 다른 사람과 자기를 비교한다는 것이다. 그런 의미에서도 윌리엄은 쑥쑥 자라나고 있었다. 몇 달 전, 윌리엄이 다나에게 다가오더니 씩씩거리며 물었다.

"엄마, 내 한쪽 팔 어디 갔어요?"

너무도 갑작스런 질문이었다. 그러나 그 표정이 너무 진지했기 때문에 농담으로 받아넘길 수가 없었다. 다나는 차근차근 설명했다.

"윌리엄, 네가 아주 어렸을 때 너무너무 아팠단다. 그래서 의사 선생님이 너를 살려내기 위해 이 팔 밑을 잘라주신 거야."

그랬더니 윌리엄은 "오케이!" 하더니 아무렇지도 않은 듯 놀던 자리로 되돌아갔다.

이젠 친구들이 "윌리엄, 네 한 팔 어디 갔어?"라며 놀려대도 윌리엄은 주눅들지 않는다. 그때마다 천연덕스럽게 대꾸한다.

"우리 의사 선생님이 가져갔어."

윌리엄은 밝다. 그래서 윌리엄의 앞날도 밝아 보인다.

조나단과 같은 특수학교에 다니는 윌리엄은 유머도 상당해졌다.

어느 날, 데이빗이 피자와 스파게티를 맛있게 먹고 있는데 윌리엄이 슬며시 다가오더니 얼굴을 잔뜩 찡그리며 놀려댔다.

"아이구, 구역질나는 음식 아니야."

임기응변도 대단해졌다. 데이빗이, 개구리가 어떻게 생겼는지 아느냐고 물으면 윌리엄은 갑자기 목소리를 낮게 깔고는 이렇게 받아친다. "나는 토끼다."

아이들은 윌리엄이 '웃기는 녀석'이고 '예측 불능'이라고 놀려댄다.

그렇다. 아이들의 미래는 예측 불능이다. 특히 외모로만 미래를 판단할 수 없다. 외모를 이유로 아이들에게 주어진 동등한 기회를 박탈해서는 안 된다. 킹 씨 부부는 이런 비밀을 아는 사람들이다.

"똑같은 기회가 주어지지 않는 아이들이 있어요. 그런 아이들에게는 특별한 사랑이 필요해요. 우리는 그 아이들이 사랑받을 수 있는 기회를 주고 싶어요."

경빈아 빨리 오너라

PVL은 또 뭐예요

지난 해 가을, 다나는 애덤을 입양한 홀트아동복지회가 정기적으로 보내오는 소식지를 보다가 애덤과 비슷하게 생긴 아이에게 눈길이 멈추었다.

"그 녀석 참, 애덤하고 많이 닮았네."

사진 속의 아이 이름은 경빈이었다. 그런데 보통 한국아이하고 생김새가 달랐다. 이국적인 마스크였다. 방글라데시인 아빠와 한국인 엄마 사이에서 태어났는데, 출생 직후 고아원으로 보내졌다고 한다. 사진을 보고 다나는 또 경빈이에게 푹 빠져버렸다.

다나는 이번에도 아무 말 없이 로버트에게 소식지를 펼쳐 보였다. 로버트도 경빈이에게 시선을 주었다.

"우리 부부의 생각이 일치하는 걸 보면 참으로 오묘해요. 우리는 경빈이가 잘 도착할 수 있게 해달라고 기도하고 있답니다. 한번 결정된 아이가 오지 못하는 건 비극이에요."

다나는, 출국 며칠을 앞두고 심각한 병이 발견되는 바람에 입양이 취소되었던 애나의 경우가 되풀이되지 않기를 바라고 있다.

"지금도 그 아이를 생각하면 마치 유산된 것처럼 마음이 아파요."

경빈이가 앓고 있는 병은 뇌세포가 죽어가면서 뇌 조직이 약해지는 PVL이라는 희귀병으로, 육체적 정신적 장애가 함께 온다. 경빈이는 올해 세 살인데, 출생 직후 경기가 잦았고, 아직 걷지도 못한다. 발목 뼈 이상 증세도 있다.

다나는 한국에서 보내온 경빈이의 MRI 사진을 이곳의 의사에게 보였다. 한국에서 진단한 병명이 정확하다고 했다. 킹 씨 부부는, 다른 병이 추가로 밝혀지지 않은 것만 해도 큰 다행이며 상태가 더 나빠지지는 않을 것이라는 의사의 말에 안도했다. 경빈이의 입양비는 애덤 때처럼 정부에서 되돌려준 세금으로 어느 정도 충당할 수 있었고, 장애인 재정 지원 혜택을 받았지만, 그래도 지난번 경우보다는 많은 돈을 내야 했다.

시구하러 한국에 갔을 때 아빠 로버트와 함께 경빈이를 찾아갔던 애덤은 집으로 돌아와 경빈이 이야기를 자주 했다.

"경빈이가 자그마한데 너무너무 귀여워요. 빨리 왔으면 좋겠어."

애덤은 서울에서 비디오를 찍어 왔다. 온 가족이 둘러앉아 애덤이 주인공으로 나오는 비디오를 보고 있는데, 경빈이가 나왔다. 자그마한 사진으로만 보다가 처음으로 경빈이를 자세히 보게 된 가족이 저마다 한마디씩 했다.

"귀엽다."

"한국애가 아닌 것 같네."

"아직 못 걷는구나."

"걷게 만드는 거야 우리 집이 전문이잖아. 그러니까 빨리 와
야지."

피터와 새라도 이제야 실감이 나는지 싱글벙글하며 겨우 한마디
했다

"저 아이가 내 동생이야?"

경빈이가 오면 조나단과 윌리엄이 쓰는 방을 같이 쓸 예정이다.
셋은 세 쌍둥이, 아니 세 친구 같은 3형제가 되는 것이다.

성 패트릭데이에 태어난 매튜

최면 요법으로 낳은 장남

매튜는 로버트가 해군에 복무할 때 스코틀랜드에서 낳은 첫째 아이이다. 결혼 6년 만에 얻은 귀엽고 복스러운 아이였다. 그리고 3년 후 버지니아로 근무지를 옮겼을 때 아만다가 태어났다. 주위에선 "이제 아들 딸 하나씩 얻었으니 다 끝나서 좋겠다"고 말했지만 캘리포니아로 이사와서 제시카를 또 낳았다.

올해 스물셋인 매튜는 성 패트릭데이인 3월 17일에 태어났다.

킹 씨네 아이들 가운데 태어난 이야기가 독특하지 않은 아이는 하나도 없다. 매튜도 그랬다. 킹 씨 부부가 살던 스코틀랜드의 작은 마을에 한 산부인과 병원이 있었는데, 주치의는 '최면 요법 조산법'으로 명성이 자자했다. 마취는커녕 진통제 한 알도 먹지 않고, 오직 최면 요법으로만 아이를 분만하는 것이었다. 호기심과 모험심이 남다른 다나가 흥미를 느끼지 않을 수 없었다. 그 병원에서 첫 아이를 낳기로 한 것이다.

분만 몇 주 전부터 최면 요법을 연습했다.

의사는 작은 연필을 들고 조용히, 그리고 편안하게 말을 걸었다.

"눈을 감고 한번 상상해 보세요. 그림을 그려보세요."

"방 문을 열고 들어가세요."

"지하실로 내려갑니다."

"한 계단, 그리고 한 계단 내려갑니다."

"다 내려왔어요. 방 안에 큰 물통이 있군요."

"얼음이 가득 찬 큰 물통에 손을 담그세요. 아주 차갑지요, 온몸까지."

다나는 상상력이 풍부한 여자다. 상상력이 풍부할수록 최면이 빨리 된다.

의사가, 눈을 감고 마음속으로 그림을 그리고 있는 다나에게 다음 장면을 설명했다.

"지금 주사바늘로 살을 찌르고 있어요. 그렇지만 손을 얼음물에 담그고 있으니까 아픔을 전혀 느끼지 않을 거예요."

의사의 말이 또렷하게 들리는데도, 통증은 전혀 없었다. 신기하기만 했다.

"자, 눈을 떠보세요."

눈을 떠보니 다나의 손에 정말 바늘이 꽂혀 있었다. 피는 나지 않았고, 아프지 않았다. 잠시 후 바늘을 뽑았다. 흥미로운 경험이었다. 정신 집중, 즉 마인드 컨트롤 요법으로 통증은 물론 혈류의 흐름까지 저지할 수 있었던 거였다.

드디어 분만일. 아이를 유도 분만할 즈음 갑자기 전기가 끊어졌다. 간호사들이 손전등을 가져와 비췄다. 정전된데다, 태아가 머리를 위로 한 채 도무지 아래로 내려오질 않았다. 다나는 불안해졌고, 곧 배가 찢어지는 듯한 통증을 느꼈다. 그때 의사가 최면 요법을 실시했다.

"연습한 대로 하면 괜찮아요."

"자, 눈을 감고 그림을 그려보세요."

"지금 얼음이 가득 찬 큰 물통에 손을 담그고 있어요. 아주 차갑지요, 온몸까지."

그러자 통증이 씻은 듯이 사라졌다. 이어 의사가 말했다.

"자, 아이의 머리를 아래쪽으로 돌립니다."

다나는 의사가 자기 배 위에서 손으로 아이를 돌려놓는 것을 느꼈다. 아이를 낳은 뒤에도 다나는 전혀 통증을 느끼지 못했다.

그렇게 세상 밖으로 나온 매튜가 어느덧 장성하여 자기 가정을 꾸렸다. 1998년 5월, 제이미와 결혼을 하고, 올해 1월 첫 아들 아날리스를 낳았다.

친동생 둘과 입양한 동생 여덟. 너무 많은 동생들 때문에 자기가 받아야 할 사랑을 빼앗겼다고 생각하지 않았을까. 하지만 매튜는 킹 씨 부부의 아들이었다.

"식구가 좀 많아 분주하긴 했지요. 그러나 저도 다른 집 아이들처럼 똑같이 자랐어요. 제가 필요한 모든 것을 부모님으로부터 받았습니다. 동생들이 많다고 해서 억지로 양보를 강요당하거나 어떤 제약을 받았다고 생각하지 않아요. 사람들이 저를 불쌍하게 볼 때가 있었지만 그렇게 부족하게 살진 않았어요. 오히려 식구들이 많아서 유익한 것도 많았습니다. 제 개인적으로도 생각이 넓어지는 계기가 되었구요. 장애인이나 도움이 필요한 사람들을 바라보는 눈이 남달라졌다고나 할까요."

배에서 나온 두 동생과 비행기에서 나온 동생들 사이에 어떤 구별이 있는 것은 아닐까. 매튜는 주저없이 고개를 젓는다.

"솔직하게 그런 일은 조금도 없어요. 첫 입양아 데이빗이 왔을 때 제 나이 겨우 여덟 살이었어요. 아래 두 여동생들이 엄마 뱃속에서 나와 예쁘게 자라는 모습을 보며 생명의 신기함을 느꼈지요. 막내 동생 제시카가 세 살 반 때 데이빗이 왔어요. 제시카가 막 개구쟁이가 될 때 다시 갓난아이가 온 것입니다. 두 여동생이 자라는 것을 보는 거나 겨우 세 살 된 데이빗을 보는 거나 다른 느낌이 전혀 없었어요. 귀여운 아기가 하나 더 들어온 것이 마냥 좋았던 기억이 납니다."

매튜는 가족이 반드시 배에서 나온 가족으로만 이루어질 필요는 없다고 생각한다.

"우리는 그냥 형제 자매이지, 이 동생은 출생 동생, 저 동생은 입양한 동생, 그렇게 구별하지 않습니다."

매튜는 가족이 평균 2년 꼴로 한 명씩 늘어나는 것을 보며 자라났기 때문에 그렇게 사는 것이 정상인 줄 알았다고 환하게 웃는다.

"우리 집이 특별하다고 보지 않습니다. 가정이 어떤 특수 목적을 띠고 임무를 수행하는 기관이 아니잖아요. 우리도 다른 가정과 똑같이 살고 있어요. 다만 대가족으로 살아왔기 때문에 간혹 식구 수가 적은 집을 보면 비정상적으로 보일 때가 있죠."

중학교 2학년 때, 자기 집이 다른 집과 '약간' 다른 구석이 있다는 사실을 처음 알았다.

"제가 중학교 2학년 때 리나가 우리 집에 왔어요. 그때 저는 학교

배구선수로 활동하고 있었는데, 배구시합 있는 날 엄마가 리나의 손을 잡고 응원을 왔어요. 그때는 리나가 수술을 하기 전이어서 다리가 앞으로 꺾인 채 걸어다녔지요. 사람들이 리나를 이상한 눈으로 바라보며 한마디씩 하는 것을 듣고서야 리나가 특별한 상황에 처한 아이인 줄 알았어요. 그 정도로 우린 자연스럽게 그냥 형제 자매로 살아온 거예요."

매튜는 어려서부터 부모뿐만 아니라 형제 자매 사이에 서로 관심을 주고받는 법을 배우며 자라났다. 그런 노하우가 없었다면 부모의 힘만으로는 대가족을 이끌어나갈 수가 없었을 것이다. 매튜를 비롯해 누이들은 엄마 아빠에게 불평할 시간도 없었다. 부모가 늘 바빴던 것이다. 11형제의 맏이 매튜는 자기 부모를 어떻게 보고 있을까.

"존경합니다. 아버지는 이 세상에서 최고의 남자예요. 매사에 최선을 다하는 훌륭하신 분이시죠. 항상 열린 마음을 가지고 계시며 우리들을 위해 자신을 희생하시는 분입니다. 그리고 어머니 역시 이 세상에서 가장 훌륭한 분이라 생각합니다. 집에서 그 많은 아이들을 키우면서도 세심한 부분까지 다 챙기시는 분이시죠. 어떤 직업보다 가장 힘든 직업을 잘 감당하고 계시죠."

입양을 계속하는 부모를 어떻게 생각하고 있을까. 매튜는 어깨를 한번 실룩하더니 말했다.

"백 퍼센트 다 이해할 수는 없지만 부모님께서 하나님의 뜻을 따라 결정하는 일이기 때문에 이의는 없습니다. 불만도 없구요. 한 가지 놀라운 사실은 아버지 혼자 일하시는데 이렇게 많은 식구들이 큰 어려움 없이 살아가고 있다는 사실입니다. 하나님이 도와주신다

는 것을 확실히 알 수가 있지요."

　매튜가 제이미와 약혼하기 직전이었다. 그때까지 매튜는 미래의
아내에게 많은 동생들에 대해 전혀 언급하지 않았다. 제이미를 처
음 집에 데리고 왔을 때 제이미는 무척 놀랐다. 그야말로 '문화 충
격' 이었다. 하지만 지금은 제이미가 매튜의 동생들을 보기 위해 집
에 더 자주 들른다. 그리고 와서는 아이들을 잘 챙겨준다. 매튜의
동생들은 예쁜 언니를 하나 더 얻은 셈이었다.

　'피는 못 속인다' 라고 하는데, 매튜는 입양 계획이 없을까.

　"아직은 심각하게 고려해본 적이 없습니다. 제이미도 입양에 대해 열린 마음을 가지고 있기 때문에 혹시 모르지요. 나중에 생각해 볼 문제라고 봅니다."

매튜는 지금 화공약품 도매상에서 탁송화물을 배정하는 일을 하고 있다. 매튜가 임대해 살고 있는 주택가에는 야자수가 늘어서 있고 집 한가운데는 아담한 수영장이 있다. 매튜를 잘 따르는 피터는 형이 보고 싶을 때 아빠를 조른다. 아빠가 앞서면, 다른 형제들이 줄줄이 뒤따른다. 조용하기만 하던 주택단지가 갑자기 시끄러워진다.

아이들이 수영장에서 놀고 있는 동안 매튜는 이제 다섯 달밖에 안 된 아기를 물에 담갔다 꺼냈다 하며 어르고 있었다.

야자나무 아래 비치 의자에서 잠시 쉬고 있던 제이미가 매튜를 바라보며 미소를 지었다. 제이미와 눈이 마주친 매튜는 싱긋 윙크로 화답했다. '사랑하는 사람'이란 아름다운 시를 떠올리게 하는 부부였다.

좋아하는 사람의 이름은 수첩의 맨 앞에 적지만
사랑하는 사람의 이름은 가슴에 새깁니다.

좋아하는 사람은 그에 대해 아는 것이 많은 사람이지만
사랑하는 사람은 그에 대해 알고 싶은 것이 더 많은 사람입니다.

좋아하는 사람은 눈 크게 뜨고 보고 싶은 사람이지만
사랑하는 사람은 눈을 감고 보고 싶은 사람입니다.

좋아하는 사람은 서로 똑같은 선물을 나누어 갖고 싶지만
사랑하는 사람은 그에게 줄 선물만으로도 늘 주머니가 가난합
니다.

좋아하는 사람 앞에서는 내 생일이 기다려지지만
사랑하는 사람 앞에서는 그의 생일이 기다려집니다.

좋아하는 사람은 친구들과 어울려도 즐거울 수 있지만
사랑하는 사람은 오직 나하고만 있어야 기쁩니다.

좋아하는 사람은 헤어질 때 아쉽지만
사랑하는 사람은 함께 있는 순간에도 아쉬움이 느껴집니다.
.
.
.

"오케이 오케이" 아만다

동생들을 돌보며 행복을 만드는 큰딸

아만다를 낳을 때는 다나가 혼자 최면 요법을 하기로 했다. 이번에 만난 의사나 간호사들 모두 최면 요법에 대해 무지한 사람들이었다. 첫아이를 그렇게 낳았다고 해도 믿지 못하는 눈치였다.

다나는 분만 며칠 전부터 스코틀랜드 의사가 가르쳐준 것을 하나하나 떠올리며 자기 최면 요법을 연습했다.

분만일이 다가왔다. 병원 분만실에 누워 자기 최면에 들어갔다. 마음을 가라앉히고 마음의 방으로 깊숙이 들어가 앉았다. 잠시 후 방 문을 열고 지하실로 나 있는 계단을 한 계단 한 계단 내려갔다. 조용히, 그리고 천천히 그렇게 한 열여섯 계단쯤 내려가니 그야말로 믿을 수 없을 정도로 고요와 평안한 상태에 이르게 되었다. 통증이 전혀 없었다. 놀랍기도 했지만, 초조해진 간호사가 물었다.

"지금 진통이 있는 거예요, 없는 거예요? 정말 아이가 나오는 것 같아요?"

"그럼요. 지금 진통이 계속되고 있어요."

다나가 너무도 편안한 얼굴로 대답하자, 간호사가 이해할 수 없다는 듯이 고개를 좌우로 흔들었다.

잠시 후 아기가 태어났다. 얼마나 우렁차게 첫 울음을 터뜨렸는지 분만실에 있던 의료진이 모두 놀랐다. 그렇게 태어난 첫 인상처럼 아만다는 성격이 괄괄하고 적극적이다. 독립심도 강하다.

아만다의 두 살 생일파티를 열 때였다. 친구들을 초청해 생일상을 차려주자, 아만다가 "엄마는 이제 가봐도 된다"고 말하는 것이었다. 어릴 때부터 자기가 할 수 있는 일은 자기가 했다. "내가 혼자 해도 돼요" "오케이, 오케이"가 아만다의 트레이드마크였다.

아만다는 쇼핑몰 안에 있는 커피 편의점에서 파트 타임으로 일하며 대학에 다니고 있는데, 에스파냐어를 전공하고 있다. 중학교 때부터 해마다 멕시코 단기 선교에 참가한 것이 학과를 결정하는 중요한 계기로 작용했다. 에스파냐어를 익혀 에스파냐어권 지역에서 선교하는 일에 뛰어들고 싶어한다.

아만다는 동생들을 모두 사랑하지만 그래도 한 명을 짚으라면 애덤을 꼽는다. 애덤이 가장 활달하고 남자답기 때문이다. 장애를 전혀 의식하지 않고 웃고 떠들며, 심지어는 자기에게 매달려 결투를 신청하기도 하는 모습이 자랑스럽다고 한다.

애덤이 한국에 가서 위탁모를 만나 펑펑 우는 모습을 비디오로 볼 때는 아만다도 많이 울었단다.

동생 가운데 아만다를 제일 좋아하는 아이는 리나다. 아만다는 리나를 데리고 종종 쇼핑을 같이 다니기도 하고, 둘이 인도 식당에 가서 저녁을 먹으며 많은 얘기를 나눈다.

장녀 아만다

"동생들을 돌볼 때 생기는 작은 일이 행복을 만들어요."

동생을 돌보며 사랑을 배워가는 아만다.

"부모님께서는 항상 우리들에게 말씀하셨어요. 혹시 부모가 관심을 보여주지 않는다고 생각될 때는 즉시 말하라구요. 우리들이 하는 말에 늘 귀 기울이십니다. 그래서 많은 동생들 때문에 내가 소외당한다고 느껴본 적이 없어요. 부모님은 우리 모두에게 공정하세요."

대가족 사이에서 살아가는 일은 어떻게 생각하고 있을까.

"다른 가정에 비해 우리 가정이 조금 특별한 것은 틀림없어요. 그렇지만 비정상적이라고는 생각하지 않아요. 아이들이 많아 좀 분주하긴 하지만 서로 잘 도와요. 짜증이 난다면 이렇게 살아갈 수 있겠어요. 식구가 많기 때문에 오히려 어떤 일은 더 빠르게 할 수 있어요. 식구들이 많아서 제가 하고 싶은 일에 지장 받은 적은 없어요. 사실 요즘에는 일하며 공부하고 있기 때문에 집에 있는 시간도 그렇게 많지 않아요."

장애아 입양의 문을 연 제시카

다들 이렇게 사는 줄 알았어요

둘째 딸 제시카는 고등학교 2학년(미국 학제로는 11학년), 올해 열일곱 살이다. 지난해까지 모레노밸리 고등학교에 다녔는데, 제시카가 듣고 싶어하는 과목이 설치되지 않아서 올해부터 사이버 스쿨에 등록했다.

제시카도 매튜와 아만다처럼 자기 최면 요법으로 태어났다. 제시카는 진통이 시작된 지 한 시간 만에 낳았다. 진통 간격이 빨라지자 병원으로 달려갔는데, 병원으로 가는 차 안에서 양수가 터졌고, 병원 엘리베이터를 탔을 때는 아기가 점점 밑으로 내려왔다. 분만실 침대에 누웠더니 간호사가 아이가 거의 다 나왔다고 말하는 것이었다.

진통제나 주사약을 쓰지 않고 무통 분만한 것이다. 세상에 처음 얼굴을 내민 제시카는 아주 통통했다. 제시카는 생김새처럼 모든 일을 시원시원하게 처리하는 성격을 가졌다.

제시카도 오빠 매튜와 언니 아만다와 비슷한 생각이었다. 식구가 많은 것을 긍정적으로 받아들이고 있었고, 입양에 대해서도 마찬가지였다.

"부모님의 사랑과 관심을 독점하고 싶지 않아요. 우리는 모두 같은 형제 자매이니까요."

제시카 역시 입양아를 키우는 부모를 존경한다. 전적으로 하나님의 사랑을 실천하는 일이라고 보는 것이다. 그래서 제시카는 입양을 아름다운 일이라고 여긴다. 그렇다고 낳은 아이를 포기하는 생부모들을 비판하지 않는다. 오히려 아이에게 좀더 나은 환경을 제공하기 위해 어려운 결정을 내린 훌륭한 사람들이라고 말한다. 제시카 역시 배에서 나온 아이나 비행기에서 나온 아이를 구별하지 않는다.

"가정이란 서로 모여 살아가며 서로 돌보아주는 단위라고 생각해요. 그것이 생물학적으로 꼭 출산하여 이루어질 필요는 없다고 봐요."

3형제가 거의 같은 생각을 갖게 된 까닭은 어릴 때에 동생들이 하나 둘씩 계속 들어와, 입양이나 식구가 많은 것을 자연스럽게 받아들였기 때문이다. 또 킹 씨네 가족과 가까이 지내는 집들이 대부분 입양 가족이어서, 입양아와 함께 사는 가정이 보편적인 것으로 알고 자라났던 것이다. 다나는 아이들이 똑같이 생각하는 것은 당연하고도 자연스러운 일이라고 말한다.

다나는 입양을 결정할 때 아이들과 상의하지 않는다. '이번에 이런 아이가 오는데, 넌 어떻게 생각하니?'라고 묻지 않는다. 대신 결정한 직후 '이번에 이런 동생이 온다'라고 알려주며 스스로 준비할 수 있도록 한다.

장애아 입양의 문을 연 제시카

매튜, 아만다, 제시카가 하나의 생각을 갖게 된 이유가 또 하나 있다. 일 년에 한 번씩 가는 가족 여름 휴가였다. 자라면서 가장 행복했던 순간을 들라면 세 자녀는 한결같이 여름 휴가 여행을 말한다. 가족 전원이 텐트를 치고 야영하며 지내는 여름 휴가는 느슨해진 가정의 끈을 다시 한 번 단단하게 연결하는 역할을 하고 있다.

제시카의 꿈은 배우이다. 고등학교를 졸업하면 대학에서 연극을 전공할 참이다. 고등학교 1학년 때부터 연극반에서 활동하는데, 매일 방과 후에 연습을 할 정도로 열심이다.

킹 씨 가정에 장애아 입양의 문을 열게 했던 제시카. 데이빗과 레베카를 입양하고 나서 더 이상 입양이 허락되지 않고 있을 때 "장애아를 입양하는 게 어때?"라고 말했던 여덟 살짜리가 어엿한 여고생이 되어 어린 동생들을 돌보아준다. 배로 나온 세 자녀 가운데 제시카가 동생들을 위해 가장 많은 시간을 써준다.

기도원에서 필자와의 인터뷰를 마치고 돌아오는 엄마를 맞으며 제시카는 농담을 던진다.

"목사님하고 데이트 재미있었어?"

제시카가 던진 한 마디가 풋사과를 한 입 깨문 듯 상큼한 느낌을 주었다.

제 4부

지붕 위의 천사들

우리에게는 반바지를 입은 철각천사 애덤이 있다.
던져야 할, 그리고 기꺼이 받아야 할 희망의 공이 있다.
우리에게는 하나님이 지붕 위에다 놓고 간 천사들이 있다.

킹 씨 부부가 들려주는 몇 가지 조언

입양을 하실 건가요?

아홉 명이나 입양했고, 이제 나이도 들 만큼 들었으니 더 이상 입양은 하지 않겠지, 라고 생각했다. 그래서 아무런 기대도 하지 않고 그냥 물어보았다.

"앞으로도 입양을 하실 겁니까?"

다나의 대답을 듣고 또 한 번 놀랐다.

"We never say 'No'(우리는 절대 '아니오'란 말은 하지 않아요). 왜냐하면 하나님의 생각을 모르기 때문이죠. 원래 우리는 두 명의 아이를 낳고 두 명을 입양할 계획이었으나 하나님은 그렇게 하시지 않으셨어요. 그리고 사실은 건강한 아이들만 입양하려고 했는데 장애아들이 이렇게 많지 않습니까? 저희들의 뜻이 아니었어요. 앞으로도 순종해야지요. 지나고 보면 하나님의 배려가 얼마나 세심하신지 알 수 있지만, 당장에는 저희들의 바람과 반대로 일하실 때가 많으세요."

"그럴 경우 당황하거나 좌절하지는 않으십니까?"

"하나님을 사랑하면 할수록 아이를 더 사랑하게 되지요. 그래서 내가 이십대에 수용할 수 있었던 자녀의 수와 삼십대에 받아들일 수 있었던 자녀의 수, 그리고 사십대에 품에 안을 수 있는 자녀의 수가 다른 겁니다. 보세요. 사십대에 생긴 아이들이 다섯이나 되는데 모두 장애인이에요. 이제 경빈이까지 오면 여섯이 되는 셈이죠. 이삼십대였다면 불가능했을 거예요. 하나님께서 먼저 나를 준비시키신 다음, 자녀를 맡기시는 거죠. 사십대에 자녀를 여섯이나 갖는다는 것. 이 나이에 어린 아이를 항상 품에 안을 수 있다는 것이 얼마나 큰 축복인지 몰라요."

"그렇다면 또 입양할 용의가 있다는 말이네요?"

"하나님이 이제 큰 집을 주시면요. 지금 집은 포화상태거든요."

킹 씨 부부에게 입양을 고려하고 있는 가정에게 들려줄 조언을 부탁했다.

"먼저 모든 사람들에게 입양을 권하고 싶어요. 크리스찬이라면 더욱더 권하고 싶어요. 입양에 대하여 알고 싶은 분들에게 언제나 저희 가정 이야기를 들려주고 싶어요. 이렇게 저희 집 이야기를 책으로 펴내는 까닭도 그 때문이죠. 이 책을 읽고 몇 사람이라도 입양에 대해 긍정적인 시각을 갖게 되기를 바라는 마음이에요. 입양 중에서도 장애아 입양을 더 권유합니다. 저희들은 가는 곳마다 장애아를 입양하라고 목청껏 외치지요."

다나와 로버트가 일러주는 구체적인 가이드 라인 몇 가지를 소개한다.

첫째, 부부가 모두 원해야 한다는 사실이다. 부부 중에 한 사람만 적극적이고 나머지 한 사람이 소극적이거나 마지못해 따라가면, 이

내 결혼 생활에 문제가 생긴다. 아이 때문에 부부 사이에 금이 간다면 입양을 할 까닭이 없다. 결혼이 '파트너십'인 것처럼 입양도 '파트너십'이어야 한다. 로버트가 파트너십에 가장 충실한 경우이다.

둘째, 입양을 준비하는 데 있어서 기도가 아주 중요하다. 마음의 준비와 확신 없이 서두르지 말라는 충고이다.

셋째, 많은 연구를 하고 상담을 받으라는 것이다. 특히 장애아를 입양할 때는 더욱더 그렇다. 왜 입양이 필요한지, 필요하다면 어떻게 준비할 것인지에 대해 많은 책을 읽고, 상담을 하고, 입양 경험이 있는 부모들을 만나보아야 한다. 그들로부터 노하우도 얻고, 그들이 살아가는 모습을 곁에서 지켜보는 것 또한 매우 중요하다. 그러면서 입양을 할 수 있는 모든 준비가 되어 있는지를 철저히 점검해야 한다.

그리고 나서 다시 한 번 순수한 마음으로 스스로에게 물어보아야 한다. 자신의 욕심 때문에 입양하는가? 순간적인 동정심은 아닌가? 아이들의 특별한 욕구를 채워줄 수 있는 마음인가? 하나하나 냉정하게 살펴야 한다. 다른 인종의 아이를 입양할 경우에는 더 많은 생각과 준비가 필요하다.

상담에 관한 한 킹 씨 부부는 이제 전문가가 다 되었다. 한번은 어떤 부부가 찾아와서 자기들도 킹 씨 부부처럼 아시아 계통 아이를 입양하고 싶다며 도움을 청했다. 여러 번 상담했다. 그런데 마지막에 가서 입양아의 엄마가 될 여자가 이렇게 고백하는 것이었다.

"머릿속으로는 모든 것이 열려 있는데 감정적으로는 아직 마음의 문이 열리지 않아요."

입양 신청 직전까지 자기 자신을 냉정하게 들여다보아야 한다.

넷째, 가까운 입양 가족끼리 친목 그룹을 결성해, 서로를 위로하고 유익한 정보를 나누는 것이 좋다. 특히 이 모임은 새로 아이를 입양한 가정에게는 큰 도움이 된다.

킹 씨네 집 주변에는 홀트를 통해 입양한 가족들이 100 가정 정도 되는데 이들은 두 달에 한 번씩 모인다. 한번 모일 때 10~20여 가정이 모인다. 다른 단체를 통해 입양한 아이도 있으므로 이들끼리 모이는 모임에도 나간다.

바쁘다 바빠

킹 씨 가족의 하루는 정말 바쁘다. 로버트는 한 달 스케줄이 빽빽하게 적혀 있는 달력을 '우리 집 보물'이라고 부른다.

"우리 집에서 시간관리는 정말로 중요합니다. 만일 도둑이 들어와 컴퓨터를 가져간다면 큰 손실이 아닙니다. 다시 사면 되거든요. 하지만 스케줄이 있는 달력을 훔쳐간다면 우리 집은 그야말로 대혼란에 빠질 거예요. 집안 대소사의 모든 스케줄이 적혀 있기 때문이지요."

달력을 자세히 들여다보니 단 하루도 빈 공간이 없었다. 하루에도 여러 가지 약속들이 적혀 있었다. 등하교 스케줄, 방과 후 특별활동 스케줄, 교회 활동, 주치의 검진, 학교 방문, 야구 게임, 인터뷰, 예비군 훈련, 출장, 각종 레슨, 홀트 피크닉 등이 깨알 같은 글씨로 적혀 있었다. 킹 씨 부부나 어떤 한 아이를 위한 것이 아니고 전 가족의 스케줄이다.

킹 씨 가정의 하루를 들여다보자.

다나가 6시쯤 일어나 아이들을 모두 깨운다. 7시부터 등교가 시작되기 때문에 한 시간 동안 학교 갈 준비를 모두 끝내야 한다. 세수 당번이 정해져 있다. 로버트는 조나단을, 애덤은 윌리엄을, 데이빗은 피터를, 리나는 새라를 각각 책임진다.

세수를 한 다음 빙 둘러앉아 아침을 먹는다. 아침식사는 주로 시리얼. 간단하기도 하지만 아이들이 좋아하기 때문이다. 계란과 소시지도 자주 등장하는 메뉴다. 7시가 되면 레베카가 제일 먼저 가방을 들고 집을 나선다. 레베카는 학교가 바로 집 뒤에 있어서 걸어다니는데, 채 10분이 안 걸린다.

7시 15분에 피터를 먼저 스쿨버스에 태워 보낸다. 그 다음, 다나는 그때쯤이면 이미 자동차에 타고 있는 리나를 데리고 출발한다. 도중에 같은 학교에 다니는 두 아이들을 태우고 모레노밸리 고등학교까지 간다.

집에 돌아와 다시 새라와 애덤을 차에 태워 학교까지 데려다 준다. 새라와 애덤은 다리를 잘 쓰지 못하기 때문에 스쿨버스를 불편해한다. 오르내리기가 힘들기 때문이다. 만일 아침에 스쿨버스를 타다가 잘못되기라도 하면 하루 종일 고생하기 때문에 다나는 아무리 바쁜 일이 있어도 두 아이들을 꼭 데려다준다. 하지만 하교길에는 모두 스쿨버스를 이용케 한다. 이것도 훈련이기 때문이다.

새라와 애덤을 학교에 내려놓고 돌아오면 어느새 9시. 아침 설거지를 마치고 아이들이 벗어놓은 옷들을 정리하고 나면, 조나단과 윌리엄이 특수 유치원에 갈 시간이다. 두 아이는 10시 45분부터 1시 30까지 하루 2시간 30분씩 실시하는 특별 프로그램에 등록했다. 두 아이는 집으로 돌아올 때도 다나가 차로 데리고 온다.

리나의 하교길은 다나가 아침에 데려다주는 아이의 부모가 책임 진다. 올해부터는 그나마 데이빗과 제시카가 사이버 스쿨에 등록해 등하교 부담은 조금 덜어낸 편이다. 하지만 집에서 두 아이를 지도 하는 일이 새로 생겼다.

조나단과 윌리엄을 집에 데려오면 1시 40분. 2시 30분부터 아이들 이 집으로 돌아오기 시작한다. 레베카가 2시 45분, 리나가 2시 55 분, 피터는 3시 10분, 애덤과 새라는 3시 45분경에 차례로 도착한 다. 다나는 허기진 아이들의 배를 달래주기 위해 먼저 스낵을 준비 해놓는다. 다나가 즐겨 준비하는 메뉴는 나초(녹인 치즈를 옥수수 과자로 찍어 먹는 간식), 보리또(양념해서 익힌 소고기, 채 썬 양 상추, 잘게 썬 토마토, 익힌 콩, 치즈가루를 옥수수가루로 만든 넓 적한 판에 싸먹는 멕시칸식 음식. 한국의 구절판 비슷하다), 감자 튀김 따위이다. 아이들은 집에 들어서자마자 스낵을 먹고 각자 자 기 숙제를 한다.

조나단은 워낙 가만히 있지 않는 아이여서, 간식을 들고 이리저 리 다니며 흘리고 쏟고 난리를 친다. 그러지 않을 때가 단 한 끼도 없다. 윌리엄은 한쪽에 앉아서 짧은 한 손으로 접시를 받치고 열심 히 먹기만 한다. 조나단을 따라다니며 뒷수습을 하는 일은 재택근 무하는 로버트의 몫이다. 잘 움직이지 못하는 아이들에게 음료수를 날라다주는 일도 로버트가 맡고 있다.

아이들이 어질러놓은 스낵을 정리하고 나면 방과 후 프로그램을 위한 '운송 작전'이 기다리고 있다. 제시카는 일단 집에 왔다가 다 시 학교에 가서 오후 내내 연극 연습을 하고, 데이빗과 레베카는 일 주일에 두 번씩 댄스 레슨을 받으러 간다. 레베카와 리나는 일주일에 한 번 피아노 학원에 다닌다.

애덤과 새라, 피터는 금요일과 토요일에 있는 챌린지 리그 야구 경기를 하러 가는데, 이때는 거의 전 가족이 동원된다. 응원도 응원이지만 휠체어에 탄 새라를 밀어주고, 주자 플레이를 대신 해주는 등 사람이 필요하기 때문이다. 애덤은 또 컵스카우트에 가입해 있어서 행사가 있는 날에는 데려다주어야 한다. 새라는 브라니우스(걸스카우트의 전 단계)에 속해 있다.

매일매일이 바쁘지만 수요일 오후에는 그야말로 전쟁이다. 레베카가 5시부터 6시 반, 데이빗이 6시 반부터 8시까지 댄스 레슨을 받기 때문에 두 아이들을 5시까지 학원에 태워다주고, 8시에 끝나면 바로 두 아이를 교회에 데려다준다. 수요일 저녁마다 학생부 성경공부가 있기 때문이다.

다나는 2주에 한 번씩 여전도회에서 실시하는 수요 성경공부에 참석해야 하기 때문에 이날은 로버트가 아이들을 데려온다. 애덤이 한 달에 한 번 참석하는 컵스카우트 모임이 겹치는 수요일이면 손이 모자라 다른 사람의 도움을 받아야 한다.

말 그대로 눈코뜰새 없는 하루하루다. 하지만 다나는 "바쁘다 바빠" "빨리 빨리"라고 소리치지 않는다. 다나 입에서 나오는 말은 의외로 "차근차근" "천천히"이다. "빨리 빨리"하며 서두르다가 한 번 할 일을 두 번 했던 경우가 종종 발생했기 때문이다.

"바쁘긴 해도 즐거워요. 아이들이 재미있어하니까 보람도 있구요. 항상 이리저리, 때로는 멀리까지 운전하고 다녀야 하지만 아이들이 하루하루 자라나는 모습을 보는 기쁨이 커요."

이렇게 많은 아이들의 특별활동비를 다 어떻게 다 감당할까. 야구, 컵스카우트, 연극 등은 입회비 외에는 많은 돈이 들지 않지만 댄스 레슨, 피아노 레슨 등은 돈이 제법 들어간다.

마침 킹 씨네 형편을 잘 아는 아이들의 주치의 부인이 댄스 선생님이어서 댄스는 무료로 배우고 있다. 하지만 아이들 용돈, 자동차 기름값, 특별활동비 등에 드는 돈이 만만치 않다. 킹 씨 부부 저금 통장에는 돈이 남아 있는 날이 없다.

킹 씨 가족은 온 가족이 나들이를 할 수가 없다. 식구가 너무 많기 때문이다. 한 장애인 선교단체에서 무상으로 기증받은 93년형 포드 12인승 미니밴이 있지만, 이 차도 가족이 다 탈 수가 없다. 12인승이지만 제일 뒷좌석을 떼어내고 휠체어를 끌어올리는 리프트를 장치했기 때문에 운전자를 포함해서 10명까지만 탈 수 있다. 전 가족이 함께 나들이를 하려면 다른 차가 하나 더 있어야 한다. 매튜가 분가해 자기 식구들을 자기 차에 태우고, 큰딸 아만다도 자기 차가 있어서 일이 있을 때마다 아이들을 실어나른다.

차에 오르내릴 때 특별히 순서가 정해져 있지는 않지만, 신체적인 문제가 없는 아이들이 먼저 차에 올라 구석진 자리로 들어가고, 나이가 어린 윌리엄과 조나단이 카시트에 앉으면 장애가 심한 애덤과 새라가 올라 탄다. 제시카가 맨 나중에 차에 올라 아이들의 안전벨트를 매준다.

새라의 멋진 홈 슬라이딩

2001년 5월 12일 토요일 아침 9시. 챌린지 리그 야구 게임이 있는 날이다.

경기가 막 시작되었는데, 갑자기 날이 흐려져 가는 비가 흩날리고 바람까지 불었다. 여간 쌀쌀한 날씨가 아니었다. 경기가 취소될 줄 알았는데, 그렇지 않았다. 경기는 계속됐다.

두 딸 아만다와 제시카만 보이지 않고 모두들 나와서 경기를 즐기고 있었다. 아만다는 일하러 갔고 제시카는 운전을 배우러 갔다고 한다. 이날은 '특별촬영'을 하고 있었다. 로스앤젤레스에 있는 KTE 방송국에서 나와 킹 씨 가족을 카메라에 담고 있었다. 특집 프로그램을 만든다는 것이다.

킹 씨 가족은 이제 카메라에 익숙하다. 조금도 어색해하지 않고 프로듀서의 요구에 척척 응한다. 리나와 다나는 한술 더 떴다. 둘이 바짝 당겨 앉아 카메라를 향해 손뼉을 치며 발을 구르기도 하고 두 손을 흔들며 열광적으로 응원하는 모습을 보여주었다. 야구를 즐기는 장애인이 그리 많지 않기 때문에, 선수들은 어린아이에서부터 스무 살 가까운 청년에 이르기까지 연령층이 다양하다.

운동장에는 정상인들도 들어가 있었다. 아이들뿐 아니라 부모로 보이는 어른들도 같이 서 있었다. 장애아들이 뛰는 걸 도와주기 위해 가족이 나가 서 있는 것이었다. 새라 같은 아이는 아예 휠체어에 앉아서 달리는데, 더 빨리 달리라고 데이빗이 나가 뒤에서 밀어준다. 그래도 챌린지 리그에서는 반칙이 아니다.

다운 증후군 증세가 있지만 덩치가 보통 청년의 몸집보다 큰 청년이 외야 깊숙이 안타를 날렸다. 청년은 너무 기쁜 나머지 혀를 낼름거리며 달렸다. 1루를 밟고 서더니 손을 번쩍 들어 보였다. 안타를 치고 관중들에게 손을 들어 보이는 프로선수 흉내를 내는 것이었다. 옆에 서 있던 코치가 2루로 달려가라고 야단이다. 청년은 영문도 모른 채 또 2루로 뛴다. 공은 아직 외야에 떨어져 있었다.

공을 잡으러 가는 중견수가 바로 애덤이었다. 애덤의 걸음걸이로 공을 잡으려면 한참이 걸려야 했다. 애덤은 한 발 한 발 걸어 공을 집으러 갔다.

2루에서 다시 한 번 관중을 향해 프로선수 흉내를 내던 청년은 다시 3루로 뛰라는 응원단의 함성을 듣고서야 달리기 시작했다.

애덤은 그때서야 공을 잡고 3루를 향해 던졌다. 그런데 공을 던지느라 너무 힘을 주었던지 뒤로 벌렁 넘어지고 말았다. 공은 3루수에게 정확히 날아갔지만, 청년이 이미 3루를 밟은 뒤였다.

다음 타자, 그 다음 타자, 이렇게 전 선수가 타석에 들어설 때까지 아웃되는 선수가 한 명도 없었다. 이렇게 타자 일순일 경우 챌린지 리그는 공격과 수비를 바꾼다.

이번에는 애덤과 새라, 그리고 피터가 속해 있는 모레노밸리 팀의 공격이다. 챌린지 리그는 공격할 때 타자에게 무제한의 기회를 준다. 타자가 공을 맞힐 때까지 계속 칠 수 있는 것이다. 챌린지 리그는 말 그대로 '도전의 경기'이다. 누구나 치고 달릴 수 있다는 도전 정신을 심어주기 위한 경기이다.

드디어 애덤이 타석에 들어섰다. 엄마, 아빠가 있는 응원석으로 모자를 벗어 흔들어 보였다. 공이 날아오자 미소를 지으며 방망이를 크게 휘둘렀다. 헛스윙이었는데, 헛스윙도 보통 헛스윙이 아니었다. 몸이 휭하고 돌아가더니 그대로 넘어지고 말았다.

심판의 부축을 받고 겨우 일어난 애덤은 멋쩍은 듯이 히죽 웃어 보였다. 카메라가 이런 애덤의 모습을 놓칠 리가 없었다. 그 순간 애덤이 카메라맨을 향해 소리를 질렀다.

"이런 모습을 한국 사람들에게 보이면 안 돼요. 내가 야구를 엄청 잘하는 줄 알 텐데 큰일나요."

그러고는 혓바닥을 낼름 내보였다.

마침내 애덤이 공을 때렸다. 그러나 2루수 앞으로 굴러가는 평범한 땅볼. 체면이 영 말이 아니었다. 그래도 애덤은 1루를 향해 열심히 달렸다. 애덤이 아무리 달린다고 해봐야 보통 아이들 걷는 속도보다 느리다. 그러나 애덤에게는 엄연하게 전력 질주다. 2루수 앞 땅볼이면 벌써 공이 1루로 연결되어 아웃되었어야 하는데, 어찌된 일인지 아직도 1루수는 공을 잡지 못하고 있었다.

2루수는 정신지체 장애를 가진 일곱 살 가량의 여자아이였는데 공을 잡아서 그만 투수 쪽으로 던지고 말았다. 2루수의 에러였다. 그러나 공식기록은 애덤의 안타였다. 챌린지 리그에서는 에러가 없다.

관중석에서 환성이 터져나왔다. 애덤은 두 손을 번쩍 들어 답례했다.

다음 타자는 피터. 피터는 말을 못하는데, 야구를 무척이나 좋아한다. 초구를 받아 친 것이 3루수 키를 넘기는 안타가 되었다. 그런데 공을 치고는 뛸 생각을 않고 있었다. 함박웃음을 머금고는 타석에 그대로 서 있는 것이었다.

관중석에서 몇 번이나 "달려, 피터"라고 소리치자 그제야 깡충깡충 뛰어 1루에 진출했다. 문제는 1루에 있던 애덤이었다. 애덤이 2루까지 가려면 아직 한참이나 남아 있었다.

외야수를 보던 덩치 큰 청년이 공을 잡아 2루를 향해 던졌다. 애덤의 얼굴이 살짝 일그러졌다. 애덤은 있는 힘을 다해 달리고 있었지만 공은 2루를 보는 여자아이에게 정확하게 날아갔다.

소리를 지르며 달려가던 애덤은 그만 2루수 바로 앞에서 넘어지고 말았다. 볼을 받은 2루수는 공을 처음 받아보는 아이처럼 좋아했다. 너무 좋아 펄쩍펄쩍 뛰다가 그만 쥐고 있던 공을 놓치고 말았다. 그 사이에 애덤은 엉금엉금 기어서 2루 베이스를 터치했다. 세이프! 기어가는 데야 애덤이 선수 아닌가.

새라가 다음 타자였다. 휠체어에 앉아 타석에 들어선 새라는 안간힘을 썼지만 좀처럼 공을 맞추지 못했다. 그러나 포기하지 않았다. 열 번 넘게 방망이를 휘둘러보았지만 언제나 포수가 공을 받은 뒤였다. 보다 못한 데이빗이 새라의 손을 잡고 방망이를 휘둘러 공을 쳐냈다. 빗맞은 공이 투수 발을 살짝 스치더니 3루수 쪽으로 굴러갔다.

오른손에 기브스를 하고 3루를 보던 열세 살 가량의 남자아이가 왼손으로 공을 잡고는 2루 쪽으로 냅다 던졌다. 병살을 시키려는 것이었다. 그러나 발빠른 피터는 이미 2루 베이스를 밟고 있었다. 새라는 휠체어를 밀어주는 데이빗 덕분에 쏜살같이 1루에 도착했다.

이번에도 문제는 애덤이었다. 애덤은 2루에서 3루를 향해 이를 악물고 달렸다. 3루수가 던진 공은 2루 뒤에 서 있던 사내아이가 잡았다. 공을 잡은 사내아이는 공을 던지는 대신 3루로 달리고 있던 애덤을 향해 뛰어갔다.

애덤은 힘껏 달렸지만, 사내아이가 워낙 빨랐다. 터치 아웃.

아쉬운 표정을 지으며 걸어나오는 애덤에게 큰 박수가 쏟아졌다.

다음 타자는 애덤네 팀에서 야구를 제일 잘하는 스무 살 가량 된 청년이었다. 정신지체 장애인이었는데 방망이를 잡는 폼부터 달랐다. 아니나 다를까, 우익수 키를 넘겨 펜스 바로 앞에 떨어지는 장타를 날렸다.

2루에 있던 피터는 레베카의 인도를 받으며 홈인했고, 1루에 있던 새라는 쌩쌩 날듯이 미는 데이빗의 도움을 받아 3루를 지나 홈으로 돌진하고 있었다. 그런데 갑자기 새라가 소리를 질렀다. 뒤에서 밀고 있던 데이빗이 깜짝 놀라 휠체어를 세웠다. 홈 바로 앞이었다.

순간, 새라가 휠체어에서 몸을 잽싸게 빼내 한두 발짝 앞으로 나가더니 두 팔을 앞으로 내밀며 몸을 던졌다. 아무도 예상하지 못한 멋진 슬라이딩이었다. 홈인! 새라의 홈 슬라이딩은 야구 역사상 최초의 휠체어 슬라이딩으로 기록될 것이다.

그런데 새라는 왜 갑자기 소리를 질러 휠체어를 멈추게 했을까. 휠체어에서 내리고 싶었던 것일까. 결정적인 순간에는 그 누구에게

챌린지 리그 야구경기 모습

도 자신의 몸을 맡기고 싶지 않았을 것이다. 오직 자기 자신의 힘으로 홈인을 하고 싶었으리라.

경기는 오전 10시가 조금 넘어서 끝났다.

가족은 오랜만에 가까운 햄버거 가게로 갔다. 아이들의 메뉴는 다양했다. 몇 개의 메뉴로 통일할 수도 있었는데 로버트는 달랐다. 그 많은 아이들의 주문을 하나하나 종이에 받아 적었다. 아이들의 의견을 존중하는 자상한 아빠였다.

애덤과 레베카, 그리고 데이빗은 한 테이블에 앉아 음식이 나올 때까지 카드 놀이를 즐기고 있었다.

아이들은 마치 식당을 전세낸 양 시끌벅쩍하게 떠들며, 놀며, 접시를 비웠다.

가족은 집에 돌아와 애덤이 서울에 갔을 때 찍은 사진을 보고, 뉴스 장면 등이 녹화된 비디오를 보았다. 곧 한 식구가 될 경빈이도 볼 수 있었다. 아이들은 벌써 경빈이의 생년월일까지 외울 정도로 기대를 갖고 기다리고 있었다. 비디오를 보고 나자, 아이들은 심심해했다.

리나가 컴퓨터 자판을 두들기자, 모두들 컴퓨터 주위로 몰려들기 시작했다. 데이빗과 레베카가 자기도 잘 친다며 자판을 쳤다. 데이빗은 거의 말하는 속도와 비슷하게 타이핑을 했다. 레베카는 약간 느렸다.

데이빗은 다음 주에 있을 댄스 발표회가 걱정이 되는지 부엌에서 음악을 틀어놓고 여동생 레베카와 춤 연습을 했다. 진지하게 춤을 추는 데이빗에 견주어 레베카는 약간 쑥스러운 표정이었다.

잠시 후 레베카가 보이지 않았다. 여기저기 둘러보니 다른 방에 들어가 컴퓨터로 무언가를 열심히 치고 있었다. 자기 자신에 관한 글이었다. 출생에 관한 이야기, 미국에 오게 된 경위, 현재 상황 등이 적혀 있었다. 자기들에 관한 책을 쓴다니까 도움이 될까 싶어 쓰는 모양이었다.

레베카가 글쓰는 것을 지켜보던 데이빗이 자신에 대한 글을 써서 가져왔다. 데이빗은 언젠가 자신에 대한 스토리를 정리해서 써볼 생각이라고 말했다. 유난히 자기가 태어난 나라에 관심이 많고, 생각이 깊은 아이였다. 레베카는 영희라는 한국 이름을 매우 소중하게 생각하고 있었다.

새라와 윌리엄, 그리고 조나단도 여기저기 기웃거리며 일일이 참견했다. 그게 즐거운 놀이 같았다. 새라는 여전히 맑은 눈으로 예쁘게 웃고, 안아주면 그렇게 좋아할 수가 없었다.

킹 씨 부부는 큰딸 아만다를 데려와야 한다며 일어섰다. 아만다의 차가 고장나서 정비소에 맡겼다는 것이다.

아만다가 일하는 곳은 '글로리아 커피'였다. 손님들이 앉아서 마시는 커피숍이 아니고 백화점에 있는 커피 편의점 같은 곳이었다. 손님들이 길게 줄을 서서 차례를 기다리고 있었다. 엄마 아빠가 들어갔을 때, 아만다는 열심히 커피를 뽑고 있었다.

자기 힘으로 벌어 자기 앞가림을 하는 아만다가 보기 좋았다. 아만다처럼 독립심이 강한 자식들이 있어서, 다나와 로버트는 마음놓고 다른 아이들에게 신경쓸 수 있겠구나 하는 생각이 들었다.

챌린지 리그를 보고 돌아오는 길에 문득 〈알려지지 않은 거북이들의 역사〉라는 우화가 떠올랐다.

거북이들은 원래 열등감이 아주 심했다. 걸음걸이가 느려서 빠르고 날쌘 동물들을 볼 때마다 짧은 다리와 둥근 잔등을 저주했다. 결국 다리는 더 짧아지고 짧은 모가지에는 주름이 심하게 잡혔다. 자신감을 잃고 머리를 통 속에 집어 넣고 있을 때가 더 많았다.

이러다간 거북이가 모두 사라지고 말 것 같아 거북이 마을의 추장들이 모여 논의를 거듭했다. 열등감을 없애고 자신감을 갖기 위해 거북이 운동회를 개최하자는 결론이 나왔다. 경기 종목도 정해졌다.

뒤집어진 몸 빨리 바로 세우기, 짧은 모가지 길게 늘이기, 거북이 탑 쌓기, 땅 짚고 헤엄 치기…… 모두 신종 경기였다.

처음에는 보급하느라 애를 많이 먹었지만, 지속적으로 노력한 결과, 모든 마을의 거북이들이 운동을 즐기기 시작했다.

그러나 제아무리 '뛰어본들' 한 시간에 3백 미터밖에 가지 못했다. 그 정도 속력으로는 거북이 사회에서는 통할지 몰라도 토끼나 사슴 같은 동물은 물론, 메뚜기만도 못하다는 자괴감만 늘어갔다.

"과학적 훈련 방법을 도입해야 한다. 새로운 감독을 영입하고, 참신한 선수를 양성해야 한다."

모든 거북이들의 뜨거운 여론에 못 이겨 추장들은 새 감독과 선수들을 영입했다.

잘게 간 지렁이와 찐 굼벵이 같은 특식을 먹으며 체력을 보강하고 체중을 줄이기 위해 등껍질을 깎아내는 등 과학적인 방법을 총동원했지만 별다른 효과가 없었다. 그러자 갖가지 기상천외한 방법들이 쏟아져 나왔다.

다른 족속들의 유전자를 배합해 달리기 능력이 뛰어난 '아이노꼬

거북이'를 개발한다. 무겁고 거추장스런 잔등을 통째로 벗겨내 흐물흐물한 경량급 거북이를 개발한다. 짧은 다리를 두 배로 늘여 '롱 다리' 거북이를 만들어야 한다. 그러나 모두 탁상공론이었다.

결국 거북이의 자신감 회복이라는 숭고한 목표를 포기해야 할 지경이었다. 그때 "거북 족속 거북으로 길이 보존하세~"를 외치며 한 영도자가 나타났으니, 그의 지혜로 열등감은 물론 거북이 본연의 자긍심을 한껏 고취시킨 경사를 맞이하기에 이르렀다.

영도자는 왕거북이었는데, 이 왕거북이는 40년마다 한 번씩 열리는 범 동물들의 체전 '애니멀림픽' 위원회와 막후 교섭을 벌여 '지능육상' 경기를 정식 종목에 포함시켰다. 바로 이 신종 육상경기에서 거북이들이 우승한 것이다. 그런데 그 경기 규칙이 매우 이색적이었다.

거리 제한을 두지 않고 두 시간 동안 경기를 벌이는데, 빠르거나 느린 것으로 기록을 측정하지 않는다. 다만 멈추면 즉시 퇴장이다. 달리는 동안 혹은 쉴새없이 움직이는 동안 그 코스에 돋아난 각종 식물의 이름과 숫자를 외우는 동시에 곳곳에 설치된 희미한 장애물을 피해가야 한다.

드디어 경기가 시작되었다.

강력한 우승 후보였던 노루선수는 한 시간쯤 정신없이 달리다가 숨이 차는 바람에 잠깐 쉬다가 퇴장을 당하고 말았다.

역시 우승 후보로 꼽혔던 토끼는 천천히 가기 위해 땅바닥에 주저앉아 엉덩이를 끌고 갔지만 한 시간도 못 되어 엉덩이털이 몽땅 빠져버렸다. 토끼는 참혹한 몰골로 경기를 포기하고 말았다.

거북이는 달랐다. 침착하게 걸으며 장애물들을 피해 나갔다. 그

와중에서도 주위에 있는 풀 이름을 외우고 숫자를 셌다. 영리한 머리와 밝은 눈, 늠름한 목 근육을 갖고 있었던 것이다. 두 시간 동안 거북이들은 탄성을 질렀다.

거북이가 우승하자, 거북이들이 갖고 있던 고질적인 열등감은 우월감으로 바뀌었다.

그날 이후 거북이들은 주름진 목, 짧은 다리를 한탄하지 않았다. 그날 이후 거북이들은 그 어떤 동물보다 오래 사는 영리한 동물이 되었다.

열등감이란 기득권자들이 권력을 유지하기 위하여 만들어놓은 올가미에 불과하다. 열등감에 사로잡히는 것은 그 올가미에 자기 목을 들이미는 행위이다. 그러므로 열등감은 장애이다.

열등감에 사로잡혀 있는 것보다 더 큰 장애는 없다.

육체적 장애보다 더 무서운 것이 열등감에 사로잡힌 마음이다.

일 년 중 가장 기쁜 날, 가족 캠핑

킹 씨네 가족이 손꼽아 기다리는 날이 여름에 떠나는 휴가 여행이다.

여름 가족여행이 매년 있었던 것은 아니다. 새라를 입양한 이후 계속되는 수술과 또 늘어나는 아이들 때문에 한동안 여름 휴가를 가지 못했다. 5년 만에 다시 가게 된 여행이었고, 그 사이에 식구들이 더 늘어나 모두 즐거워했다.

킹 씨네 여름 휴가는 그야말로 대장정이다. 휴가를 보낼 장소는 매년 다나와 로버트가 상의해 결정한다. 명승지나 바닷가에 다녀올 때도 있고, 각종 단체가 실시하는 캠프에 가족 전체, 또는 일부가 따로따로 다녀오기도 한다.

올해는 애덤이 한국에서 돌아오는 날 여름 휴가를 시작했다. 애덤과 로버트는 비행기에서 내리자마자, 기다리고 있던 가족과 함께 그길로 샌디에이고에서 가까운 바닷가 다나 포인트로 향했다.

다나 포인트는 복주머니처럼 잘록하게 들어간 작은 해안이다. 만을 따라 해변이 길게 뻗어 있고, 요트들이 가득 떠 있다.

공원 경계를 따라 야자수들이 시원하게 늘어서 있는 곳에서 4일 동안 푹 쉬기로 했다. 미국 사람들은 여기저기 돌아다니기보다 한 곳에 머물러 즐기기를 더 좋아한다. 관광이 아니라 휴식을 취하는 것이다. 킹 씨네 대가족은 대자연 속에서 생명의 소중함과 가족의 사랑을 확인하는 시간을 갖는다. 그래서 킹 씨 부부는 아무리 어려워도 여름 휴가만은 매년 떠날 예정이다.

킹 씨네는 주로 텐트를 치고 야영을 한다. 호텔이나 모텔은 돈도 많이 들거니와 너무 밋밋하기 때문이다. 아이들 스스로 텐트를 치고 식사도 서로 준비하게 함으로써 얻는 교육 효과도 상당히 크다.

가족 여행 말고도 아이들이 원하는 캠프가 있으면 자주 보낸다. 지난해 여름에는 오레곤 주에서 일 주일 동안 열린, 입양아들을 위한 전국 캠프에 아이들을 보냈다. 이 같은 캠프를 통해 같은 처지에 있는 다양한 사람들과 만나며 위로와 용기를 얻는다.

또한 매년 여름, 집에서 가까운 한국 교회에서 일 주일간 실시하는 한국 여름학교에 한국 출신 아이들을 보내고 있다. 이때 아이들은 한국 교인 가정에 민박을 하면서 한국 음식과 예절, 그리고 문화를 배우고 교회에서는 하나님의 말씀을 배우며 친구들을 사귄다. 이 여름학교는 아홉 살부터 입학이 가능하기 때문에 지금까지는 데이빗과 레베카만 참가했고 올해는 애덤이 처음 참가할 예정이다.

온 식구가 함께 가는 여름 휴가와 여름 한국학교는 그 무엇과도 바꿀 수 없는 최고의 즐거움이다. 매튜, 아만다, 제시카도 이구동성이다.

"해마다 가는 가족 캠핑이 가장 재미있고 유익한 시간입니다."

이번 여름 휴가를 마치고 집으로 돌아올 때의 일이다.

다들 피곤했던지 차 안에서 아이들이 모두 잠이 들었다. 제일 뒷자리에 앉아 졸고 있던 데이빗이 옆에서 꾸벅꾸벅 졸고 있는 레베카의 옆구리를 찌르며 깨우더니 무언가 귀엣말로 소곤거렸다. 레베카도 고개를 끄덕끄덕거렸다. 뭔지 모르지만 찬성한다는 표시였다.

데이빗이 먼저 한국말로 "하나" 하니까 레베카가 받아서 "둘" 하는 것이었다. 예순까지 거의 틀리지 않고 세어나갔다. 숫자 세기가 끝나자 둘이서 '아리랑'을 부르는 것이었다.

"아리랑 아리랑 아라리요……."

휴가를 다녀오면서 갑자기 고향이 그리워진 것일까. 발음은 약간 어눌했지만 음정과 가사 하나 틀리지 않고 아리랑을 다 불렀다. 그러더니 '옹달샘'과 '퐁당퐁당', 그리고 '반짝반짝 작은 별'을 메들리로 불러댔다. 역시 하나도 틀리지 않았다. 일 년에 한 번, 일 주일동안 여름 한국학교에 다니며 배운 숫자와 노래를 하나도 잊지 않고 있었다.

데이빗 바로 앞에서 자고 있던 애덤이 둘이 부르는 노래 소리에 번쩍 눈을 떴다.

"무슨 노래야?"

한국 학교에서 배운 노래인 줄은 알고 있지만 애덤에게는 아직 생소했다. 데이빗과 레베카의 노래가 끝나자 애덤은 한국 이야기를 꺼내놓기 시작했다. 한국에 관해서는 자기가 더 많이 안다고 떠벌렸다. 애덤이 능청스럽게 자랑하고 있다는 것을 빤히 알면서도, 한국에 대해 하나라도 더 알고 싶은 데이빗과 레베카는 애덤의 이야기에 귀를 기울였다.

여행에 지쳐 잠에 곯아떨어진 아이들

　고속도로에서 벗어나 집으로 가는 마지막 길모퉁이를 돌아설 즈음, 자동차도 지쳤는지 '커렁커렁' 소리를 냈다. 겨우 집에 도착해서 식구를 가득 태운 낡은 밴이 아이들을 하나씩 토해냈다. 차에서 아이들이 내리는 모습을 보고 있자니 다나포인트 야자수 아래서 비벼먹던 김치 비빔밥이 생각났다. 킹 씨네 아이들은 두 개의 문화를 아름답게 비벼가는 아이들이었다.

제 앞가림 못하는 아이 길들이는 법

아이를 한두 명 키우더라도 아이에게 집안일을 나눠 맡겨야 한다. 아이들이 하는 일은 으레 두 번 손이 가게 마련이어서 차라리 '내가 하고 말지' 하는 경우가 대부분이다. 부모가 다 할 수 있어도 아이들을 위해 일을 맡겨야 한다.

교육은 반복 훈련이다. 한두 번에 완성되는 교육 목표는 없다. 영어, 수학만이 반복 교육이 필요한 것은 아니다.

여느 한국 가정의 아침은 전쟁터다. 아이들은 일어나기 싫다고 버티고, 엄마는 5분 간격으로 큰 소리를 지르며 아이를 깨운다. 엄마는 아침마다 화를 낸다. 겨우 일어나면 빨리 세수하라고 소리친다. 하지만 엄마의 고함소리에 슬그머니 일어난 동생이 먼저 화장실을 차지하고 있다. 큰아이는 빨리 나오라고 소리를 박박 질러댄다. 뒤늦게 세수하고 나오니 밥 먹을 시간이 없다. 아이는 가방을 챙겨들고 나서야 필요한 돈이며, 도장을 찍어가야 하는 통신문을 내민다. 그러고는 걸어가면 10분도 채 안 되는 거리를 태워다 달라고 떼를 쓴다.

"다른 아이들은 다 엄마 아빠가 차로 데려다주는데⋯⋯."

엄마는 밥을 못 먹고 가는 아이가 안쓰러워 숟가락을 들고 계속 아이 입에다 갖다댄다. 그러고는 역시 출근 시간에 맞추려고 허둥대는 남편을 부른다.

"여보, 가는 길에 애 좀 데려다줘요."

"나도 늦었어. 밥 먹을 시간도 없는데."

"당신은 회사 가서 먹으면 되잖아요."

궁시렁대는 남편을 잡아끌어 아이를 딸려보낸다.

"휴—."

매일 아침 이런 식이다. 미국에 사는 한국 부모들도 크게 다르지 않다. 아침을 먹지 않고 가는 아이를 보지 못한다. 한 술이라도 먹여 보내기 위해 늦게 일어난 아이와 실랑이를 벌인다.

그렇다면 미국 가정은 다른가? 반드시 그렇지만은 않다. 아침에 아이들과 전쟁을 치르기는 마찬가지다.

그러나 비결을 아는 가정들은 아침이 그렇게 평온할 수가 없다. 아이들의 습성은 어느 나라나 비슷하다. 아이들을 어떻게 훈련시키느냐에 따라 달라질 뿐이다.

몇 년 전, 미국 친구가 아침마다 전쟁을 벌이는 한 한국 가정을 지켜보다가 빙그레 웃으며 평화로운 아침을 맞이할 수 있는 비결을 가르쳐준 일이 있다. 정말 비결이었다. 그 비결은 이렇다.

먼저 아이들에게 선언한다.

"일어나는 시간은 각자 자기가 알아서 한다."

"일어나는 방법도 자기가 알아서 한다. 그러나 부모에게 부탁해서는 안 된다."

"아침밥은 차려져 있으니 알아서 먹는다."

"준비물은 반드시 전날에 챙긴다. 아침에는 무슨 일이 있어도 도장을 찍어주거나 돈을 주지 않는다."

"학교는 반드시 걸어간다."

"이상!"

처음에는 아이들이 별로 심각하게 듣지 않는다. 아침마다 전쟁을 치르던 가정이 어느 날 갑자기 이렇게 선언하면 아이들은 '아니, 엄마가 더 속탈 걸' 하며 속으로 웃는다. 아이들도 안다. 자기들보다 엄마, 아빠가 더 속타한다는 것을.

그래도 좋다. 선언하라! 처음 시작하는 집이 더 효과적이다. 선언하기는 쉽다. 문제는 실천이다. 사실 아이들보다 부모가 실천하기가 더 어렵다. 안타까워 못 보겠고, 눈 뜨고는 못 보겠고, 학교 가서 야단맞을까 봐 못 보겠고……

또 하나 명심해야 할 것은 부부가 합심해야 한다는 것이다. 대부분 한국 가정은 한쪽이 엄격하면, 한쪽은 부드럽다. 한쪽이 눈을 부릅뜨면, 한쪽에선 눈감아준다. 그래서 아이들은 일찍부터 부모를 이용하는 법을 터득한다.

평화로운 아침을 원한다면, 엄마가 담대해야 한다. 참고 기다릴 줄 알아야 한다. 아이가 밥을 먹지 않고 가도 참을 수 있어야 한다. 아이에게 밥을 떠먹여주는 것도 사랑이지만 아이가 스스로 밥을 먹을 수 있도록 가르치는 것이 더 큰 사랑이다.

규칙을 정하고 선언하기 전날 단단하게 경고해둔다. 다음날 아침, 아이들이 일어나지 않아도, 세수를 하지 않아도, 밥을 먹지 않아도, 돈을 달라고 해도, 단 한마디도 하지 않는다. 늦게 일어난 아이는 십중팔구 얼굴을 있는 대로 찡그리며 깨우지 않았다고 투정을 부릴 것이다. 그러면 나직한 목소리로 다음과 같이 말해준다.

"오늘부터 그렇게 하기로 했잖아. 앞으로도 그렇게 할 거야."

이미 학교는 늦었다. 차를 태워달라고 한다. 다시 냉정하게 말한다.

"걸어가거라."

이미 늦었기 때문에 조금 더 늦는다 한들 무슨 문제인가. 아이는 씩씩거리며 걸어가겠지만, 혼자 걸어가면서 많은 것을 생각하게 된다. 대부분 아이들은 "엄마, 아빠가 싸웠나? 며칠 이러다 말겠지"라고 생각한다. 그러나 다음날에도 한 번 더 그렇게 해보라. 일 주일만 눈 딱 감고 시행하면 그 다음부터는 말 한마디 안 해도 아이들이 알아서 한다.

물론 씨가 안 먹히는 아이도 있을 것이다. 그래도 단호하게 밀고 나가야 한다. 아침에 부모 좀 편하자고 하는 일이 아니다. 자립심을 키워주는 것이다. 아침이 평화로워지려면 전날 모든 걸 준비해야 한다. 자연히 방과 후 시간을 관리하게 된다. 혼자 일어설 수 있게 되는 것이다. 아침이 평화로운 가정에서 자라난 아이는 훗날 반드시 부모에게 고맙다고 할 것이다.

한국 실정을 모르고 하는 소리라고 하지 마시기 바란다. "학교 한 번 늦고 준비물 한 번 안 가져가면 어떤 불이익이 생기는지 알고나 하는 말인가?"라고 항변할지 모르겠다. 그렇다면 더욱더 이 법칙을 지켜야 한다. 아이도 자기에게 돌아오는 불이익이 얼마나 큰지 잘 알기 때문에 다음엔 더 긴장하게 된다.

스스로 알아서 하라면 쌍수를 들고 환영하는 아이도 있을 것이다. 평소에 챙겨주지 않으면 아무것도 하지 못하는 아이에게 이 법칙을 적용하면 '아이 하나 망치는 것 아니냐'고 되물을지도 모른다. 그런 아이들에게도 이 법칙은 대단한 효과가 있다. 상벌 규칙을 철저히 이행하면 반드시 따라오게 되어 있다.

문제는 부모가 먼저 법칙을 깨는 데 있다. 오늘은 특별한 날이니까, 오늘은 애가 아프니까, 어제 아빠 손님 때문에 애들이 늦게 잤으니까…… 하면서 부모가 먼저 법칙을 깬다. 이렇게 되면 시작하지 않는 것보다 못하다.

아이들에게 가사를 분담시키는 것도 교육적인 측면에서 매우 중요하다. 공부할 시간, 잠잘 시간도 없는데 무슨 가사일이냐고 반문할지 모르겠지만, 집안에서 자기가 할 일을 해나가는 과정에서 역시 자립심을 키우게 된다. 가사일을 분담시킬 때에도 위와 같이 규칙을 정해야 한다. 자기 방은 자기가 청소한다, 아빠 구두는 누가 닦는다, 일요일 설거지는 순번을 정해서 한다…… 상벌 규정을 엄격하게 지키면 아이들이 몰라보게 달라진다.

아침을 평화롭게 보내는 가정이라면, 아이들 가사 분담도 자연스럽게 병행될 것이다.

킹 씨네 집을 살펴보자. 다나와 로버트는 간단한 일들을 아이들에게 분담시켰다. 아만다는 대학에 다니면서 아르바이트를 하고 있어서 주말에 아이들을 돌보고 세탁하는 일을 도와준다. 제시카는 주중에 아이들을 돌보는 일을 책임지고 있으며 쓰레기 버리는 일을 맡고 있다. 리나는 설거지를 담당하고, 새라는 리나 옆에서 그릇을 제자리에 넣는 것을 돕도록 했다. 새라가 몸을 제대로 가누지 못할 정도의 중증 장애아이긴 해도 한 식구라는 일체감을 느끼게 할 뿐아니라 책임감을 길러주기 위한 배려였다.

두 개의 화장실 청소는 데이빗 몫이고 애덤은 각 방의 휴지통 비우는 일과 강아지 돌보는 일을 책임지고 있다. 레베카는 리나를 도와 설거지도 하고 동생의 일을 거들어준다. 피터는 기억력이 없기 때문에 그때그때 간단한 일을 시킨다. 조나단과 윌리엄은 아직 너무 어려서 아직 임무가 없다. 그래도 자기 밥그릇은 자기가 가져가게 하고 다 먹으면 싱크대에 갖다 놓게 한다.

중증 장애아라고 해서 예외가 없다. 할 수 있는 범위 안에서 반드시 하게 하고 결과에 대해 책임을 지게 한다. 장애라고 해서 제외시키면 그 아이는 제외되는 법만 배우게 된다. 스스로 자기 무덤을 파게 하는 꼴이다. 커서도 다른 사람의 도움이 없이는 아무것도 못한다. 그러고는 사회에 대해서 끊임없이 특혜를 요구한다. 장애인이 사회의 편견으로 인하여 차별을 받아도 안 되지만, 장애인이라고 해서 특혜만을 요구해서도 안 된다. 다만 장애를 안고도 살아갈 수 있는 균등한 기회와 환경을 요구하고 그것을 관철시킬 따름이다.

입양아라고, 장애아라고 해서 그저 귀여워하기만 하다가는 아이를 바르게 키울 수 없다. 킹 씨 부부는 아이들이 규칙을 지키지 않을 때는 따끔하게 벌을 준다. 물론 체벌을 가하지는 않는다. 미국은 법적으로 체벌을 금하고 있다. 하지만 법 때문이 아니다. 체벌이 도움이 되지 않기 때문이다.

킹 씨 부부는 집에서도 학교와 같은 벌서기를 적용한다. 규칙을 어겼을 때 받는 벌은 두 가지다. 하나가 '타임 아웃'이다. 해야 할 일을 하지 않고 다른 일을 하고 있을 때 반드시 먼저 할 일로 돌아가게 한다. '타임 아웃'이란 하던 일을 멈추고 자기 방이나 응접실 구석에 서서 스스로 반성하는 시간을 갖게 하는 것이다. 금지되어 있는 언어를 사용했을 때도 '타임 아웃'을 받는다. 이때는 말을 해서도 안 되고 장난을 해서도 안 된다. 자기가 잘못한 것을 확실하게 깨달으면 '타임 아웃'을 해제한다.

다른 하나가 '그라운딩'인데 같은 규칙을 반복해서 어겼을 때 적용한다. '그라운딩'이란 아이가 제일 좋아하는 일을 일정 기간 동안 하지 못하도록 하는 것이다. 미국 아이들은 이 벌을 제일 무서워한다. TV를 좋아하는 아이에게 일주일 TV 시청 금지는 가혹한 벌이다. 전화를 붙들고 사는 아이가 정해진 시간 이상 계속 전화를 하면 일 주일 간 전화 사용을 금지한다. 귀가시간을 여러 번 어기는 아이에게는 외출 금지령을 내린다.

이 두 종류의 벌을 철저히 시행하면 아이들이 말을 잘 듣는다. 자기의 권리가 박탈되는 것을 참지 못하기 때문이다.

한국 부모들은 정이 너무 많아 규칙을 정해놓고도 시행하지 않는다. 결국 아무런 효과도 없을뿐더러 서로가 피곤해지기만 한다.

감정에 따라 즉흥적으로 규칙을 정해도 효과가 없다. 부모가 지키지 못할 규칙이나 아이에게만 적용되는 규칙을 세워서도 안 된다.

나에겐 열일곱 살, 열네 살 된 사내아이들이 있다. 이 아이들이 초등학교 시절, 닌텐도 게임에 빠져 있었다. 게임을 하지 말라고 할 수가 없어서, 하루에 정해진 시간만 하기로 약속했다. 그런데 약속한 시간을 넘기기가 일쑤였다. 경고를 여러 차례 주었는데도 효과가 없었다. 그래서 최후 통첩을 했다.

"만일 오늘도 게임 시간을 지키지 않으면 당장 게임기를 쓰레기
통에 갖다 버리겠다."

그랬는데도 또 어겼다. 화가 나서 당장 게임기를 들고 나왔다. 그
러나 문 밖까지 나와서는 버리지 못하고 문 밖에 두고 들어갔다. 아
까웠던 것이다. 아이들도 부모가 차마 버리지는 못하리라는 사실을
알고 있다. 그래서 지키지 못할 경고를 하면 역효과만 난다. 지키지
못할 경고는 아예 하지 말아야 한다.

다음엔 아이들이 TV를 너무 보길래 또 경고했다. 이번엔 지혜를
발동했다. 아까운 TV를 어떻게 버릴 수 있는가.

"TV를 창고에 처넣겠다."

아이들이 웃었다.

아이들이 다시 규칙을 어기자 정말 TV를 창고에 처박아두었다.
세 달 동안 아무도 TV를 보지 못했다. 그랬더니 그 다음부터 아이
들의 태도가 싹 달라졌다. TV 연속극에 중독된 부모는 아예 이런
벌주기는 생각도 말라. 부모가 먼저 약속을 어길 테니까.

킹 씨네가 벌만 주는 것은 아니다. 벌이 있으면 반드시 상도 있어
야 한다. 다나와 로버트는 아이들의 성적이 좋아지거나 특별상을
받아오면 상을 준다. 앞에서 소개했듯이 그럴 때는 다나가 상을 받
은 아이가 좋아하는 식당에 데리고 가 단둘이 얼굴을 맞댄다.

생일 파티는 어떻게 할까. 식구가 자그마치 13명(곧 14명이 된다)
이니까 같은 달에 생일이 있는 아이들을 모아 합동 생일파티를 열
줄 알았는데, 천만의 말씀이었다. 제 생일에 맞춰 일일이 생일파티
를 연다. 자기 자신에게 가장 뜻깊은 날을 다른 사람들과 함께 하면

아이가 기뻐하지 않기 때문이다.

3월에는 생일 잔치가 세 번 있다. 매튜가 17일, 데이빗이 20일, 아만다가 25일이다. 화려하게는 차리지 못하지만, 생일이면 온 가족이 모여 케이크를 자르고 특식을(주로 피자지만) 나누어 먹으며 축하해준다. 생일을 맞이한 아이는 그날 점심을 엄마 다나와 단둘이 먹는 특권이 주어진다.

6월에는 리나와 윌리엄 생일이 있다. 1일이 리나, 11일이 윌리엄의 생일이다. 윌리엄은 너무 어려서 집에서 생일 축하 노래를 부르고 케이크를 나누어 먹는 걸로 넘어갔지만, 리나와는 어김없이 둘만의 점심 시간을 가졌다. 다나는 점심 전에 리나 학교로 찾아가 특별 조퇴 허가를 받고, 리나와 생일 축하 오찬을 가졌다. 인도에서 온 리나는 인디언 음식을 좋아한다. 집에서 약 30분 떨어진 리버사이드로 가서, 인디언 식당을 찾았다. 리나의 그 큰 입이 다물어지지 않았다.

엄마들이 본받을 만한 좋은 교육방법이라는 생각이 들었다. 다나는 이렇게 말한다.

"부모가 아무리 공평하려고 애써도 아이들은 항상 불공평하다며 불평하곤 해요. 그럴 때마다 우리는 웃으면서 말하죠. '우리가 부모지 너희들이 부모가 아냐. 가정을 다스리는 책임이 부모에게 있으니, 우리는 그 책임을 질 거야. 너희들이 잘 따라주었으면 해.' 하지만 아이들의 불평을 귀담아 듣습니다. 그 중에 타당한 것은 수용해주고, 억지를 부리면 잘 알아듣도록 설명해주죠."

킹 씨네가 '주최'하는 홀트 피크닉

2001년 6월 16일 토요일. 오렌지 카운티에 있는 한 공원에서 홀트 피크닉이 있는 날이었다. 화창했지만, 조금 더운 날씨였다.

공원 안쪽으로 걸어들어가자 풀냄새가 물씬 풍겼다. 한참을 걸어 들어갔더니 숲속에서 사람들 웃는 소리가 들렸다. 멀리서 피터가 우리 일행을 발견하고 웃으며 달려왔다. 피터를 따라 홀트 가족들이 있는 곳으로 갔다.

100명 가까운 홀트 식구들이 여러 개의 테이블에 옹기종기 모여 앉아 담소를 즐기고 있었다. 그 동안 밀렸던 이야기 보따리를 푸느라 여기저기서 웃음이 끊이지 않았다. 금방 입양한 듯한 아이를 안고 있는 엄마들도 여럿이었다. 입양아들은 어린아이에서부터 다 큰 청년에 이르기까지 다양했다. 오랜만에 피부색이 같은 친구들을 많이 보아서 그런지 신기해하면서도 이내 서로 어울렸다. 엠팩의 최석춘 씨는 6개월 전에 입양한 아이를 돌보느라 정신이 없었다.

제시카와 리나는 테이블에 방명록을 펴놓고 방문객의 이름과 주소를 받으면서 애교 섞인 말씨로 홀트 입양아 모임을 위한 기부금을 걷고 있었다. 바로 옆자리에서 데이빗과 제시카는 홀트 로고가 새겨진 티셔츠와 홀트 입양기관의 모토가 적힌 책갈피를 팔고 있었다.

옆 테이블로 자리를 옮기려고 일어서려는데 발에 뭔가 걸리는 것 같았다. 아래를 내려다보았더니 새라였다. 납작하게 생긴 전용 자전거에 올라앉아 활짝 웃고 있었다. 파란 눈이 어찌나 빛나는지. 새라는 소풍을 나와 너무 기쁜 것이었다.

새라가 귀 좀 빌리자고 손짓을 했다.

"오늘 피크닉 끝나면 우리 집에 갈 거예요?"

"그럴 예정인데……."

"그럼 집에 갈 때 차 좀 태워줄 수 있겠어요?"

"물론이지."

킹 씨네 집에 갔다가 식구들과 함께 자리를 옮길 때 다른 아이들이 내 차에 타는 것이 부러웠던 모양이다. 오늘은 일찍부터 자기 자리를 맡아놓았다.

로버트는 땡볕에도 아랑곳하지 않고 석쇠 위에 햄버거 고기와 소시지를 굽고 있었다. 지글거리며 고기는 익고, 연기는 꾸역꾸역 피어오르고. 로버트는 땀을 비 오듯 흘리면서도 웃고 있었다. 홀트 가족을 위해 궂은 일을 도맡아 하는 로버트는 얼굴을 찡그리는 적이 없다.

불이 너무 센 탓이었을까. 아니면 햇볕 때문에 잘 보지 못한 것일까. 분홍색 소시지가 까무잡잡했다. 그래도 로버트가 구운 핫도그는 맛이 일품이었다.

홀트 여사와 함께한 킹 씨 가족

그런데 유독 킹 씨네 가족만 일하고 있었다. 백 명 가까운 홀트 가족들의 뒤치다꺼리를 킹 씨네가 도맡고 있는 것이었다. 그 이유를 물었더니 해마다 이렇게 해왔다는 것이다. 킹 씨네는 다른 사람을 위해서 살지 않으면 불안한 모양이었다.

식사가 시작되기 전, 오레곤에 있는 홀트 본부에서 온 간부가 소개말과 함께 감사의 말을 전했다. 몇 년 전까지만 해도 행사에 꼭 참여하던 홀트 할머니를 회상하던 홀트 간부는 할머니가 돌아가셨지만 하늘나라에서 이 행사를 지켜보고 있을 것이라고 말했다. 이어 사회자가 로버트와 애덤에게 한국에 다녀온 이야기를 들려달라고 요청했다. 로버트가 짧게 한국 방문 소감을 전했고, 애덤은 자기가 시구를 한다니까, 자기 공이 무서워 타자 출신이 아닌 투수 출신을 타석에 세웠다며 또 한 번 능청을 떨었다.

드디어 즐거운 점심시간. 어린아이들은 엄마 아빠를 향해 입을 크게 벌렸다. 배가 고프다는 뜻이었다. 부모들은 입양한 아이들이 귀여워 못견디겠다는 듯이 음식을 입에 넣어주며 연신 웃고 있었다.

우리 일행은 김밥을 준비해 갔다. 그런데 애덤이 김밥 광이었다. 자기 앞에 김밥을 수북히 쌓아놓고 누가 집어갈세라 허겁지겁 먹어 치웠다. 데이빗은 김밥 안에 든 재료들이 재미있었는지 터뜨려서 먹기도 하고 안에 든 것들을 하나하나 골라내 음미하기도 했다. 조용한 레베카는 오빠들이 맛있게 먹는 모습을 지켜보며 소리없이 먹었다. 리나는 김밥이 처음이었는데, 싫지 않았는지 계속 입으로 집어넣었다. 새라도 덩달아 입으로 가져갔다.

이날따라 리나가 유난히 예쁘게 차려입었다. 머리엔 장식용 손수

건, 목에는 반짝이는 목걸이, 그리고 처음 보는 짧은 반바지 차림이었다. 리나의 짧은 반바지는 의외였다. 수술 자국이 있는 다리를 내보이기 싫어했던 리나가 무슨 바람이 불었는지 과감하게 '노출'을 하고 있었다. 미용수술 이후 자신감이 생긴 것이다.

점심식사가 끝날 무렵, 사물놀이 연주팀이 도착했다. 한국 출신 아이들이 잠시나마 고국을 느낄 수 있었던 시간이었다. 첫 순서는 피리 독주. '아리랑'이었다. 끊어질 듯 이어지는 피리 소리가 숲 속으로 퍼져 나갔다. 아이들은 미국인의 귀가 아니라 한국인의 몸으로 피리로 부는 아리랑을 듣고 있었다.

뒤이어 사물놀이 연주가 있었다. 빨랐다가는 어느덧 느려지고, 잦아들었다가는 어느새 휘몰아치면서 네 개의 전통 타악기가 이뤄내는 소리의 세계는 무궁무진했다. 타악기가 멜로디를 자아내고 있다는 착각까지 들 정도였다. 북과 장구, 그리고 꽹과리는 아이들을 쥐락펴락했다. 아이들은 박자에 맞춰 어깨를 들썩거렸다. 미국인 부모들도 흥에 겨운지 몸을 들썩거렸다.

사물놀이 연주가 끝나고 사물놀이 교실이 열렸다. 연주자들이 여분으로 가져온 예닐곱 개의 북을 꺼내 기본 박자와 연주법을 가르쳤다. 듣고 보기만 하던 신기한 악기를 직접 만지고 싶었던지 아이들은 북에 달려들었다. 연주자의 지도에 따라 기본 박자를 직접 두들겨보더니 재미있었는지 다들 북채를 놓으려 하지 않았다.

애덤도 뒤질세라 얼른 북 하나를 집어들더니 장구채와 북채로 두들겨보았다. 둥~ 둥~ 둥~. 연주자들과 같은 소리가 나지 않는 것이 이상한 듯 고개를 갸우뚱하면서도 열심히 북을 두들겼다.

모두 떠날 시간, 헤어질 시간이었다. 아이들은 부모 품에 안기거나 엄마 아빠 손을 잡고 하나 둘 자리를 떠났다. 킹 씨네 가족은 끝까지 남아 뒷정리를 했다.

주차장에 도착하니 이미 새라가 와서 잔디밭에서 기다리고 있었다. 아빠한테 미리 허락을 받아놓고 목이 빠져라 기다리고 있었던 것이다. 새라를 뒤에 태우려는데 어느새 쫓아왔는지 피터가 뛰어올랐다. 달리는 동안 두 아이는 말없이 차창 밖으로 펼쳐지는 풍경을 바라보았다.

얼마나 달렸을까. 뒷자리에서 웃음소리가 들려왔다. 뭐가 그리도 재미있는지 웃음이 그치질 않았다. 말이 서툰 새라와 말을 전혀 하지 못하는 피터. 하지만 두 아이는 웃음과 몸짓으로 이야기를 나누고 있었다. 말이 많아서 오히려 의사 소통을 하지 못하는 어른들에 견주어, 말없이 웃음을 주고받는 두 아이들의 대화가 훨씬 속 깊어 보였다.

가는 길에 중국 음식점에 들러 몇 가지 음식을 사들고 킹 씨 집에 도착했다. 아이들은 좋아라고 음식에 덤벼들었다. 그때 로버트가 한국에서 선물로 받아온 김치를 가져왔다. 로버트가 썰어놓은 김치가 얼마나 맛있던지 한 접시가 금세 비워졌다. 다나와 로버트는 매운 고추도 서슴없이 입에 넣었다. 중국 음식에 들어 있는 말린 고추는 우려내기만 하지 먹는 것은 아니었다. 이 음식점 고추는 맵지 않은 걸 썼나, 하고 내가 하나 먹어보았는데 입에서 불이 났다.

매운 고추를 좋아하는 미국 아저씨가 냉장고에서 몇 가지 소스를 꺼내왔다. 그 중에 한 가지를 가리키며 아주 매우니까, 젓가락 끝으로 찍어 살짝 맛만 보라는 것이었다. 한국 사람이, 미국 아저씨가 즐겨 먹는다는 매운 소스를 맛도 보지 못한대서야, 하며 혀 끝

에 살짝 대보았는데…… 나는 20분 가까이 눈물을 흘리며 쩔쩔매야
했다.

　로버트는 '독약처럼 매운 소스'를 먹는 이상한 취미가 있었다.
그러니 한국 김치는 싱거웠을지도 모른다. 겉으로 보기엔 순박한
시골 아저씨 같지만, 자기가 책임진 대식구와 입양 가족을 위해 동
분서주하는 그는, 아주 매운 남자였다.

뿌리 찾기

한국에서는 입양을 할 때, 아주 갓난아이를 데려와 자기가 낳은 아이처럼 키른다. 어떤 계기가 있어 사실이 밝혀질 때까지는 입양 사실을 숨기는 것이 보통이다. 문화적인 문제여서 섣불리 옳고 그름을 따지기 어렵지만, 아이들이 다 큰 후에 자기의 정체성 혼란 때문에 큰 고통을 겪게 된다는 점에서 본다면 바람직하지 않은 관습이다.

미국이라고 해서 입양 사실을 숨기는 경우가 없는 것은 아니다. 그러나 대체적으로 서양에서는 입양 사실을 숨기지 않는다. 인종이 다른 아이는 숨기고 싶어도 숨길 수가 없다. 워낙 다양한 인종들이 섞여 사는 사회이기 때문일까. 부모와 자식 관계가 한국처럼 끈끈하지 않아서일까. '핏줄'에 연연해하지 않고서도 얼마든지 가족 관계를 유지할 수 있는 문화적 차이 때문일까. 미국 사회에서는 입양 사실을 숨기지 않을 뿐만 아니라, 뿌리 찾기 교육까지 시킨다.

킹 씨 부부는 아이들이 집에 처음 오는 날부터 뿌리 교육을 시작한다. 리나가 공항에 도착할 때 본 것처럼 온 식구가 인도 풍습을 흉내냄으로써 아이의 정체성을 확고히 해주었다.

아이들이 생일을 맞이했을 때 고국의 음식을 맛보게 한다거나 여름에 한국 학교에 보내는 일 등이 뿌리 교육을 위한 배려이다. 아이들의 이름에서도 그것은 확인된다. 앞에서 레베카를 소개할 때 잠깐 언급한 바 있지만, 미들네임은 자기 나라 이름을 붙여준다. 애덤의 풀 네임은 '애덤 인호 킹'이고 데이빗의 정식 이름이 '데이빗 중원 킹'이다. 자기 자신에 대한 정체성을 이른 시기에 확립하는 것은 매우 중요한 문제다.

좀 오래 된 이야기지만, 정체성의 중요함을 시사해주는 에피소드가 하나 있다. 자녀 교육 문제로 이민 온 몇몇 한국 가정이 동부에 정착할 때, 한국 사람들이 많이 사는 지역을 피하고 일부러 백인 상류층이 사는 동네를 선택했다. 학교도 마찬가지였다. 고등학교 때까지 한국 학생이 거의 없는 학교에 다니게 했다.

부모들이 의사 아니면 좋은 직업을 가진 인텔리였기 때문에 아이들 뒷바라지는 큰 어려움이 없었고 아이들도 자기 부모의 기대에 부응한 것인지 그 흔한 사춘기의 방황 같은 것도 없었다. 고등학교를 우등으로 졸업한 아이들은 전 세계가 흠모하는 하버드 대학에 입학했다.

하버드는 학생들이 중도에 학업을 포기할 정도로 경쟁과 스트레스가 심한 대학인데, 이 아이들은 큰 탈 없이 성공적으로 졸업을 했다. 좋은 학교를 나왔으니 미국의 일류 기업에 들어가는 것은 당연했다. 입사원서를 집어넣었고 모두 면접을 하러 오라는 통보를 받아냈다. 여기까지는 승승장구의 연속이었다.

문제는 그 다음부터였다. 면접을 진행하던 기업의 중역이 이런저런 질문 끝에 "한국말은 할 줄 알겠지"라고 묻는 것이었다. 이들은 "한국말 할 줄 모릅니다"라고 아무렇지도 않게 대답했다. 사실 이들은 집에서나 학교, 그 어디에서도 한국말을 써본 적이 없다. 아니 면접을 하는 그 시간까지도 자기 자신이 한국사람이라고 생각해본 일이 거의 없었다. 하버드를 나온 이들에게 한국어를 못한다는 것은 일본어나 아랍어를 하지 못한다는 의미와 다를 바 없었다. 어떤 외국어 하나를 하지 못하는 정도로 받아들였던 것이다.

그러나 이어지는 면접관의 말에 이들은 아연실색할 수밖에 없었다.

"우리 회사에 입사하기를 원하는, 영어가 완벽한 엘리트들은 당신들 외에도 수두룩합니다. 그럼에도 불구하고 여러분들을 우선 채용하려고 했던 것은 여러분들이 영어와 함께 한국어도 할 수 있을 것이라고 생각했기 때문입니다. 우리 회사는 동양권에 진출할 계획이어서 동양 언어와 문화를 아는 인재가 필요합니다. 한국어를 하지 못한다니 참으로 유감입니다. 하지만 당신들 같은 유능한 인재들을 놓치고 싶지 않습니다. 한 가지 제안을 하겠습니다. 돌아가셔서 일 년 내에 한국어를 유창하게 할 정도로 배워오면 그때 채용하겠습니다."

면접을 마치고 돌아나오는 이들은 모두 씩씩거렸다. 개중에는 욕까지 퍼붓는 사람도 있었다. 예상치 못한 질문에다 제안은 또 얼마나 엉뚱한 것이었는가.

"개자식들, 거절하려면 솔직하게 말할 것이지."

"아니, 인종 차별을 하는구만."

그들 가운데 하나가 제임스란 청년이었다. 제임스는 집으로 돌아와 몸져 눕고 말았다. 며칠 동안 먹지도 않았다.

"나는 누군가? 과연 나는 누구란 말인가? 미국 사람이 아니고 한국 사람이었단 말인가?"

벌떡 일어나 거울을 들여다보았다. 그제야 자기가 미국 사람하고 전혀 다르게 생긴 한국 사람으로 보였다. 미국에서 태어났는데도 미국인이 아닌 한국 사람 취급을 받은 것이 분했다. 하지만 곰곰 생각하니 면접관의 논리가 실용적으로 보이기도 했다.

즉시 자리를 툭툭 털고 일어나, 같이 면접을 본 친구들을 만났다. 아직도 분을 삭이지 못한 친구들은 연거푸 맥주를 들이켜며 울분을 토했다.

"인종 차별 죄로 고발해야 되겠어."

"실력으로 여기까지 왔는데, 우리 실력을 무시하고 뭐, 어쩌구 어째? 한국말을 배워오라고?"

이런 말들을 내뱉으며 분을 참지 못했다.

제임스가 말문을 열었다. 며칠 동안 식음을 전폐하고 고민했던 일을 들려준 다음, 자기가 내린 결론을 말하기 시작했다.

"처음엔 나도 너희들과 같이 펄펄 뛰었지. 며칠 동안 아예 드러누워 앓았어. 근데 말야. 갑자기 무슨 생각이 스쳐가는 거야. 그래서 벌떡 일어나 거울을 보았지. 그런데 예전의 나는 간데 없고 눈꼬리가 올라가고 코가 납작한 한국 사람이 보이는 거야. 나 역시 지금까지 나를 한국 사람이라고 여겨본 적이 없었어. 내가 깨달은 것은 단순한 사실이야. 다른 사람의 눈이 내가 보는 눈과 항상 같지는 않다는 거야. 그리고 면접관이 말한 대로 회사야 당연히 경제

원리로 사람을 뽑는 게 아니겠어? 우리도 자본주의 경제원리에 의해 그 회사를 지원했고 말이야. 그러니 우리는 자격 미달인 셈이야. 그렇다면 그 요구조건을 들어주면 될 것 아니겠어? 나 말이야, 한국에 한 일 년 나가서 한국어를 통달하고 오겠어. 너희들 나랑 같이 갈 맘 없니?"

이들은 한국으로 날아가, 생전 처음 한국어를 배웠다. 워낙 머리가 좋은데다, 충격을 받고 결심한 공부였다. 일 년 뒤, 이들은 한국 고등학생 수준의 한국어를 습득하고 미국으로 돌아와 원하던 회사에서 입사했다. 처음보다 더 좋은 조건이었다.

유럽이나 남미 계통의 백인들은 아무리 영어를 못해도 미국에 이민온 지 몇 해만 지나면 '백인'이 되어 차별을 모르고 산다. 하지만 동양계는 이곳에서 태어나 미국 아이들보다 더 유창한 영어를 구사해도 미국 사람으로 인정받지 못한다. 그저 "와, 너 영어 참 잘한다"라는 칭찬을 받는 게 고작이다.

입양아나 장애아도 마찬가지다. 자기 정체성을 일찍 확립하고 자긍심을 가져야 한다. 빠를수록 좋다. 늦는 만큼 충격이 커진다. 그래서 킹 씨 부부는 입양아들에게 미국 사회에 완전 동화하라고 요구하지 않는다. 장애아들에게 하루 빨리 장애를 극복하라고 다그치지 않는다. 다만 입양아는 입양아로서, 장애아들은 장애아로서 홀로 서는 법을 일러줄 따름이다.

데이빗이 벌써부터 자기를 '코리언 아메리칸'으로 규정하는 것을 보면 킹 씨 부부의 정체성 교육은 성공적으로 보인다.

"저는 저 자신을 '코리언 아메리칸'으로 규정하고 싶어요. 왜냐

하면 신체적인 배경으로는 한국 사람이고, 또 미국인 가족의 아들로서 살아간다는 점에서는 미국 사람입니다. 우리 형제들의 배경이 얼마나 다양합니까. 저는 제가 한국인이라는 사실을 자랑스럽게 생각해요. 한국 문화에 대한 자부심도 있구요. 피부 색깔로 사람을 차별하는 것은 좋지 않은 일입니다. 다양한 사람들이 함께 살아가는 것이 미국 아니에요? 그리고 미국 사회를 압축해놓은 곳이 바로 우리집이구요."

뿌리를 찾는 일은 누구에게나 중요하다. 그러나 입양아의 뿌리를 찾는 일은 신중해야 한다. 우선, 새로운 가정에 적응하고, 입양 부모가 자기의 부모라는 믿음이 생기도록 해야 한다.

킹 씨 부부는 아이들이 열여덟 살 이전에 생부모를 찾아 나서는 일에 반대한다. 감수성이 민감한 나이에 생부모를 찾아 나섰다가, 생부모들이 원치 않을 경우, 너무 큰 상처를 받기 때문이다. 이미 다른 삶을 살아온 생부모 가정을 뒤흔들 수도 있다. 그러므로 양쪽 가정에 피해가 가지 않는 지혜와 절차가 필요하다.

킹 씨 부부는 아이가 열여덟 살이 된 이후에는 본인의 의사에 맡긴다고 한다. 그 나이면 법적으로나 도덕적으로 성인이므로 아무도 그들의 삶을 제약할 수 없기 때문이다.

"열여덟 살이 넘으면 우리 아이들이 자기 뿌리를 찾아 나서는 일에 반대하지 않습니다. 다만 제3자가 나서서 지혜롭게 처리해주도록 합니다. 아이들이나 양부모가 직접 나섰다가는 큰 상처를 받을 수도 있습니다."

데이빗이 뿌리 찾기에 가장 큰 관심이 있다. 데이빗은 올해 열네 살인데, 지금이라도 당장 자신의 뿌리를 찾고 싶어한다. 데이빗에 관한 약간의 정보가 남아 있어 가능할 수도 있지만, 다나는 데이빗이 성인이 될 때까지 기다리자고 설득한다.

리나도 생모를 찾을 수 있을까. 입양 기관의 입양 기록은 모두 비밀 사항이다. 특히 생부모에 대해선 아무에게도 가르쳐주지 않는다. 단, 열여덟 살 이후 본인이 원하면 본인에게는 공개한다.

입양 전 기록이 충실한 경우는 흔치 않다. 킹 씨 가족이 지난해 여름, 오레곤에 있는 홀트 본부에 들렀을 때 아이들 입양 기록을 본 일이 있었는데 킹 씨 부부가 가지고 있는 서류 내용과 차이가 없었다. 아마 한국 입양기관에서 갖고 있는 기록이 좀더 풍부할지도 모르겠다.

아이들의 뿌리찾기에 반대할 의사가 전혀 없다는 킹 씨 부부. 하지만 만일 생모가 나타나면 어떻게 할까. 다나에게 물었다.

"생부모가 우리 아이를 찾아온다면, 저는 아마 울고 말 거예요. 하지만 그들에게 '감사합니다. 여기 당신의 아이들이 이렇게 예쁘게 자랐어요' 라고 정중하게 말할 거예요."

"낳았다고 다 자식이 되는 것은 아니지요"

"다나, 만일, 이건 정말 만일인데, 생모가 나타나 아이를 돌려달라고 한다면……?"

정말 어려운 질문이었다. 오래전부터 묻고 싶었지만 기회가 마땅치 않았다. 인터뷰를 처음 시작할 때, 대답하기 곤란한 질문에는 답을 하지 않아도 좋다고 말해놓았기 때문에 다나가 답을 주저하면 화제를 돌리려던 참이었다.

그러나 다나는 질문이 채 끝나기도 전에 단호하게 대답했다.

"절대로 있을 수 없는 일이에요. 법적으로 제가 모든 권리를 가지고 있어요. 그리고 도덕적으로나 교육적으로도 바람직하지 않아요. 아이들도 제 가슴을 더 따뜻하게 생각할 거예요."

다나는 말하면서 울고 있었다.

"낳았다고 다 자식이 되는 것은 아니지요. 저는 아이들의 기저귀를 갈았어요. 아이들이 아플 때, 같이 밤을 지샜구요. 아이들이 수술을 받으며 비명을 지를 때 저도 함께 통곡했어요. 이런 아이들을 제 품에서 빼앗아간다는 것은 살인이나 다름없는 일이에요. 자식들의 뿌리를 찾아주는 문제와는 전혀 별개의 문제예요. 저는 제 아이들을 위해 목숨을 바칠 각오가 되어 있어요."

조심스럽게 던진 질문이었지만 결례를 한 것 같아 몸둘 바를 몰랐다. 잠시 후 다나는 마음을 가라앉히고 잔잔한 미소를 띠며 말을 이었다.

"내가 낳은 아이나, 데려온 아이나 처음 내 품에 안을 때 본능의 차이를 느껴본 일이 없어요."

다나는 입술을 살짝 깨물고는 말을 이어갔다. 보통 때는 잘 볼 수 없었던 보조개가 패였다.

"저는 우리 아이들 가운데 그 누구를 위해서도 죽을 각오가 되어 있어요. 배로 낳는 일은 차라리 쉬웠어요. 가슴으로 낳은 아이들을 포기하다니요. 있을 수 없는 일이에요."

잔잔하게 미소가 번지던 얼굴이 다시 숙연한 표정으로 바뀌었다.

한동안 침묵이 흐를 수밖에 없었다.

다나는 창 밖을 쳐다보고 있었다

우리는 인터뷰하기에 좋은 장소에 와 있었다. 다나 집에서 자동차로 20여 분 거리에 자리잡은 조용한 기도원이었다. 본당으로부터 멀찍이 떨어진데다, 7부 능선까지 올라와 있는 기도실의 전망은 빼어났다. 시야가 툭 트여 있었다. 그러나 다나가 내다보는 창 밖에는 돌들만 보였다.

바위산이었다. 하나의 커다란 바위로 이루어진 봉우리도 있었고, 어떤 비탈은 커다란 바위가 양쪽으로 쪼개어져 있었다. 잘게 부서진 돌멩이로 이루어진 비탈도 있었다. 높은 바위 위에 앉아 기도하는 여자가 하나 보일 뿐 기도실 주위는 조용하기만 했다. 이곳은 금식 기도원이다.

어느 아이를 위해서도 죽을 각오가 되어 있다는 말을 거듭하는 다나를 차마 정면으로 바라볼 수가 없었다.

무겁기만 한 침묵을 깨기 위해 보충 질문을 했다.

"다나, 당신의 그 마음은 결심입니까, 신앙입니까, 아니면 본능입니까?"

"신앙이 깔려 있기야 하겠지만 본능에 가깝지요."

본능. 그렇다. 본능이 아니고서야 어떻게 그런 마음으로 똘똘 뭉쳐 있을 수 있겠는가. 아마 신앙이 본능을 가다듬고, 남다른 의지가 믿음을 이끌어왔으리라.

기도원에서 돌아오는 길은, 온통 돌들로 뒤덮인 산을 에돌고 있었다. 그런데 그 돌밭에서 나무가 자라고 있었다. 사막의 나무 조슈아 트리(캘리포니아나무). 사막에서 아름다운 꽃을 피우는 나무. 타는 햇빛에 목말라하지 않고 오히려 그 햇빛을 온몸으로 받아내며 일광욕을 하는 것 같은 나무. 돌밭에 서 있는 조슈아 트리 한 그루 한 그루가 킹 씨네 식구들로 보였다.

이런 아이를 왜 낳으셨나요?

조은이

조은이가 아니었다면 나는 애덤을 만나지 못했을 것이다.

조은이가 태어나면서 많은 변화가 일어났다. 나는 목회 방향을 바꾸었고, 6년이나 미루어놓았던 박사학위 논문을 장애와 선교 문제를 연계하는 주제로 정하게 되었다. 장애에 대한 문화적 이해와 그 선교적 사명을 조명한 것인데, 이 분야에서는 학계에 처음으로 제출된 연구 논문이었다.

학위 논문을 준비하는 과정에서 킹 씨네 가족을 알게 되었고 그 후 절친한 사이가 되었다.

딸 조은이는 여기서 멈추지 않았다. 나로 하여금 아예 '장애 및 특수선교 연구소'를 설립하게 만들었다. '애덤 킹 가족 이야기'는 이 연구소의 프로젝트의 하나로 기획된 것이다.

우리 사회는 장애를 어떤 눈으로 보고 있을까. 장애인 및 그 가족들은 우리 사회를 또 어떻게 바라보고 있을까. 그 대답을 함께 생각해보기 위해 짧은 글을 하나 소개한다. 조은이를 낳은 직후, 한 잡지에 기고했던 글이다.

왜 낳으셨나요?

"목사님, 이런 아이를 왜 낳으셨나요?"

태어난 지 한 달 된 조은이를 처음 주치의에게 데려간 날, 주치의가 나를 보며 한 말이었다. 의사선생님은 우리 두 아이들의 주치의였기 때문에 우리들을 잘 아는 분이었다. 그래서 그렇게 심한 말을 할 수 있었을 것이다.

임신 초기에 태아가 '다운 신드롬'을 가지고 있다는 사실을 알고 있었음에도 불구하고 아이를 출산한 것을 이해할 수 없다는 것이었다.

"목사님의 신앙심이나 신학 때문에 이렇게 불쌍한 아이를 낳는다면 그것은 너무나 이기적인 것입니다. 아이를 생각해야지요. 아이가 너무도 불쌍합니다. 어떻게 일평생을 그토록 괴롭게 살도록 해야 합니까?"

갓 태어난 아이를 측은히 여긴 끝에 나온 말이라고 생각했다. 인간적으로 보면 당연한 지적 같기도 해서 아무 대꾸도 하지 않았다.

몇 주 후, 두번째로 병원을 찾아갔는데 그때도 의사가 같은 말을 하는 것이었다.

"목사님, 아이를 낳지 마셨어야지요."

이번에는 마음이 편치 않았다. 조은이가 세상에 나오기까지 부모가 겪었을 심리적 고통을 조금이라도 이해하고 하는 말인가. 인간의 가치와 행복은 외적 조건으로만 따질 수 있는 것이 아닌데, 왜 그렇게 눈에 보이는 것만을 보고 불쌍하다고 생각한단 말인가. 나와 다른 의견을 가진 의사와 언쟁을 벌이고 싶지 않았다. 이번에도 입을 다물었다.

장애아를 둔 부모들이 겪는 가장 큰 어려움은 장애아를 돌보는 데 있는 것이 아니라, 장애에 대한 사회의 몰이해와 부딪히는 데 있는 것임을 체험하는 순간이기도 했다. 아무 생각 없이 던지는 말 한마디, 어떤 경우에는 위로한다며 건네는 말 한마디가 장애인을 가진 부모에게는 가슴에 와 박히는 비수가 될 수 있다는 것을 처음 깨달았다.

여느 때 무의식적으로 내뱉었던 농담 중에 장애인들을 비하하는 내용이 그렇게 많다는 것을 깨닫는 데는 그리 많은 시간이 필요하지 않았다. 섣부른 동정심은 물론이고 사려 깊지 않은 성경적 충고나 상담이 장애인이나 그 가족들에게는 오히려 큰 상처가 될 수 있다는 것을 알게 되었다.

욥의 친구들이 욥에게 던졌던 질문을 나 자신에게 던지며 수없이 되새기고 또 되새겼다. 나는 목사이며, 또한 목사이기 이전에 장애를 가진 딸의 아버지이다. 하나님의 뜻을 알지 못해 괴로워하는 많은 분들이 있다는 것을 잘 알고 있다. 그분들에게 조그마한 도움이라도 드리고 싶어 이 글을 쓴다.

누구의 죄 때문입니까?

한국인들은 장애아가 태어나면, 제일 먼저 '내가 대체 무슨 죄를 지었길래'라며 자책부터 한다. 자기가 지은 죄 때문에 벌을 받는 것이라고 믿어버린다. 결국 평생을 죄의식 속에서 사는 것이다. 나는 장애가 죄의 결과일 수도 있다는 점을 완전 배제하지는 않는다.

그러나 이렇게 생각을 바꾸어볼 수도 있다. 평생을 죄의식 속에서 살아가는 것은 하나님이 의도하시는 바는 아닐 것이라고 말이다. 하나님이 내리시는 징계의 목적이 우리를 징계 속에서 살아가게 하는 데 있을까. 아니다. 하나님은 그 징계를 통하여 우리를 바로 세우시려는 것이다. 그러니 죄의식 속에서 살아가는 것은 결코 하나님의 뜻이 아니다. 우리를 죄의식 속에 살아가도록 부추기는 것은 마귀이다.

장애아 앞에서 철저하게 회개할 수 있다면 그것은 매우 복된 일이다. 하지만 장애인을 둔 부모들을 만나면서 죄의식에서 헤어나지 못한 분들을 많이 보았다. 결혼하기 전에 하나님께 서원한 것을 결혼한 후에도 이루어드리지 못해서 벌을 받았다는 여집사님과 이야기를 나눈 적이 있었다. 그 집사님의 자녀 중 하나가 자폐아였다.

나는 그 집사님에게 만일 그런 일로 장애인을 주신다면 장애인이 없는 집은 한 집도 없을 것이라고 말했지만, 여전히 죄의식에서 헤어나지 못하는 것이었다. 만에 하나, 그런 죄로 벌을 받았다 할지라도 평생 죄의식 가운데 살게 하려고 벌을 주신 것이 아니라고, 그러니 오히려 그 벌을 통하여 거듭나는 길을 찾으라고 권했으나, 설득이 된 것 같지는 않았다.

「요한복음」 9장 1절 이하에 나오는 예수님의 말씀을 보면, 하나님의 영광을 위하여 장애인으로 태어날 수도 있다는 것이다. 많은 분들이 이 말씀에서 위로를 받는다. 나도 조은이를 갖기 전에 이 말씀을 가지고 '자신 있게' 위로한 적이 한두 번이 아니다. 그런데 이 말씀에 대해서 다들 공감하지 못하는 것이었다. 그도 그럴 것이, 다음과 같은 질문이 가능하기 때문이다.

'어떻게 장애인의 모습으로 영광을 돌릴 수 있겠는가.'

'그럴 수 있다 하더라도 왜 하필이면 장애인으로 영광을 돌려야만 하는가. 장애인이 아니더라도 하나님께 영광 돌릴 수 있는 방법이 얼마나 많은데.'

'장애인으로 영광을 돌릴 수 있다 하더라도 왜 하필이면 나에게 그것을 요구하시는 것일까?'

누구도 쉽게 답하기 어려운 문제이다.

몇 년 전 내가 죽음의 문턱에까지 이르는 심한 병으로 고통을 받고 있을 때, 가까운 사람들로부터 위로를 많이 받았다. 그런데 가끔은 적절치 못한 위로가 병을 깊게 만들 수도 있다는 것을 체험으로 알게 되었다. 내 병이 예상 밖으로 오래 지속되자 이렇게 말하는 분이 있었다.

"목사님, 아직도 해결하지 않은 죄가 있는지 살펴보십시오."

심각한 질병에 걸렸을 때 회개하지 않는 사람이 어디 있겠는가. 나도 당연히 죄 때문에 받는 고통인 줄 알고 철저히 회개했다. 어린 시절에 거짓말한 죄까지 다시 다 들추어냈다. 그래도 병은 차도가 없었다. 아직도 해결되지 않은 죄가 있는지 매일매일 근심했으나, 나중에는 더 이상 찾을 수가 없어 전전긍긍했다.

또 어떤 분들은 이렇게 위로했다.

"목사님이 당하시는 고통은 바로 욥의 고통처럼 하나님의 의인이 받는 거룩한 고통입니다."

이런 말을 들었을 때는 입 밖으로 "아멘"은 했지만, 속으로는 괴로움만 더해졌다. 욥이야 동방의 의인이라고 소문날 정도로 하나님을 잘 섬긴 사람 아닌가. 하잘것없는 나를, 지은 죄가 이렇게 많은 나를 위로하겠다며 욥에다 견주는 것은 심하지 않는가. 어떤 말을 들어도 무거워진 마음이 가벼워지지 않았다.

나는 죽음의 문턱에 다녀온 사람이고, 장애를 가진 딸의 아버지이자, 목사이다. 장애는 지은 죄에 대한 평생 동안의 벌받음이라는 생각에는 동의할 수 없지만, 한 가지 분명한 사실은 하나님께서 육신의 장애를 통해 하나님께 더 나아가기를 원하신다는 것이다. 그리하여 영적으로 온전한 사람이 되어 하늘나라에서 더 큰 상급을 얻으라는 특별한 배려임에 틀림없다는 사실이다.

크게 쓰시려고

나와 아주 친하게 지내는 목사님 가정에 장애아가 있었는데 얼마 전, 하나님이 먼저 데려가셨다. 그 아이가 응급실로 실려가 생명이 위태로울 때, 우리 식구는 삼일 금식을 하면서 그 아이를 위하여 기도를 했다. 그러나 하나님은 그 아이를 먼저 데려가셨다. 그럴 때, 그 부모를 위로할 말이 무엇이 있겠는가. 그런데 많은 분들의 위로가 한결같았나 보다.

"하나님이 목사님을 굉장히 사랑하시는가 봅니다. 목사님을 크게 쓰시려고 이런 어려움을 주신 것입니다."

아이를 잃은 슬픔이 어느 정도 진정이 된 다음에 그 친구 목사를 만났는데, 이렇게 말하며 웃는 것이었다.

"아이가 떠난 직후, 하나님께 그랬어. 하나님이 저를 크게 안 써주셔도 좋으니 그 아이를 제발 돌려주십시오, 라고 말이야."

신앙이 없어서, 하나님 말씀에 대한 이해가 부족해서 친구 목사가 그런 말을 했겠는가. 내가 죽음의 고비를 넘기고 나자마자 조은이가 태어났을 때, 나 역시 그런 위로의 말을 여러 번 들었다.

"목사님을 크게 쓰시려고 작정을 하셨군요."

그때마다 아이를 잃은 친구 목사가 한 말이 떠올랐다. 이런 말은 들을 때마다 나를 돌아보곤 한다. 하나님이 큰일을 맡길 만한 종인가. 정말 고난을 통해 하나님의 큰일을 감당할 수 있다면 얼마나 영광된 일인가. 그러나 나는 '크게'라는 말을 물리적인 잣대로 재지 않는다. 하나님의 관심이 '크게' 미치는 종이 되고 싶다.

필자의 딸 조은이

당신도 예비 장애인입니다

장애인이라고 하면 부정적인 이미지가 먼저 떠오르는 것이 우리의 현실이다. 그렇다면 이러한 부정적인 생각은 어떻게, 왜 생겨난 것인가? 누가 그렇게 가르쳤는가? 그리고 우리가 가지고 있는 장애인에 대한 견해와 태도는 다른 문화와 비교할 때 어떤 차이가 나는가? 그렇다면 과연 어느 문화의 견해가 타당한 것인가?

한국에는 장애인이 없다?

UN은 전세계의 장애인의 숫자를 전세계 인구의 10퍼센트로 추산한다. 2000년, 미국의 장애인 숫자는 전체 미국 인구의 18.7퍼센트에 달하는 것으로 나타났다. 반면 한국은 1995년 통계 자료에 의하면, 전체 인구의 2.23퍼센트만이 장애인으로 집계되었다. 한국은 전 세계 평균에도 훨씬 못 미치는 '장애인 없는 나라'란 말인가? 아니다. 그렇지 않다. 장애에 대한 정의가 다르기 때문이다.

한국은 신체적, 정신적 중증장애를 중심으로 분류를 하기 때문에

UN에서 규정한 상당 분야가 장애로 인정받지 못하고 있는 실정이다. 반면, UN이나 미국은 신체적, 정신적 장애 외에 사회적인 기능 장애까지 장애에 포함시킨다.

한국의 장애인 수가 현저히 적게 나타나는 또 다른 이유가 있다. 한국의 장애인 수는 자발적으로 장애인이라고 등록한 숫자를 모은 것이다. 아직도 수많은 가족들이 장애인 등록을 기피하고 있는 실정을 감안한다면, 실제 장애인 수는 UN이 추산하는 10퍼센트 수준으로 보면 무난할 것이다.

장애라는 말이 없는 문화도 있다

일반적으로 과학적인 사고 구조를 가진 서구 사회에서는 장애를 기능적인 측면에서 이해한다. 즉 신체적, 정신적 기능 중 일부가 제 기능을 하지 못하는 상태를 장애라고 규정한다.

그러나 토착문화가 강한 사회일수록 장애를 신체적 기준으로 이해하기보다는 사회적인 기준으로 파악한다. 예를 들면, 한 부족이 다른 부족의 압박 하에 놓였을 때나 한 개인이 사회적으로 적응하지 못하고 살아갈 때 장애라는 개념을 쓴다. 신체기능에 이상이 있는 경우를 장애라고 부르는 사회는 많지 않다.

아프리카 자이레에 있는 송계 부족은 장애아를 몇 가지로 구분한다. 난쟁이나 뇌수종 같은 선천적 장애는 아예 사람이 아니라고 규정한다. 악한 영에 의해 태어났다고 믿기 때문이다. 그런데 목에 탯줄을 감고 나오다 장애가 생긴 아이나, 손이 뺨에 붙어 나온 아이가 태어나면 온 마을이 축제를 벌이며 좋아한다. 하늘이 주신 '경이로운 아이' 즉 초자연적인 능력을 지닌 아이라고 믿는 것이다. 태어날 때 손이나 발이 먼저 나온 아이나 쌍둥이도 하늘이 주신 아이로 보고 귀하게 여긴다.

미국 매사추세츠주 마르다 빈야드라는 섬이나, 멕시코 일부 지방에서는 유전적으로 시각 장애나 청각 장애를 가진 사람을 장애인으로 여기지 않는다.

아프리카와 동양 문화는 서로 장애에 대한 이해가 상당히 유사하다. 장애의 원인이 초자연적인 힘이거나 조상의 분노 때문이라고 보는 것이다. 음양의 조화가 깨졌을 때 장애가 온다고 믿는다거나, 풍수지리설에 의한 재앙으로 인해 장애아가 생길 수 있다고 믿는 태도는 비단 동양권에만 있는 것은 아니다. 아프리카권을 비롯해 전 세계에 걸쳐 퍼져 있는 토속신앙 중의 하나이다.

장애에 대한 인식 수준

장애가 일어나는 원인을 선천적, 후천적으로 구분하는 데는 이견이 없다. 하지만 아프리카나 동양문화권에서는 초자연적, 영적 원인을 덧붙인다.

한국은 동양문화권에서도 조금 특이하다. 장애가 선천적이든 후천적이든 그 원인을 영적으로 해석하는 것이다. 다시 말해 장애아를 낳으면 그 부모는 백이면 백 다 자기 잘못 탓이라고 여긴다. 자기가 지은 죄나 잘못 때문에 하나님이나 조상이 내린 벌이라고 믿는 경향이 매우 강하다.

후천적인 사고 때문에 장애가 생겨도 마찬가지다. 자기의 실수나 상대방의 실수 때문이라고 보지 않고 '내가 무슨 잘못을 했기에' 라고 생각한다.

문제는 장애에 대한 이 같은 이해가 당사자는 물론 그 가족들에게 지극히 부정적인 영향을 미친다는 것이다. 장애아를 가진 부모는 평생 죄책감을 갖고 살아간다. 그리하여 장애아를 낳고 난 뒤부터는 살아야겠다는 의욕이 없어진다. 저주를 받았다고 생각하기 때문이다.

이 같은 사고방식은 사회에 그대로 통용되어 하나의 거대한 억압으로 작용한다. 장애아가 생기면 그것을 가문의 수치로 여기고, 밖에서 알지 못하게끔 장애아를 집 안에 가두어놓고 키운다. 공직자나 지식인 가정은 물론, 심지어 성직자 중에서도 장애인을 숨겨놓고 키우는 경우가 있다는 연구 발표가 있었다. 장애를 받아들이는 개인적 태도와, 장애를 바라보는 사회적 편견이 만들어낸 비극이 아닐 수 없다.

장애를 알면 나를 알 수 있다

장애에 대한 편견이 나타나는 요인들은 다양하다. 문화적, 사회적, 종교적 요인이 복합적으로 얽혀 있다. 특히 한국에서는 유교 문화와 샤머니즘의 영향이 강해, 장애를 매우 부정적인 눈길로 바라본다.

모든 제도와 시설이 일반인들을 기준으로 정해놓았기 때문에 장애인이 살아가기에는 정말 힘든 나라이다. 육교와 지하도는 일반인들도 사용하기 힘든 시설이다. 하물며 노약자와 장애인들은 오죽할 것인가. 장애인들은 거의 외출을 할 수 없는 실정이다. 그나마 법에 의해 설치된 장애인 시설도 다른 용도로 쓰이는 경우가 적지 않다.

장애인 천국이라는 미국도 30년 전에는 장애인에 대한 배려가 변변치 않았다. 미국에서 장애인법이 제정된 것은 20년 전이다. 그러나 20~30년 차이가 현실에서는 천국과 지옥과 같은 차이를 드러낸다. 법과 제도를 정비하는 것도 시급하지만, 한국 사회는 그와 함께 사회적 편견과 싸워야 한다는 이중적 부담을 안고 있다.

장애인을 '사회의 얼룩'으로 보는 것도 큰 문제지만, 장애인을 시혜의 대상으로 보는 것도 큰 문제다. 장애인을 시혜의 대상으로 보는 한, 장애인은 사회의 구성원이 될 수 없다. 장애인들이 가정과 사회에서 제 역할을 해낼 수 있도록 복지 정책이 선진화해야 한다.

한국 사회도 장애를 보는 눈이 성숙해지고 있다. 장애인 복지 정책도 점차 나아지고 있다. 이보다 고무적인 것은 장애인 스스로가 사회의 편견과 맞서 문을 박차고 나오고 있다는 사실이다. 매스컴 또한 장애 문제에 큰 관심을 보이고 있다.

그러나 여기서 한 걸음 더 나아가야 한다. 그것은 한마디로 더불어 사는 정책이다. 장애인들을 모여 살게 하는 시설을 늘리는 것도 중요하고, 장애인들을 위한 특수학교를 만드는 것도 중요하지만 이 같은 정책은 아직 초보 단계이다. 장애인을 일반인들과 구별하여 2등 시민 취급하는 주권 침해이다.

같이 일하고, 같이 놀고, 같이 공부하는 완전 평등권으로 나아가야 한다. 신체의 기능이 다르다는 이유만으로 행복추구권이 유보되거나 제한 받지 않아야 한다.

한국에서는 왼손잡이가 큰 장애인이라는 프로를 본 일이 있다. 왼손잡이를 위한 도구를 따로 만들지도 수입하지도 않기 때문이란다. 왼손잡이가 이럴진대, 다른 장애인들이 겪는 고통은 굳이 설명할 필요조차 없다. 사회적 관심이 가 닿지 않는 것이 장애이다.

외롭게 고통받고 있는 장애인이 한 사람이라도 있다면 그 사회는 미성숙한 사회이다. 그리고 미성숙한 사회는 그 자체가 폭력이다.

학자들의 연구에 의하면, 정상인으로 태어난 사람이 일생 동안 장애인이 될 가능성이 무려 60퍼센트에 달한다고 한다. 장애에 대한 이해는 자기 자신의 미래에 대한 이해이며 나아가 가족과 이웃에 대한 이해이다. 장애는 그 자체가 따로 존재할 수 없다. 장애에 대해 안다는 것은 그래서 사회에 대해 안다는 것이다. 장애에 대한 인식 수준이 곧 그 사회의 성숙도와 비례하는 것은 바로 이 때문이다.

책을 내며

"저희는 보통 사람들입니다"

애덤이 한국 영부인 이희호 여사에게 던진 '꿈의 한마디'가 계기가 되어 킹 씨네 가족 이야기가 세상에 알려지면서 킹 씨 부부는 한 가지 걱정을 했다. 자기들이 '특별한 사람'으로 비치지나 않을까 염려한 것이다.

"우리 가족 이야기가 잘못 알려지지 않기를 바랍니다. 자칫하면 입양은 특별한 사람이나 하는 것이라는 잘못된 인식이 퍼질 수도 있어요. 저희는 보통 사람들이에요. 때로는 화도 내고 부부싸움도 하는 지극히 평범한 사람들이지요. 입양은 특별한 사람들만이 할 수 있는 게 아닙니다."

출간에 동의하는 이유는, 좀더 많은 사람들에게 입양에 대한 긍정적인 바람이 불었으면 하는 것이라고 말한다.

"입양을 꺼리고 장애에 대한 편견이 있는 한국 문화를 어느 정도는 알고 있어요. 우리 가족 이야기가 그 같은 태도에 작은 변화라도 가져오기를 바라는 마음입니다."

킹 씨 부부는 남들에게 자기 가정을 자주 소개한다. 되도록 많은 사람들에게 새로운 삶에 도전할 수 있는 기회를 주기 위해서다. 자기 자랑이 아니다. 그것은 다나의 간증을 조금만 들어봐도 알 수 있다. 입양은 하나님과 함께 하는 사랑의 실천이며, 그래서 누구나 할 수 있다는 점을 강조하고 있다.

다나는 주위에서 책을 쓰라는 권유를 많이 받는다. 그러나 워낙 시간적 여유가 없고 글재주도 변변치 않아서 엄두를 내지 못했다고 한다. 그러던 차에 내가 한국어판을 먼저 내자는 제의를 한 것이었다.

"한국에서는 애덤이 큰 화제가 되었지요. 애덤이 프로야구 개막전 시구를 하고, 애덤과 킹 씨 가족 이야기가 TV 특집 프로그램을 통해 널리 알려지게 되었지만, 저는 한편으로 우려가 됩니다. 애덤이 피해자가 될 수도 있어요."

오늘의 애덤만 보고 박수를 보내는 사람들에게 그릇된 메시지를 전할 수 있었다. 애덤이 너무 크게 부각되면, 다나가 염려한 대로 입양과 장애아 양육이 '특별한 일'로 비칠 우려가 있었다. 오늘의 애덤이 아니라, 애덤의 오늘이 있기까지의 이야기를 알려야 할 필요가 있다고 킹 씨 부부에게 말했다. 킹 씨 부부도 동의했다.

"그래요. 우리 부부도 센세이셔널리즘을 경계해요. 다행히 애덤은 한국에서 돌아와 이내 원래의 자리로 돌아왔어요. 저희들의 이야기를 있는 그대로 쓰는 게 중요하겠지요. 그런 면에서 목사님이 적임자라 생각해요. 장애아를 키우고 있고 장애 문제로 학위를 땄고 또 저희 가정을 잘 아는 분이니까요."

킹 씨 부부는 출판 전에 짚고 넘어가야 할 것이 있다고 말했다.

"첫째, 사람을 미화하지 않기를 바랍니다. 대신 더 많은 독자에게 하나님의 사랑을 전하는 방법을 지혜롭게 모색하기를 바랍니다. 두 번째, 저희 부부는 출판으로 인한 수입을 바라지 않습니다. 책을 읽고 한 사람이라도 입양과 장애인에 대한 관심을 나타낸다면 그 이상 바랄 것이 없어요. 바라건대 우리 이야기가 담긴 책이 목사님께서 하시는 장애 사역에 조금이라도 도움이 되었으면 합니다."

다나와 로버트는 바른 생각을 가진 사람들이었다.

"감사합니다. 저도 같은 생각입니다. 이미 말씀드린 것처럼 이 책을 읽고 입양과 장애에 대한 잘못된 시각이 교정되기를 바랍니다. 이 같은 목적 이외에 다른 목적이 개입되어서는 안 된다고 생각합니다. 그리고 책을 내고 난 뒤 혹 이익금이 생긴다면 저 개인을 위해서는 한푼도 쓰지 않을 것입니다."

나는 킹 씨 부부의 간절한 바람대로 인세를 장애인 복지를 위해 사용할 것이다. 물론 킹 씨 가정을 위해서도 지원할 것이다.

그 바쁜 일과를 쪼개 계속되는 인터뷰에 성실하게 임해준 킹 씨 부부. 보충 질문을 위해 시도 때도 없이 전화를 걸고 전자메일을 해도 즐거운 마음으로 답해주었다. 아이들도 대단했다. 킹 씨 자녀들은 인터뷰를 자기들 일로 알고 언제나 밝은 표정으로 응해주었다.

지난 4월부터 6월까지 킹 씨네 집은 정신이 없었다. 4월 초, 로버트와 애덤의 한국 방문을 시작으로, 모레노밸리의 킹 씨 집은 하루도 조용한 날이 없었다. 특집 다큐멘터리를 찍기 위해 한국에서 온 TV 방송국 취재팀이 일주일 간 킹 씨네 가족과 함께 살다시피 했다. 아침에 일어나는 것부터 저녁에 잠자리에 들어가는 것까지 일거수 일투족을 모두 카메라에 담았다. 휴가 때도 따라붙었다. 하지만 킹 씨네 대가족은 취재팀의 요구사항을 다 들어주었다. 놀라운 인내력이었다.

이어 책을 쓰기 위해 필자가 수시로 방문했고, 가족이 참가하는 각종 행사도 따라다녔다. 현지 KTE 방송국의 특집 프로그램 촬영이 3일간 있었고, 그 사이사이에 신문 기자들의 인터뷰가 있었다. 5월 들어서도 인터뷰는 이어졌고, 아동도서 출판을 위한 자료 요청과 서면 인터뷰가 있었다. 모두 사생활을 침해당하는 일이었다. 하지만 킹 씨네 가족은 기꺼이 받아들였다. 장애아 입양에 대한 선입견과 두려움, 장애아에 대한 편견을 가시게 할 수 있다면 하는 마음에서였다.

여기 희망의 공이 있다. 입양 장애아 애덤 인호 킹이 던진 희망의 공. '반바지를 입은 철각천사' 애덤 킹이 던진 공이다.

애덤이 던진 것은 공이 아니라 꿈이었다. 애덤이 던진 꿈은 애덤 혼자 던진 것이 아니라 킹 씨네 온 가족이 던진 것이다. 킹 씨네만이 아니라 입양아를 키우고 있는 지구상의 모든 가족들, 장애아가 있는 지구상의 모든 가정이 함께 던진 것이다.

장애는 쉽게 극복할 수 있는 것이 아니다. 함부로 인간 승리를 말하지 말자. 장애는 아름다운 것이라고 미화하지 말자. 장애를 섣불리 일반화하지도 말자. 장애인에게 특혜를 달라고 주장하지 말자.

장애인이 장애와 더불어 살아갈 수 있는 권리, 그것이 애덤이 던진 희망의 공이다.

우리에게는 꿈이 있다.

우리에게는 반바지를 입은 철각천사 애덤이 있다.

던져야 할, 그리고 기꺼이 받아야 할 희망의 공이 있다.
우리에게는 하나님이 지붕 위에다 놓고 간 천사들이 있다.

이 글이 완성되도록 자기들을 희생한 몇 분들께 감사드립니다.

먼저 인터뷰, 방문취재, 자료요청 등에 한없는 사랑과 인내로 대해주신 모든 킹 씨 가족께 진심으로 감사드립니다.

내용상 오류가 있다면 전적으로 필자의 실수로 인한 것임을 미리 밝혀드립니다.

집필 관계로 집을 떠나 있는 동안 아빠의 의무와 사랑을 기쁨으로 잠시 양보해준 조은이, 현식이, 은식이 세 자녀에게 고마움을, 사명이란 명분에 온 짐을 홀로 지고도 남편의 손을 먼저 잡아주는 사랑하는 아내에게 더없는 우정을 느낍니다.

취재부터 타이프, 그리고 자료정리까지 잔일을 도맡아 수고해준 소정 자매와 필자의 건강을 위해 좋은 식사로 걱정해주신 한나 사모님께 깊은 감사를 드립니다.

아울러 기도로 후원해주신 부모님과 일곱 형제들, 그리고 식구들에게 사랑을 전합니다.

오늘도 사랑하며 살아가는 모든 입양 가족과 장애인 가족들에게 이 책을 헌정합니다.

사랑합니다.

2001년 6월 25일
로스앤젤레스에서
김홍덕

애덤 킹! 희망을 던져라

©김홍덕 2001

1판 1쇄   2001년 8월 14일
1판 9쇄   2012년 10월 12일

지 은 이   김홍덕
펴 낸 이   김정순
펴 낸 곳   (주)북하우스 퍼블리셔스
출판등록   1997년 9월 23일 제406-2003-055호

주소   121-840 서울시 마포구 서교동 395-4 선진빌딩 6층
전자메일   editor@bookhouse.co.kr
홈페이지   www.bookhouse.co.kr
전화번호   02-3144-3123
팩스   02-3144-3121

ISBN   89-87871-92-4 03810

이 도서의 국립중앙도서관 출판시도서목록(CIP)은 e-CIP홈페이지(http://www.nl.go.kr/ecip/default.php)에서
이용하실 수 있습니다.(CIP제어번호:CIP2011004876)